一池碧水

任惠敏 著

DALIAN PUBLISHING HOUSE
大连出版社

图书在版编目（CIP）数据

一池碧水 / 任惠敏著. — 大连：大连出版社，2016.8
ISBN 978-7-5505-1073-9

Ⅰ. ①一… Ⅱ. ①任… Ⅲ. ①散文集－中国－当代
Ⅳ. ①I267

中国版本图书馆CIP数据核字(2016)第137473号

YICHI BISHUI

一池碧水

出 版 人：刘明辉
策划编辑：张　波
责任编辑：张　波
助理编辑：彭艳萍
封面设计：林　洋
版式设计：张　波
责任校对：杨　钟
责任印制：徐丽红

出版发行者：大连出版社
　　地址：大连市西岗区长白街10号
　　邮编：116011
　　电话：0411-83620442　0411-83620941
　　传真：0411-83610391
　　网址：http: // www.dlmpm.com
　　邮箱：dlszhangbo@163.com
印 刷 者：大连金华光彩色印刷有限公司
经 销 者：各地新华书店

幅面尺寸：160mm × 220mm
印　　张：22
字　　数：317千字
出版时间：2016年8月第1版
印刷时间：2016年8月第1次印刷
书　　号：ISBN 978-7-5505-1073-9
定　　价：35.00元

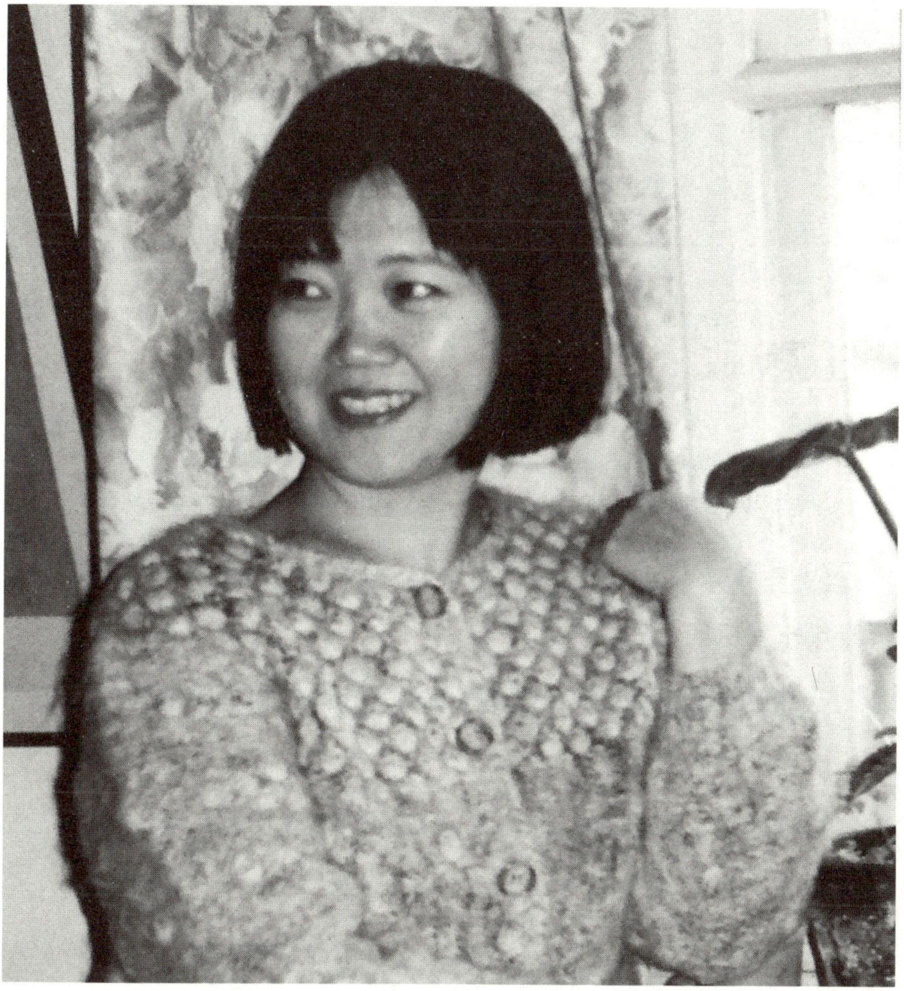

任惠敏

专业作家（国家二级）。20 世纪 50 年代生于大连，1970 年响应号召到农村插队，三年后回到大连。辽宁文学院青年作家班第一届学员。

20 世纪八九十年代，诗歌曾在《诗刊》《人民日报》《星星》《十月》《诗选刊》《鸭绿江》等数十家报刊发表，许多诗歌被收进《中国当代女诗人诗选》《中国当代青年诗选》《诗选刊》及《台湾诗选》等。近几年以散文创作为主，作品散见于《散文》《文汇报》《家庭》《八小时以外》《青年文摘》等报刊，作品多次获奖。组诗《一腔纯情》曾获 1988—1989 年度大连市文艺优秀创作奖。著有散文集《随风起舞》，诗集《花雨倾城》《任惠敏爱情诗》。

散文之道
·自序

这本书的序，仍旧由我自己来写。

先是把近些年自己写的作品浏览了一番，诗和散文我是同时写的，现在我把诗歌请出去，把散文收进来。凡是收进此书的，都是从近几年的作品中精选出来的，我的目光还照射在上面。

别人都说自己最了解自己，我也是。

我是一滴透明的水珠，从外能看到内，我也希望别人不难了解我，我不神秘。

我从来不给自己的内心化妆，我的内心平和、干净、不争、不吵、不狂、不躁，我的外表恬淡安静。在我住的地方，在人群当中，我是话语较轻的一位，这是我与生俱来的性格。

我的散文亦安静，安静得如同植物。植物也有跃动的时候，读我的散文，能听到我内心的跃动。我的心跳带动着你，感染着你，你会享受到散文里的妩媚和清丽。

我的家也是这样，一推开大门，如同走进了一片田园，以植物和鱼、龟、蛙为伴，以自己的爱好摆布各个地方，充满灵性。

我有密密实实的女人独具的灵气，它是一棵无形的枝繁叶茂的大树，我把它的叶片采摘了，糅合进作品里。

散文追求意境，无论长短，意境是光辉，它升起来，文章就亮了，这是我最主要的追求。有时候，写着写着，无意邂逅；有时候，写着写着，刻意追求。这光永远驻扎在我散文的字里行间。

好的散文应当能听到作者的声音：谈历史，五千年文化长风浩荡；谈爱情，今生唯爱两依依；谈生活，百种滋味千种情……用这声音的细节写文章，是我的追求。

我天生多愁善感，春走了，我伤感，秋走了，我伤感，命中注定我独往独来。可我心中有万物，想必万物心中亦有我。这是我取自宋朝词人辛弃疾“我见青山多妩媚，料青山见我应如是”的感受。

我常常与沧桑对视，悲伤入怀，有岁月的微风拂过，忧伤渐渐远去、淡化。没有忧伤，是最好的。

我很想读懂植物，可是很难读懂泥土，泥土里有太多的东西，所以植物才能茂盛。这似乎和散文有某些关联，散文下面的泥土是历史、音乐、哲理、意境、情感……所有的知识都不能放过，这样的泥土才能培育起散文这棵大树。

我喜欢清晨写作，每当清晨我坐在键盘前，文章便自天而降。先是来到我的嘴唇，我一边念叨着，手指一边在键盘上飞舞。这时，我甚至觉得自己坐在了莲花座上，心灵是那样纯净、清静。写完一篇，好像在莲花中走了一次，沐浴了一次。

我追求散文的美，因为美，才迷人。我采摘了世间最美的植物的叶片和花蕊，用纤纤十指编结出来，所以让人目光蓬勃。

写作时，我无数次在美丽的语言和意境中陶醉，我进入仙境，我的情丝在散文的常春藤上缠着，绕着，疯长着……

微物传大情，这是能耐，真盼望能写出一本具有万种风情的散文集，我在刻苦追求。

一个人行走，我在读天地之间的疼痛、快乐，因为这些都与我有关。清晨，天空开始明亮，新的一篇散文又开始成熟起来。在写作方面，我的疲劳很少，因为写起来我不累。

显而易见的散文，有玄机藏在里面，从古到今，多少人心知肚明。温情荡起来的时候，胜似钱塘涌潮；烈焰熄下来的时候，柔情似村边溪流。散文，在理性言说。

一直认为：隔着一湖秋水，能看到对岸闲散的芦苇，那是散文；在密林深处，有一条美丽的小径，那是散文；意境把青山染得姹紫嫣红，那是散文……

蒹葭依旧，散文新鲜。

写散文的人有另一种思路，是无声的，像阳光照射城墙，看似缥缥缈缈，实则已经迸发出了穿透的热量。

我从事专业创作大半生，就年龄而言，已进入写作的深秋。哲学讲究共性和个性，散文讲究的并不比哲学少。从第一个字到最后一个字，都要在考究的目光中洗礼，我深有体会。

在这样一个白莲花微开的初夏，为自己的又一部散文集写序，我的神情有些难以安宁了。这本书我挑选了近百篇文章，我的情都安放在里面，很自然，很美，等你来相会。

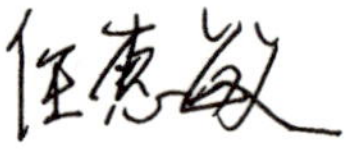

2016 年 2 月

目录 · CONTENTS

第一辑　永远的亲人

姐　姐

有一年春暖花开的时候，姐姐陪我去外面照相。两人合影时请了一位路人帮忙，当时那个人左边瞧一会儿，右边瞧一会儿，照片拍了好长时间。

在他递还我相机的时候，我笑着问他：您怎么拍了这么长时间？那人很幽默，笑眯眯地说是想多看一会儿。

我知道，他是指姐姐。姐姐长得漂亮，像父亲，我长得不好看，像母亲。但是母亲身上有一种很少有人能媲美的韵味和内涵，所以才吸引了父亲，才吸引得父亲如此尽心地爱了她一生，这一点，我又不像。

姐姐是学历史的，她特别喜欢中国历史并刻苦钻研，父亲在世的时候，她和父亲谈论最多的正是这类话题。从三皇五帝到夏、商、周，从秦、汉到三国，再到魏晋、南北朝、隋、唐、宋、元、明、清直至中华民国。

人类蛮荒时期，黄帝征服了炎帝并且和炎帝一起打败蚩尤，建立了华夏民族，由此有了中华民族生生不息的延续、绵绵不绝的发展，有了我们共同的人文初祖，有了凝聚我们民族魂魄的根。北宋和辽的战争中，杨家将戍守北疆、保家卫国的英勇故事，姐姐也讲得头头是道、脉络清晰。

姐姐的历史知识竟能和父亲的历史知识分庭抗礼，我不能。

父亲和我谈的多是《诗经》，风、雅、颂，是楚辞，是汉乐府民歌《孔雀东南飞》，是张若虚的《春江花月夜》，是降宋的后主李煜，是将军词人辛弃疾，是李清照，是杜牧……父亲讲起来，一字一弦，给我留下深深的记忆。

世上最爱我的人先是父母，再就是姐姐。

姐姐比我大两岁，小时样貌差异很明显，到了现在这个年龄，基本上也不差上下了。年少那阵，只要我俩一出门，两双并排垂下来的手就变成了藤条，自然而然地缠在一起。然后姐姐的手指总是使劲夹我的手指，我便甩开她的手，可是一会儿又缠到一起。直到今日，我说她的手有劲，就是在我的手上练的。

姐姐患有过敏性鼻炎，尤其是换季那阵特别厉害。她习惯把大拇指和食指放到鼻梁上，使劲揉搓，鼻梁都捏红了，喷嚏还是控制不了。为这，我和她去过好多医院，但是疗效不大。

我从网上帮助她查找药方，看到熟人、朋友也首先提及此事，后来我收集了许多偏方。

那些药方，有的不对症，加重了她的病情；有的用了以后，让她发起了高烧。无论受了多大痛苦，姐姐从来不责怪我，还是那么亲切。

我都这么大年龄了，每年过端午节她还要给我手脖和脚脖缠五彩线，并且嘱咐我不要拆下。下大雨的时候，姐姐一早跑到我家，拿着剪子一下一下把手脖和脚脖上的五彩线剪断，扔进窗外的大雨里，说是大雨把它们冲走了，也就把晦气冲走了。

我从楼上往下看，五彩线早已卷进大雨里，什么也看不见。

我非常爱吃甜食，无论烧菜、包饺子、拌凉菜、煲汤，均要放几勺糖。平时，花生糖、奶油糖、冰糖从不离口。姐姐不让我如此疯狂地吃糖，在我厨房的瓷砖上贴了一个大字——糖，然后在上面画了一个叉，那细细的叉，真像她举着的胳膊，一看到这个叉，我就克制着自己。

真正的快乐和忧伤是人间的真情，心装满了，情却无穷无尽。

我每天遇到的或想到的事情都要打电话告诉姐姐，否则，那些事情就会像一条条河流，把我的心冲击得乱七八糟，只有心平静了，做其他的事才能得心应手。

姐姐的心，是我倾诉的海。

我家门外有一条长走廊，只要姐姐迈上第一步，我便能听到。用她的步子走，正好是二十一步，这二十一声清脆的高跟鞋声音一停，大门早已是打开的。姐姐说我有特异功能，这种特异功能让她温暖。其实就是在天涯海角，我也能听出她的脚步声。

在生活中，我一连几个月过得快乐了，姐姐就胖了；生活中我有了绵延的忧伤，姐姐就瘦了。看我也看得出姐姐。

只要有时间，姐姐总来看我，她领着我驶过了一个又一个岁月的港口。

最喜欢下雨天她来看我。她家的伞总是不够用，她丈夫只要拿伞出去，就没有拿回来的时候。雨天她一进我家，身上就像有一串串小水流似的。要是雨一直下个不停，走时我就把家里的伞给姐姐，然后我再去买，我是她的运伞大队长。

我这个人天生多愁善感，遇到稍大一点儿的困难就觉得走到了崖边，姐姐告诉我：一定要改变。

由于我偏爱甜食，牙齿大部分是蛀牙，得经常去口腔医院看医生。

有一次是姐姐和我一起去的，医生操作那阵，她就站在我背后，我让她快快到走廊去，她却执意要陪我。当医生用电钻钻我的牙根时，只觉得我椅背旁姐姐的身体一寸一寸矮下去——姐姐竟心疼得晕倒了！医生放下我，和另外几个医生一起抢救姐姐。

当时看到姐姐像纸一样惨白的脸，我泪水双流。我不修牙齿了。待姐姐醒来后，我一边擦泪一边扶着姐姐回到了家。

这件事惊动了口腔医院，第二天医生给我打来电话询问姐姐的情况，还笑着问我：您肯定能把这件事写出来吧？

不是所有的事情都可以入文，都那么有意义，但是姐姐做到了。我的书里和发表过的作品里写别人的诗文很多，写姐姐这是第一次，其实以前也构思过，多次都是让泪水冲断了。

和姐姐出门，我身上所有的包她都抢去，哪怕是一个手提包。我说里面有钱，要用，她把钱掏出来给我，继续背过去。她长得比我矮一些，拿那么多东西，我空着手，让别人看到多不好啊。可是背起东西，姐姐好像照样轻轻松松。

自告别了父母，姐姐就是我唯一的亲人，不求她能力有多大，只望她健康、幸福。

听到姐姐有序的脚步声，我的心情就很好；听到她拖拖沓沓缓慢的步履声，知道她又生病了，我的心情就沉重。她是我的牵挂，是我的晴雨表。

我做过这样的猜想：假如我不是生在这个家庭，我们会不会成为朋友？会！我一定会拽住她，决不撒手。她的性格太好了，她是个坚强的人，她会将痛苦深埋，她永远站立在快乐的领域，有着喜悦之情怀。

一生中最重要的是什么？别人的回答可能与我不同，我的回答是亲情。亲情包含的东西太多，都是最真诚的，是太阳照射最多的地方。

真感谢母亲，给了我这样一个姐姐。

走在公路上，有汽车驶来，姐姐总是和我交换位置。她站到靠近汽车那一边，全心全意地保护着我。

冬季里的一天，姐姐要来我家，我在电话里告诉她，路过商场时给我买一条围巾。姐姐买了许多东西，结果把围巾忘了。离我家还有一半的距离时，她突然间想起来，提着那么多的东西，又返回去了。我说她太愚钝，她说不是，因为我颈椎不好，应该早早戴上围巾。

到目前为止，我和姐姐吵架的次数极少，偶尔吵几句，她也不往心里去，倒是我不接她的电话。可是过了一会儿我又得打给她，否则什么也干不进去，像掉进了深渊。我还有一个“最怕”：怕她着急，她着急一定会像热锅上的蚂蚁，多难受。

年前，姐姐去了一趟海南岛，是随旅游团去的。我知道旅游很辛苦，再三叮嘱她不要在海边购物，因为我们居住的地方也是一座海滨城市，贝壳的品种也很多。

姐姐回来的时候，脸晒得变了颜色，脸上竟像挂了一块红色尼龙绸，连汗毛都被晒秃了，皮肤光滑滑的。

这次姐姐给我背回了半袋子各种各样的南海卵石，有椭圆形的、圆形的。姐姐心太细了，因为我花房里有一个很大的圆形玻璃缸，里面放置了半缸海边的卵石，洁白的卵石上面有几只小青蛙跳去跳来，我特别喜欢。姐姐千里迢迢背了那么多独特的南海卵石，就是让我点缀花房。

我能想象出，三十多度的海南，炎炎烈日下，姐姐蹲在那儿，那蜷缩的身影便成了一只海螺。想着想着，南海涌进了我的家，渤海和南海，我都爱。

姐姐和我讲了一些海南见闻，也讲了那座美丽的岛屿因为人的素质而遭到破坏，真让人心疼。

我俩在精神气度、哲学理念、思维习惯上有一致之处，由此，谈话一般都能达成共识。在饮食上，我俩都喜欢素食。

姐姐的目光牵引着我的脚步，在世上所有的风景中，她是最好的。看她，不能走马观花，得仔细、认真，得看内涵。

我和姐姐有谈不完的话题。我们喜欢世界上同一所大学，喜欢根据名著改编的同一部电影，喜欢同一种风格的建筑……还喜欢什么？我们一一寻找，尽管各有各的思路，最后都汇合在一个地方。

在家里，我先是从父母那里领会了更高的生存价值和意蕴，再从姐姐那里懂得了一些“持两端，取其中”的中庸之道。在家里我最小，父母是我的长辈，在敬长辈之外，我还敬姐姐。

仔细忖度，就与世间所有人的感情而言，任何人都不如姐姐亲近，倘使月亮慢慢落下去，我心中还有一轮暖暖的“月亮”。

知　己

我经常将人生的步伐停留在寻觅知己上。

“万两黄金容易得，知心一个也难求。”对这句话，如今我有了一些体会。

在至今为止的人生路上，我只遇到一个自己喜欢的人，这真是少之又少，后来他成了我的男朋友。

说来，我俩认识的地方真有意思，是在泰山的最高处——玉皇顶。

那一年我们两个人都是独自旅行，我是从大连去的，他是从国外回来去泰山休假的。早晨在山顶，许多人围在一起看日出，还有许多人在拍照，唯独我俩在人群的后面。对于这样美丽的景色，对于泰山的文化，我们都发表着自己的见解。他娓娓道来，说话声音特别稳重，我喜欢听。他对我也比较感兴趣，我从他儒雅的表情中已经感觉到。

太阳升起来，我们在赞美着霞光的美丽。在那个特殊环境里，顷刻间我们对彼此拥有了好感，后来结伴下了山。

美好的风光是缔结情缘的催化剂。这么漂亮的景色令我们的眼睛大放光芒，心跳的速度也加快了，我们的爱情诞生在泰山的风景里。

有的人近在咫尺，却远在天涯；有的人远在天涯，却近在咫尺。

从他自泰山回来送我第一枝玫瑰，到送我整个身心；从他最初用颤音说出那三个字，到今天他用穿越长空的力量说出那三个字，这里的转变让我雀跃。

这些年，他一直在欧洲工作。有一年冬季，他到北京参加一个商贸会议，会议结束时安排了一天观光活动，游览长城和颐和园，他没有参加，买了机票飞到大连。

那天是我父亲的忌日，前一天我已经准备好了要去扫墓，第二天一早我就起床了。

大清早，门铃响了，他突然从天而降。他让我太意外了，我久久地望着他，不知道用什么语言表达我的心情。因为当天晚上他还要乘飞机返回，所以我撤销了原来的安排，今天不去墓地了。

他深情地望着我，把一只大手放在我肩上，说：去，我们一起去。

我们开着车，一边赞叹大连的变化，一边说着亲昵的话语。说着说着，汽车竟开过了头。我们徐徐地往后倒着车子，他说时光也能倒流该有多好啊，我们还回到在泰山时的年龄，我们的感慨飘荡在路上……

父亲的墓地到了。

他一身西装革履，跪在三九寒冬的水泥墓地上。

就是因为一些微小的事情，他把我感动了，以至于到后来我刻骨铭心，以至于到后来我不遗余力地爱他。

谈恋爱就像写作一样，要的是细节，细节写出来了，文章便成功了。情意表达得仔细了，爱情便变得丰满。我最喜欢细节，比如送我一枚胸花、一个发卡、一瓶香水……这些东西都会让我爱不释手，天天拿出来看几遍。

我们相处已经多年，在这些时光里，他带给我的惊喜太多，在一次次惊喜中，我们的感情一天天加深。每年生日的上午，我都会接到快递公司送来的鲜花。生日当天的门铃声特别清脆，响过之后，安全门的小窗户就被推开了，先是一大束鲜花跳进来，再是一张卡片跃出来：祝你生日快乐！六个字，就像六块融化了的巧克力，滴滴甜蜜都流进我的五脏六腑。

接到他的祝福，好像他也回来了。

我喜欢吃甜食，他每次带回来的巧克力如堆积起来，能装满一个大的滚筒洗衣机。如果把它们融化了，能流出一条巧克力小溪。

无踪无影不是爱情，真正的爱情离开了还在身边。我们隔着千山万水，他看我城市的天气预报，我看他城市的天气预报，遇到雨天我们互相嘱咐：出门带上雨伞。他墨蓝色的雨伞是我送的，我的小花雨伞是他送的，我们特别喜欢下雨，雨中我们打着心爱的雨伞漫步，伞把紧紧握在手里，伞杆拥在胸口，别有一番感受在心头。

我稍微好一点儿的姿色是在中年的时光里，现在我给中年让步，我在后退着，即将退到老年的队伍里。他的眼睛能透视，他看到了我心里的内容，他说一个人的内涵胜过外表的美。

我知道，这是一种慰藉，但是这种慰藉我是需要的，他让我心里有了自信，让我享受着另一种年龄的安稳。

他长年在外，只要是他看中的东西，必买两件，我和他，一人一件。

我家的床是他从欧洲托运回来的，一样的床他买了两张。国外的家具多是组装而成，他原封不动地托运回来一张，他说我们就像睡在一张床上。可是睡在一样的床上，由于时差一个醒来、一个睡去，还是没有一同入眠的感觉。他哈哈大笑说，要把他的枕头再邮回来一个，放到我的枕边。

在“同床共枕”的问题上我们有分歧，他让我到他那边，说了一大堆理由；我让他到我这边，也说了一大堆理由。谁也不妥协，我们开始了拉锯。

我们彼此交谈一向轻松，两张嘴一起张，说的也是同一个话题，有时什么也不谈，眼神便好使。可是在这个问题上，我们是有不同看法的。我们都习惯了自己的生活方式，都固守着自己的家园，谁也不愿意到别的国家居住，我们只能这么远距离地爱着。

我最欣赏会聊天的男人，就是会把话说在别人需要的时候，让人听了痛快；最不喜欢没有主题的话语，就像唱歌，音准的好听，跑调的难听……

他就是会说话的人，经常地，我们用语言重温雄伟的泰山。

我的爱芬芳四溢，这么远的路程，溅到他身上的只有一瓣，他说已经是一座花园。红尘万丈，涌动着我的情感，可是这么远的路程，流淌到他身上的，只有一滴，他说已经是一片汪洋。

我们的锯就这样拉着，他劲大，我劲小，但是我会使用巧劲呢。

写他，或是写自己，每一笔都能写在弦上，因为是知音。假使当初我们失之交臂，假使我们不是同一天在泰山相遇，这世界就少了一对我们这样的知己。也好，不识便不痛。可是今日，已经是推心置腹、心心相印的朋友，放弃，太痛苦。

我的爱落到他身上，表里如一。他把我的爱安置在最重要的位置，那位置有多大？他说占据了心里所有的地方，甚至是缝隙。我向他靠拢，勇往直前。

我也早已领略了被爱的滋味，被爱的雨露滋润过，生活越来越明亮，没有了黑暗的角落，黑暗被阳光淹没。我推开爱的大门，一下子推开了春天的大门。

在十三亿人当中遇到一个知己，是在大海里遇到一颗珍珠，我们彼此说出同样的话。

我们相互珍惜着、爱着，尽管已经很疲惫，但疲惫中的幸福更加让人回味。

我写泰山，因为它是我的念想，是一种潜意识的抒情，每一个字都是用真情实感换来的。

我曾经为他写了一本书，由大连出版社出版，《任惠敏爱情诗》，每一首都是为他而写。

那是用我的一腔纯情写的，现在拿起来重读的时候，心怦怦怦，就要跳到嗓子眼，现在我摘选其中的一首：

分　离

那银白色的飞机
我是那么不愿意看它
它下面
我该怎样离去

他把手伸给我
再相握一会儿吧
四只大蝴蝶叠在一起
两只有力
两只绵软

我确信你有男子汉的力量
就这样你可以走了
只怕大海太小
山脉太低

亲爱的
我们多次分别
在众目睽睽下接吻
那里有一间小屋多好
那地方的接吻会终生难忘

我在回忆，这些诗当时是以怎样饱满的情绪写下的。如果是现在还能写出来吗？写诗真像爬大山，越往上爬越难。

他把我写给他的一百首诗都背下来了，我却写一首忘一首。也好，否则太沉重。

在诗一般的地方遇见他，他变成了我写的泰山的一部分。起初我不想写，可是情不自禁地就把他写进去了。我写起泰山的时候，山上山下写个不停，至今没有写够，在泰山顶上浅浅的笑，一直挂在嘴角。

我不清楚这意味着什么，我可能会相思一生。我不躲避痛苦，因为痛苦换来的是幸福。

这些年，除了外貌老了，我什么都没有变化。

首先性格没有变，仍旧喜欢独往独来，仍旧对爱情充满期待。我喜欢大雨突至的感觉，因为那样才刚刚开始。

我说他心中燃的是工作之火，他说我心中燃的是诗和散文。爱好不同志相同，我们拥抱在了一起。

让爱情获得价值，首先人得有价值。今天，人的寿命都很长，远远超出远古。有生命就有爱情，有爱情的人格外喜欢人生。爱带给人疲惫，也带给人身心的安顿。

一个聪明的人是会静下心来探寻自己内心的愿望的，只有内心有了激情，才能领略爱情的无限风光。

白天，爱行走在我的生活里。夜晚，爱睡在我的梦里。有情有意，这是人生独特的财富。

爱，穿越地球的两端而浓缩于个人，穿越地球的爱，是那样撕心裂肺。

外甥高考

有一年夏天，姐姐的儿子高考，从春天开始我就不能去姐姐家了，因为她家的空气变了，空气里像灌进了沉重的东西。

有好几次黄昏以后，我想同以往那样轻轻松松地去坐坐，可是眼看要走到姐姐家的时候，我又返回来。一种无形的压抑总在折磨我，还有几样有形的东西在帮无形的忙，起着推波助澜的作用。

那便是能看到的具体的东西，大致有三件。

外甥的写字台正前方放着一只玻璃制品——鹿，颜色同真鹿一模一样，前蹄跃起，呈奔跑状。它浑身是劲，给人的感觉好像是刚刚从草原上飞奔过来。写字台上处处是它的足迹，它的模样总往人的眼睛上撞，在阳光的照射下，玻璃制品一直反光，不管坐在哪个方向，都会与它不期而遇。它是姐姐用心摆放的，因为和录取的“录”谐音。

写字台的左边还有一个小黑板，上面写着倒计时天数，让人看到以后直冒冷汗，感觉恐怖的日子越来越近。天数每天都在变，变一下，就像有人在抽小黑板一下，自己的心跳也加速。

我想起香港回归以前天安门广场也有这样一幅情景，不过那是喜悦，提醒的是大喜临近的日子。而现在这种感觉，紧张和担忧胜过一切，让人无法形容。

写字台的右边还有一个小闹钟，铃声固定在每天清晨四时响起。

静静的夜，外甥可能正在做着神仙般的梦，一阵清脆的铃声响起，打碎了美好的梦，外甥当时该有多么恋恋不舍。

我虽然不和他们住在一起，我住在自己家里，但每当清晨醒来，我仿佛都能听到那震耳的铃声，仿佛都能看得见外甥睡眼蒙眬一骨碌爬起来的身影。要在以往，每天清晨姐姐总得喊他起床，起来以后，他还嫌姐姐唠叨。现在闹钟是他自己调的，我们都不知道他是哪一天调的。如今，他的前面只有考场，考场甚至阻挡了他的最爱——足球场。他的那只足球，早已被他一脚踢进了床底的“大门”。

外甥鼻梁上的眼镜是在读中学的时候开始戴的，这样矫正了他的视力，让他的眼睛有了变化，变得明明亮亮、清清爽爽，对学习没有丝毫含糊。眼镜上薄薄的玻璃片一闪一闪，眼里的智慧都照了出来，有时候他身体不动，眼镜却在动，看一道数学题，是那样地入木三分。

他是我看着长大的，小时候开窍晚一些，作文常常写不好，我总是耐心地给他讲。他也有调皮的时候，我先是批评他，然后罚他站着。

有一次我去同事家串门，整整一个上午，回来后看见他还原地不动地站在那儿。当时我心里想：怎么连一点儿灵活性都没有，将来怎么踏进这个复杂的社会？但是我也很喜欢他诚实的品质，尽管他站得已经精疲力竭，对我的话却毫不动摇。

长大以后，我最欣赏外甥在大海里游泳，他游泳的姿势十分舒展，速度也快，大海对于他太小了。在海面上，他随着波涛的起伏，身体也一会儿高，一会儿低，但是非常平稳、矫健。他游泳，我欣赏。上岸的时候，被海水浸湿的头发贴在头皮上，真像海豹的脑袋，我总是拿着浴巾、踮起脚尖帮他擦头发上的水珠。

长时间不见，我真想他，实际上这期间我曾去过姐姐家一次。

一个星期天下午，估计外甥可能在家，我急急忙忙往姐姐家赶。

姐姐住的是过去日本人留下的洋房，楼梯是木质的，脚踩到楼梯上有很大的声响，我轻手轻脚地往上迈步。

可是越小心越出错，在楼上大门口，我一脚踢倒了两个空酒瓶子，吓出了一身冷汗。听到声音，姐姐出来了，说不怨我，是瓶子放的姿势不好，两个瓶子在打倒立，是想把水控干净；另外，外甥今天也上学，快高考了，星期天学生也不休息。姐姐的表情是那样地轻松，我顿时觉得世界都平静了，轻轻松松的生活多么好。

我走进外甥的房间。都说万物有序，学习也是这样，我看他书桌上堆积的书籍都是分门别类的，数理化的书籍堆积在一起，文史的书籍堆积在一起，正在学的书里面都夹有一张白纸条做书签，用时往外一抽，用完往里一推，像使用抽屉似的。

书籍破损的程度相当严重，下午，阳光缓缓照在写字台上，就像照在收破烂的废品车上。可是就是在这些翻了又翻的破损书籍当中，外甥要从里面走出一条路，走出一条继续深造的路。

黄昏以后外甥回来了，他不太愿意讲话，大家在一起吃晚饭的时候，只能听到碗筷碰撞的声音。我怕耽误了他的时间，吃完晚饭急急忙忙地离开了。

走到楼梯口，我贴着姐姐的耳朵说，家里的气氛太紧张了，有些让人窒息，可不可以晚上听听音乐，放松一下？姐姐说，家家都一样。

我觉得他们家有一片紧张的大湖，要把人淹没；他们家有一座紧张的青山，要把人压弯。

朝气勃勃的外甥变成一个小老人，没时间出去打球，没时间看电视，没时间听音乐……那些功课，他总也复习不完。

我真佩服他的毅力，姐姐说，晚上他困的时候就跑到楼下卫生间，像小公鸡一样把头伸到水龙头下面左边冲一阵，右边冲一阵，清醒一下再继续复习。写啊写啊，一笔跟着一笔，都是用心写出的笔画。这样已经持续半年多了。

姐姐说他们面对的是战场，她的话我真赞同。虽然没有枪林弹雨，但考场的冲锋号天天在吹响，在召唤。半年来，外甥神采飞扬的眼神呆板了，一见到课本，谁也不认识。

姐姐把洗干净的草莓一只一只插上牙签，摆在盘子里，牙签的部位倒向他的右手，就是为了给他节省一点儿时间。

学校里，教室的黑板旁挂着一块大木牌，显示着倒计时的时间，老师每天还要念叨着这是冲刺阶段，这段日子他是怎样熬过来的呀？凡能参加中国高考的学生，我都认为他们是最了不起的孩子……

考完试以后，一天又一天，在我们急切的盼望与期待中，录取通知书发下来了，外甥考上了北京的一所知名大学，我高兴得热泪双流，同时又百感交集。当时我已做了诸多打算，我把它们一一装回了心底。

我紧紧地拥抱着外甥，心里说：解放了。然后我把双手伸到他的腋下，面对一米八一的他，真想像小时候那样把他举过头顶，举到蓝天上。

回想前些年，一到下雨的时候，他光着白生生的小脚丫在小雨里跑来跑去，多么好玩。可是经过了几场雨之后，他就长大了。他的成长，我都没有来得及去想，去端详，一天天他变了模样。

再过几年以后，他还会有新的心事，人生的路漫长，我会继续看他的身影。

外甥小的时候，好像每天总与眼泪有关，像个小女孩似的，为了一件很小的事情，心没动，眼泪先流，这眼泪真不值钱。我告诉他，说他的童年忙于流泪，他说自己还记得，太有意思了。

那时，他喜欢遐想，而且全是稀奇古怪的。我想我像他那么大的时候应该也是这样，我甚至想过，有一天天上的星星会不会掉下来砸到我。我们真是一脉相承。

他从来不叹息，即使在黑夜里，我都能看到他的笑，洁白的牙齿，粒粒闪烁着光泽，一身阳光，一切事情说出来都是那样精彩。

他能做我的外甥，真好！我就喜欢这种性格的孩子：能吃苦，少言语，不用别人时时夸奖，自己默默地去做事情、默默地做出成绩，把成功献给家人。

他曾经有过撒谎的时候，可是撒了谎以后又不知所措，仿佛世界都颠倒了。一撒谎，他就突然间变得卑微起来，谁叫他干活儿都行，一个劲往前冲，一下子就让我们看出来了，知道他又犯了说谎的毛病。他说：看来撒谎的高山也是不好攀登的。

无论现在或是将来，我们都不可能步入他的生活，只要他好，便天下太平。让幸福顺水而流吧，流到他身边，也流到其他孩子们身边。他们是一群属马的孩子，扬着小蹄子一程接一程地正在狂奔呢。微风拂面，阳光普照，美丽绽放，他们在和时代一样奋发向上着。

从少年到青年，这是一段岁月，除了脚步越来越有力以外，他的肩膀也在加宽。有一天我偷看了他的日记，他在问自己：我能回报母亲什么呢？他有了责任感，真是长大了。无论将来他是出类拔萃，还是平平庸庸，我都希望他记住这一点：以世上最好的爱，奉献给母亲。

一切都顺利地结束了，真有一种突然间放下了所有大大小小的包袱的感觉，紧绷的神经松弛下来，肩膀松弛下来，脊背松弛下来，天和地也松弛下来了。家里又恢复了以往的生活，说说笑笑，欢欢快快，轻轻松松。

这是生活中的一个小片段，我们都忘不了。

仿佛生活的变换就该轮番上演，今天他家，明天你家，内容万般精彩。这种高考，不知来年谁家又会遇到？细想想，每一次变换，都是对家庭的一次历练，多总结出经验，以后也就不必那么紧张了。

“80后”的孩子都是蜜罐里长大的，极少受过伤，他们欠缺锻炼，这种学习方式虽不足取，但努力巩固学到的知识，对将来是会有好处的。让人吃惊的是外甥身上的许多潜力，其实我们平时应该挖掘出来的，这也是做家长的责任，可是平时我们怎么没有发现呢？我们只知道一个劲地绑架一般“伺候”他，把他当成了婴儿，这是谁的错？到底谁在拖谁的后腿？

我回望外甥，望了又望，他好像还站在那里，还是那副模样：长长的胳膊，长长的腿，瘦瘦的腰，拨浪鼓一样地甩着茂密的头发，那么自然，那么美。

如今他早已走出了那个年龄，我怎么能违背自然规律呢？

把苦转变成甜，这种能力与思考有关，与毅力有关，中间没有连贯性，但一定有必然性。我们不怕它来得猝不及防，因为我们已经做好了准备。

请父亲跳舞

失去了父亲，我无所依托，起初的日子是无法度过的，后来我靠寻找旧迹安慰着眼前的痛苦。

他并没有走远，他是匆忙间走向冥府的，那音容、笑貌、写毛笔字的身影，至今还在我的身边……

我患了咽炎，这成了父亲的心思，他让我多喝水，说了一遍又一遍，整个世界很静，父亲的声音很响。我一见他就喊：喝了，喝了，喝了一条江。在他的身边，我的幸福一天天疯长，幸福的叶片茂密得铺满每一个房间。

父亲有一个老习惯：不管在什么情况下都给人面子，不让别人难堪。给人家面子，自己肯定有许多委屈要藏于内心。我曾用目光不止一次地探究着，看了个明白。哦，每个人都有自己的内心世界，父亲老了，这些处世哲学伴随了他一生。

有一年，父亲的脚踝骨处疼痛，突然变得不再灵活。我领他去看医生，医生说是骨质疏松所致，应当经常晒晒太阳，还要多活动，以增进血液循环，促使筋骨健壮。

父亲是一个不太爱运动的人，他说他喜欢在家门前散散步，这也是一种运动，也能活动筋骨，父亲这样解释。

为一个话题我俩常常见地不同，最后总是他让我。

有时，他也听听音乐，他最反感歌唱家在唱歌的时候出现错别字。他说歌词和诗赋不同，歌词大多写得较直白，用字也简单，因为它是时间的艺术，就那么几行汉字，不能用点儿功夫先学一学吗？有一次，我请父亲去听一位女歌唱家的音乐会，歌唱家端庄地站在台中央，演唱了一首我们熟悉的歌曲，里面有一句“我时时都吸吮着大地母亲的乳汁”，她把“吮”唱成“yǔn”；接下来还有一位演员把“徘徊”唱成“pái huí ”。父亲说，最好先识字，再唱歌。

是啊，我们用去很多时间、花费很多的钱去听音乐会，短短的一首歌曲竟唱出许多错别字，而且他们的歌声通过多种渠道传遍天涯海角，错别字也被越放越大，四处回荡。

父亲常常从门前的广场经过，每当春天的时候，回来后他总给我描述广场里哪些花开了，开得多么漂亮、多么芬芳，而且所有花的名字他都能说出来，有牡丹、玫瑰、芍药……如数家珍。他还说，东边那片丁香该剪枝了，西边那片桃树肥施少了，花瓣太瘦，就像他是园艺师似的。当他谈到广场上有些老人在跳舞时，总带有不太欣赏的表情，但也是一掠而过。父亲的言语不多，除非遇到让他很有感触的事情，那时他就会认真地发表看法。

我的胃消化功能不好，医生说也应当加强运动。

我萌发了一个念头：每日饭后请父亲在房间里跳一曲交谊舞，这样能带动父亲活动一会儿。

父亲不同意，也不作声，好像没听见似的。

我请求他，说这样对我们俩的身体都有好处，咱俩都能得到锻炼。他照旧不搭理，认真地看着他的《新闻联播》。

一日，家中来了几位客人，这下机会来了，当着客人的面我提起这件事，客人都称快。在众人面前，我知道父亲是会给我面子的。

果然，他完全没有思考便点头了。

于是晚饭后，我请父亲跳舞。我说：即使你不会，也陪我跳一曲吧，好吗？

一支《友谊地久天长》的曲子反复播放。一开始我把父亲的拖鞋脱下来，换上皮鞋，没有想到父亲跳得很稳、很有气度，根本用不着我去教他。

哦，他年轻的时候会跳舞，而且一定跳得非常好。

女儿和父亲跳舞，那种幸福胜过和所有的人在一起跳舞。温暖的大手托在我的腰上，就像有一股温暖的阳光穿透我的五脏六腑，浑身是那样轻松。我得到了一股强大的爱的气息，就像小时候趴在父亲的背上。

每天晚饭后，我便请父亲跳舞。有一天来了两位客人，因为屋里音乐声音很大，我没有听到门铃的声音。他们在外面停了许久，从玻璃上看到两个影子在跳舞。当我去开门的时候，他们笑着问：和谁在跳舞啊？我正色道：是父亲。

如果父亲能够亲口说出一句“以后晚饭后我俩去广场活动一下”，那该有多好。我想，那一定是动人的场景，每片草叶都会睁大眼睛。

弗洛伊德认为，一个男孩爱的启蒙人是母亲，一个女孩爱的启蒙人是父亲，细细品味，都是上世的情缘。

父爱的方式和母爱不同，那种爱有力量，如江河湖海，汹涌澎湃。

父亲的性格和别人是有区别的，他一点儿也不狡猾，从不提防别人，从不议论别人。有一次我让他帮我去接一位客人，人家失约，父亲在路边足足站了两个小时，生怕一会儿人家再到了。

父亲是一个一直对生活有勇气的人，一生磨难太多，想起来都让我心碎。

看父亲这个人，就像看一种古文化。他从不戴手表，怀里总揣着一只民国时期的老式怀表，表链像一条银色的细细的小蛇，经常从衣兜里钻出来。他的眼睛花得很厉害，却从不戴眼镜，总是用一枚放大镜，把儿已经磨损得相当厉害，还整日装在身上。他从不躺着看书，一直都是正襟端坐在书桌前。

他的性格从不张扬，纵然经历再大的风雨，他都会默默地承受；就是走进了沼泽地，他也不愿意去求人，他会靠自己的力量一点一点爬出来。

如今，点点回忆凝固在一起，比大山还高。我的思念能穿过高山，也能穿越时空，我时时刻刻都能来到他的身边，还在为他洗衣服，为他买牙膏、牙刷，我永远和他在一起。

当我们都脱下冬装，父亲那件银灰色的中式上衣还穿在身上，如今他的影子总在我眼前晃动，那里面不但有着他旷日持久的体温，还装着他多少心事呀！

大雪掩盖了父亲的脚印，雪融化了，我也能从泥土中认出来父亲的脚印。大雨冲淡了父亲的身影，雨停了，每一颗水滴都能幻化出父亲的身影。

父亲迎我来世，我送他去世，我把饱满的文字酿成酒，洒在他的墓地上。明天我仍旧要远行，会带上父亲留给我的品行。

春去也，冬去也，唯音乐永不能消失。

美丽的母亲

日子过得飞快，一天加一天，就像做算术题似的，又加上了一年。

三十晚上的后半夜，我在梦中遇见了母亲，她好像又回到了家里。天堂和人间有遥不可及的路程，母亲不辞辛苦来陪伴我，我真高兴。

现在望着餐厅里那张空空的大圆桌光溜溜地泛着光，如果母亲在世，三十晚上多大的餐桌也不够用。那时我年幼无知，一边吃着美味佳肴，一边挑三拣四，那些不该说的话，如今都变成了锯子，时时锯着我的身体。

小时候的三十晚上，穿的都是母亲用缝纫机给我扎的衣服。她的手分外灵巧，做出的衣服大多与别人家孩子的衣服不一样，有的在领子上镶一道边，有的在袖口旁缝几枚小纽扣，是那样地别出心裁。母亲做的衣服都合我的心。

母亲包的粽子最好吃，里面不但放有红枣，还有花生、红豆、豇豆、黏玉米粒，一个个玲珑剔透，让人吃惊。

小时候我有个毛病，一犯错误就往姐姐身上推。我还有个毛病，一说谎话就结巴。每逢这时，母亲就不吱声地拿起我的手脖给我把脉，她说一把脉就知道我是否在撒谎。很快地，她就能巧妙地“追查”出事情的真相。在她的教育下，我有了明显的进步，母亲时常表扬我。我最爱听表扬的话，表扬的话就像一根话语做的竹竿，我的童年顺着话语的竿子使劲往上长。

她要我做一个懂礼貌的孩子。我问：什么是礼貌？她说：礼貌就是对人要客气，对别人说话要有称呼。

如今，她生活中的许多片段都在我眼前晃动：

我感冒了，她还用我的杯子喝水；

我的脚让钉子扎了，她拿起我的脚，用嘴吸着里面的污血；

我吃了变质的东西，夜里突然呕吐起来，她急忙捧起双手，全都接住……

小时候我说一声热，她不管多远也要跑过来，我就不热了。小时候我说一声冷，她不管多远也要跑过来，一股暖风也吹过来了。母亲身上好像有玉观音瓶里的圣水，我需要什么她就带给我什么。

母亲在家里，家里就像有一个爱的大温泉，温泉里水花奔涌，时不时飞到我们每一个人身上。

母亲很少叹气，她乐呵呵地过着日子。她给我讲过许多成语，说“邯郸学步”这个成语是说一个人学习邯郸人走路，他总是模仿别人，反而把自己原来的东西都忘记了；

说“一鸣惊人”是比喻一个人如果有不平凡的才能，只要好好运用，一旦发挥出来，就会有惊人的作为；

说“东施效颦”是讲春秋时越国西施有心痛的毛病，犯病时皱着眉头，东施模仿她，样子很难看……

从某些方面讲，我对母亲的崇敬大于一切。

母亲的一生不嫉妒、不仇恨，这是她高度的生活智慧。所有的快乐对母亲来说都没有局限：为一朵小花的绽放她快乐，为一只鸟从窗外飞进家里她快乐，为变换了一种发型她快乐……她说快乐就是你对事物的认识，其实最快乐的事情是与苦难交臂而过。

她年轻的时候，第一次从外地到大连，乘坐的是一艘小风船。风船在海上漂泊了三天三夜，母亲没有吃一口饭，没有喝一滴水。船上其他的人接二连三地倒下了，而母亲以顽强的毅力挺过来，她说自己是大难不死，必有后福。

从此幸福就像一盏大红灯笼，总在她眼前出现。

那时我们家独自在二层楼上，在楼梯的每一个台阶上母亲都养了盆花，有茉莉、芍药、夜来香、金丝菊……沿着花走上去，才能进家门。家中更是一个大花园，几十种花竞相开放，多种芬芳扑鼻而来。追求幸福的人很忙碌，母亲对生活有一颗火热的心。

母亲有个失眠的毛病，夜里常常把墙上的挂钟停下来，不让它当当地响，但她还是通宵达旦不能入眠。夜里睡不着时，她提着枕头的一角翻来覆去，枕头的四只角都磨破了，这些她从来不诉说。

从点点滴滴的事情当中，我认识到她性格中的另一特质——坚强。

记得有一年冬天，我家门前马路上一位老人骑着自行车行驶，拐弯时突然被另一辆自行车碰倒了，车后座的一小纸箱鸡蛋也一同掉了下来。老人没有顾及自己的身体，直愣愣地看着流了一地的水灵灵的蛋清和黄灿灿的蛋黄。

恰巧当时母亲在窗户里看到了，她急忙从厨房里取出一个干净的瓷盆，快步走到外面帮助老人把一些破碎的鸡蛋收起来放到盆里。她和老人说：推着车子慢慢走吧，这个瓷盆我就不用了，家里还有。

母亲一直认真地生活，她善于助人，她说助人是一件最好的事情。可是走着走着，她没有想到迎来了灭顶之灾，“文革”夺走了她的生命。她还有许多色彩斑斓的憧憬，她还有许多美好的愿望，她还有我……

我心痛如刀绞。

一个生，一个死，分界线到底在哪儿？

母亲曾经说过，人在饥饿的时候送他一碗米，比人在得意的时候送他金子要有价值得多。母亲的话，让我觉得自己经常穿梭在真理当中。

我多么想再和她一起喝一杯咖啡，再在一起议论那些春秋战国时的成语典故，再一起手拉着手去逛商场、去美发……

母亲的一生散淡、淡雅。“淡”是苏轼的“一蓑烟雨任平生”，是禅宗的“空山无人，水流花开”，“淡”是脚步从容、神情自若的人生。

窗外没有风，一阵紧似一阵的鞭炮声渐渐消失，柔和的月光洒满客厅，我的怀念像飘零的花瓣，撒在屋子里每一寸地方。

我们在一起的日子

我和父亲在一起度过了三十五年，回想起那风雨同舟、互相等候的日子，我的泪水就汇成了小溪。

自古以来，接受风雨的是街道和广场，可是父亲，我的风雨全由你接受了，你的胸膛比街道和广场还要宽阔。

后来我渐渐长大，我们经常外出散步，尤其是在广场的长凳上坐下边说边笑时，身旁总有人问：那是你孙女？

是女儿。你纠正。

你看到人家仔细端详，就认真地对人家解释：四十岁才有这个女儿。人家常常是鱼贯而问，你就鱼贯而解释。

20世纪70年代，我到农村插队当知青，这是我一生中第一次和你分别，只觉得生命的源头断了，只觉得后背的脊梁骨断了，我整个身心沉浸在痛苦当中。

因为“文革”期间我们被抄家，家中什么值钱的东西也没有了，只剩下空荡荡的房子。你找遍了几个抽屉，最后找出六分钱。

你和我来到商场，柜台上摆着小镜子，正好一面六分钱。

爸爸送你一面大镜子。你说。

这是从天上掉下来的一块陨石，砸得我周围的大地生疼。

你到火车站送我，你的表情和昨天一样，极其平静。

爸从小就出来读书识字，以备将来谋生，你比我那时大多了呢。你说。

你就会烧开水，谁给你做饭呢？我说。

那我就做独立的爸爸。你说。

大地上，雪落黄河静无声。火车启动了，风驰电掣般向远方驶去，站台上别人的身影埋没了父亲。

我最喜欢读你给我写的信，开篇便是——

指示我的女儿：

你嗓子患有慢性咽炎，没有药一定要多喝水，水是身体之本，滋润咽喉，让我女儿早愈……

指示我的女儿：

春节不放假不要单独一个人返回来，要在大家之内，不可在大家之外。风中鼓翼，方是我女儿……

指示我的女儿：

因为我的“问题”，如不允许你参加高考，不必争执，不能得到的东西要放弃，我更希望你能自觉地认识到知识的重要……

三年时间里你共给我写了三十多封信，我把它们一封一封收藏起来，经常拿出来看一看，最后每一封都能背下来了。返城以后，我告诉你，三十多封信把我指示得晕头转向。

再也不用写了，这回可以直接和你说了。你说。

皆大欢喜的事情你仍如平常一样。我用鸡蛋打卤，做了两碗面条，你一碗，我一碗。你看我吃得那么香，安安稳稳地笑着：这回可把你缠在爸身边了，以后我们经常吃面条。

我愿意听你字字如诉的话语，愿意看你始终如一的神态和沉稳的表情。

“文革”后期母亲去世的时候，你买来七尺红布盖在母亲身上，最后还是被造反派扯下去了，说我们这样的家庭，母亲不配使用红色。

你惨淡的表情仍旧惨淡，为母亲你流泪了，叮叮当当的泪水似风铃，短促而有力气。你把你的被面取下来，是天蓝色的，覆盖在母亲身上。母亲盖着你的被，像睡着了似的。

从此，经常是你和我在饭桌旁面对面而坐，双双眼睛里都盛着昨夜的泪水，你望我，我望你。远帆远景，在最深的眼窝里出现。

你以全新的面貌对待生活，其实是对待我。

你知道我最爱吃的是国光苹果，秋天到了你就整箱地往家买。你把一个个苹果削了皮，再把削下来的皮缠到苹果上，一个摞一个摆满了盘子。只要我吃一个，不大一会儿工夫你会又补上一个。

参加工作不久，有一天领导让我去市委送一份老同志的档案，途中我不慎将那份档案丢失了， 那是一个人一生的记录啊。此时我刚刚来到一个新单位，谁不想与荣誉为伍！

我心急如焚，如果说用钱能够买到，我会在所不惜。回家以后，我和你一一诉说了。

当夜，你把家里所有的大白纸裁剪成方块小纸，又拿来笔和墨，一张张写起寻物启事。一直写到下半夜，写过的纸足足有一寸厚。

第二天清晨，你又打了糨糊，将它们贴在许多电线杆上。

一周以后档案找到了，说是拾到的人出差了，回来后才通知我们单位。

如同一种光亮在我面前升起，顿觉一块大石头从我身上滚下去了，我赶紧回家告诉你。

你以一种安慰的状态走近我，说了一句：再度喝葡萄酒是什么时候？

是今天晚上。

你和我在温暖的屋子里饮着葡萄酒，我多日不悦的心情被你感召得像蓝天一样透明。

晚饭后，你提着水桶和刷子出去了，将电线杆上你贴的寻物启事一张张揭去，揭不掉的，你就用刷子蘸着水一点一点地刷。几百个电线杆，那是一片森林呀。

满街满巷张贴的“祖传秘方”、各种“启事”还少吗？你贴的又是那么规整，我劝你不要去清理了，你执意要去，我无论如何也阻挡不了你。其实那个年代，人们还没有环保意识，你的意识来自你的文化、修养和你的人品。

你有渊博的知识，我有不认识的字总是问你。

爸，这是什么字？读古诗词的时候我不认识的字很多，不解的句子也很多。

我能知道吗？

你一边说不知道，一边全知道。我根本不用看注释，你就是注释。

你不能和女儿在一起一生，但是你会在女儿心里永生，这是幸福和痛苦的源泉，流之不竭。

有一次我去医院治牙，到了医院不一会儿下起了小雨。正当我张着大嘴接受治疗的时候，忽听你在外面走廊无目标地轻声喊我。

大吊车一样的电钻正在钻我的牙根，我一点儿也动弹不了。我感觉到你的脚步从一楼找到四楼，待我修好牙齿后跑出去找你，见你拿着雨伞在楼道等我。

我歉意地看了看你，你根本不介意。你从不会埋怨别人，就像是所有人的知己。

我希望你的影子像风一样无影，我甚至想逃离你。我追求结束，可是起点又开始了。每天都是这样，想你的感觉真像东北冬天里的大雪，铺天盖地。

你是一个最讲信用的人，只要你说过的话一定做到，委托你办的事，任何人都会放心。

在你去世前的那年秋天，我们单位每人分到两筐白梨。我回来告诉你，明天或后天会用车给你送到家里，你经常到门前的马路上看一看，你赶忙答应。

早晨我去参加一个会议，晚上八点多回来时只见你还站在门前的大街上，在这茫茫夜色里，只有你一个人在等待。见到我你很高兴，我们牵着手一起回到家里。

你老了以后不给任何人增添麻烦，你加倍辛劳操持着我俩的日子。

如今，父亲，你的身影时时刻刻浮动在我的眼前呀。

如今家中使我触景生情的东西太多：一把软椅，一双拖鞋，特别是长年挂在你腰带上的那串钥匙，简直就是一串铜铃，哗啦啦地时常在我耳边响动。

你的一生，经历了许多大起大落、大苦大难、大冤大屈……一切无法承受的痛苦你都承受下来了，你的毅力让人敬佩，你是我坚强的父亲。

爸，你心底有一片静静的湖。

“什么湖呀，我这人是块木头，如果说还能行走，那是岁月把我刻成了木舟。”

让岁月托起木舟，再一次漂进自然吧。

你过早地离开了我

还没有到你的祭日，母亲，我提前想你。其实我无时无刻不在想你——

回头望一望走过的路，每一段路上都有你的影子。

朝阳里，有你的笑容；夕阳里，有你的泪水；风里雨里，我从缝隙里也能看到你。

小时候你给我讲的故事，至今我还记得清清楚楚：

大鸡说话小鸡听，明天要杀我去待官兵。早点儿睡觉晚点儿起，预防空中有飞鹰。

仅仅四句话，就是一个感人的故事。就这样，你给我讲述了无数个诗一般的故事。然后，你再细细地讲解。你还给我讲《西游记》的故事，首先讲里面的重点："大闹天宫""三借芭蕉扇""智取红孩儿"……有时，你一边讲父亲一边插嘴，常常是一个故事由你们两个人讲，然后父亲接过去再讲取经路上遇到了哪些妖魔鬼怪……我们一家人真是乐融融。母亲，你多像我的启蒙老师。

我的头发很茂密，从小时候起，你就给我留起了长长的辫子。你那双灵巧的手每天清晨在我头顶忙碌，有时在上面盘出一朵大黑牡丹，有时在两侧盘出两朵小芍药。母亲，你竟能把我的头发打理得那么美，超出了所有人的想象。

我小时候胃不太好，怕着凉，一顿饭你给我热三次。晚上你给我洗脚，洗完后，每一颗脚指头你都在嘴里放一放。

母亲，你是一片永不碎的瓦，在我的最上端，盖着我。

你离开我时间越久，越显得那样清透。

在家里，你收拾东西时是那样地有条不紊，分门别类。袜子放在一起，毛衣、绒衣放在一起，围巾、手套放在一起。每当你给我们换洗的时候，就是闭着眼睛，也能一下子拿到。

那时，我们家的鱼池里还饲养了许多金鱼，可是我们从来没饲养过正常的鱼。因为鱼都是你从鸟语花市买回来的，你看到有的鱼身上有残疾，没人待见它们，它们躲在角落里，根本抢不上食，你就会买回来。有的一只眼睛大、一只眼睛小，有的只有半条尾巴。

母亲，你总是对我特别严厉，但凡调皮了一定要罚站。我是个丢三落四的人，去浴池洗澡竟能把换下来的衣服落在那里。你不只为这一件事情，有时还把好几件事攒到一起，一块儿罚我。对付你，我有一个好办法，每当罚过站以后，第二日去上学时就不吃早饭。你是一个对我们的饮食非常上心的人，我抓住了你这根软肋，专在你的软肋上做手脚。

我前脚走后，你随后准会到学校去送好吃的。你怕同学和老师看到，对我影响不好，就站在走廊的拐角处。我早已看到你了，却偏偏不出去。一节课四十分钟，你等了一课又一课，一直等了四个四十分钟。我从走廊的窗户上看到，一双耳环一直在晃动。

如今想起来，心中便会涌出许多内疚。它们像蛇一样缠着我，绕着我，赶也赶不完。

我记得家中床下有一只不大的蛇皮箱，它很贵重，是你结婚的嫁妆。你是一个不喜欢张扬的人，常年将它搁在床底，“文革”时，被抄家的人掠走了。你说那里装的是你的首饰和过去的照片，你日里夜里地想它，那种痛苦让人心碎。现在，家中连一张你的照片都没有，想你时，我只能画你。画一遍，擦一遍，不知道什么时候能画出来。

你十分安静，你的一生都在独行。落叶打在你身上，推下去，还是独行。

你是一个清澈的人，你喜欢草叶上的露珠，喜欢所有的花卉，你是那样地热爱大自然。

你曾经带我到乡下一位亲戚家，他家门前有一棵核桃树。当时正值秋季，树上结满了累累的果子，核桃在树上时外面有一层绿色的皮，我不认识，问你这是什么。你说这是核桃树结出的果实，做一个人也应该奉献出自己的果实，不然没有人会认识你。

想你的时候，我的梦常常在大自然中翻滚。

我经常想，你的性格像《红楼梦》中哪一位女性呢？薛宝钗？王夫人？贾探春？……我挨个对号，一个也对不上。

谁能还原母亲的真实性格和容貌啊！

母亲去世的时候，已是“文革”后期，“四人帮”即将倒台。你再坚持一下，也许能挺过去。但是那时你已经咬碎了所有的牙齿，再没有可以咬下去的了。无路可走，海就是你的路，你走进去了。

你变成了一尾鱼。浪花掀起十八丈，你就被抬起。浪花退了十八丈，你就落下。海水撞击着你的身体，声音如巨雷，轰隆隆传到天边。

你从生命的最高处，走向最低处，你以这种方式和我分别了。

我多盼望你是迷失了方向啊，可是这是你做出的最清楚的选择。海，接纳了你。

你活在世上，连一个甲子都没有度过。实际上你是一个无限热爱生活的人，你的眼睛里永远装满了四季的景色。你的那些旗袍，仍旧彰显着你的快活，仍旧垂在我今天的衣橱里。

我是姊妹中最小的一个，那时才是个小学生，我怎能承受？但是灾难降于斯，我必得承受。

从此，我只有怀念。

我怀念你微澜起伏的胸口，我的脑袋倚在那儿，那般温暖。我怀念你修长的胳膊，拥着我，是那样幸福。我怀念你美丽的眼睛，眼睛里有一个我。

我家窗外的海里有一座高出海面的山峰，只要我推开窗户，总愿意多看几眼。母亲，你生命的最后一笔，写在海洋上，波涛为你画上了句号。

你一生做的任何事情，从来没有患得患失，纵然是生命。你曾经把耶稣的话放在嘴边，爱他人就像爱自己。你是一个诚心做事的人。诚心于内，必然信任于外。你怒不失常，乐不至极，取舍有节，不失分寸。你用心在修养人生。你是那样浪漫，以海面为镜子。如今你把镜子打碎了，再也照不到自己的模样。

我曾经想让你做世界上最幸福的母亲，让你享受到舒心的生活，我想百倍努力，让你以有我而自豪。可是我连百分之一都没有做到，你去世太早了，我失去了一切机会。

找你，我派我的梦到海里，梦就能找到你。

母亲，我把这篇散文写完，今年清明节时，我一定把它铺到海面，献给素雅、恬静、无声的你。

世上人多知己少

父亲是一个极重感情，也极善于把别人的感情收集起来的人。他总是把它们一捧捧珍藏起来，放进胸膛。他的胸膛装了许多东西，因此很沉重。

父亲说，刚刚解放的时候，大连的冬天特别冷，男人外出的时候，得戴上皮帽子，女人外出的时候，得围上大围巾，否则耳朵就会冻肿。街上随处可以看到冻裂的水管，一夜间流出来的水，到第二天早晨便可以成为冰场。平整的柏油马路也随时能见到冻裂的情景，就像被人用刀切开了似的。

就在那样一个寒冷的晚上，父亲行走至门前的广场附近，在一座楼前的圆柱子后面见到一个人蜷蹲在那里，十分可怜。父亲说，尽管在那个年代那种场面常常见到，但是每次见到心中总是挺难受。父亲走上前去告诉他，说那儿是个风口，风刮到那儿都在打转，在那儿待一夜可会受大罪的。父亲还告诉他大连有许多空房子，日本人撤走以后，倒出来不少，并仔细地告诉他都在什么位置、哪条街道。

第二天早晨天还没亮，父亲去码头接船，经过那座大楼的时候，发现那个人仍旧在那儿蜷着，已经冻得不会说话了，嘴唇四周和睫毛上都布着一层冰，父亲说那种场面看了以后让人揪心。

当时父亲穿了一件长袍，他什么都没想，只是急忙脱下长袍，像裹大包袱似的把那人裹了起来。父亲自己冻得也顾不上说什么安慰的话，急忙奔回自己的住处，回家重新穿好了棉衣后，又急忙赶往码头接他的客人。

从此，父亲再也没遇到那个人，在以后的冬天里，父亲还常常想起他。

大地渐渐苏醒，又渐渐冰冻，转瞬间几年的时间飞快逝去。有一年的春节，父亲见到了他。

这次是在我们家见到的。父亲说大年初一的早晨，他来拜年，当时父亲愣了，那人一边叩首一边讲起了那一夜，说多亏了父亲，父亲是他的救命恩人。

看到他红润的脸庞，父亲知道他早已渡过了难关，如今大概在大连已经站住了脚。那人告诉父亲，那件长袍的口袋里有一封别人寄给父亲的信，信瓤没有了，是个空信封，所以就按地址找来了。

后来两人有了一些交往。

许多年过去，那个人的父亲去世了，他来向我们家借钱。他一连借了许多人家，人家都不肯，那天正下着倾盆大雨，在大雨中他跑到我们家，脚下湿了一大片。

父亲说他太可怜了，当时借了二百元钱给他。他说处理完了丧事便还。20 世纪四五十年代，东西特别便宜，父亲说买一斤大虾才一角八分钱，二百元钱是能办许多事情的。

一直拖了四年，这期间，他始终再没到我家，钱始终也没还。父亲曾去过他那儿两次，每次还没开口，他就讲出了许多难处，用话语的大山把父亲堵住了。我的父亲很儒雅，很讲情义，一些该说的话又全部带回来了，什么也没有提。

父亲和母亲说，那人住的房子顶棚铺的是油毡纸，冬天冷，夏天往下滴沥青。母亲说，太可怜了，算了吧，就当是送他了，往后我们自己节省一些。

那个年代，对于一般家庭来说，二百元钱，积攒一年可能都达不到。

又过了许多年，发生了“文革”，我正直、善良、有着极好修养的父亲，一夜之间变成了被打倒的对象。在无数张大字报中，最醒目的是父亲曾经救过的那个人写的。他说大连解放前他一贫如洗，穷得吃了上顿没有下顿，身上也没有穿的，冬天连双袜子都没有，差一点儿冻死在街头，父亲这个资本家还穿着皮大衣……

就因为他揭发出了一些“鲜为人知”的内容，父亲格外遭了许多罪。

我聪明非凡的父亲，能用一双眼睛识别真伪黄金、真假玉石，哪怕是稍有丁点儿不足的成色，他也能用肉眼识别，可他没有看清楚一个人。不是他的眼睛不明，是人类的伪装胜过世间万物。

一切都过去了，也是在数九寒冬的季节，父亲得了绝症。在最后的日子里，他和我讲起了他这一生，感慨万千。父亲是个见过世面的人，作为商人，他极讲诚信；作为男人，他极讲责任。他说他的一生朋友不多，同事不少。可是“山上石多玉石少，世上人多君子稀”，交人难啊！不是被朋友保护，就是被朋友背叛，历来都是这样。他又提到了前面说的那个人，父亲说那人如今也是个老人了，不知现在过得怎么样。

一个如此热爱生活的人，过早地离开了我，我非常难过。我知道，他应该有一座像样的坟，可是他没有坚持到今天，也罢，那座坟会在我的诗歌里。

你多像一条儒雅的大河

常常想起你的教诲，爸，在淡淡的阳光下我想起你，在朦胧的月色中我想起你。

一个你，占据了我的世界。有时回过头去倒着走，回头看到的还是你。爸，你不是说你很小吗？

回头是水，许多往事从水里涌出；前面是山，许多往事从山上滚落。我想平静，什么时候也平静不了，这个没有了你的世界啊，简直是天翻地覆。

你喜欢看我的诗，每当我发表作品的时候，就把那一页翻开，放在你的书案前。你戴上花镜，看了一遍又一遍，永远没有完。

我常常把一些临时想起来的句子记在纸片上，你经常提着纸片问：这也是诗吗？我被逗得不停地笑。

诗大致有两类：一曰纤纤的美，一曰粗犷的美，但不管怎么写，都得流出真情实感。

你睡觉有个打呼噜的习惯，尽管你在南屋，但夜静的时候，我照样听得一清二楚。发出钟表一样有规律的声音还好，可你的声音极不稳定，乱七八糟地往外撞，强烈的鼾声像在撞钟，夜静的时候还有回音。

那晚，我轻轻走到你的床边，慢慢推醒你，说你的呼噜声音太大，是否能小点儿呀。

一连几天，屋子里晚上静如寺，唯我的笔在穿行。

有一天临睡前，我想看看你，当我推开门的时候，怎么也没想到是这样一种情景：你坐在椅子上，额头靠在床边，一只青筋裸露的拳头当作额前的枕头。

静静的是我的呼吸，沉睡的是你。当我将你扶起的时候，你的额前压起一个大红印子，犹如一团滴血的鸡冠。

你有个老习惯，迎接客人时总先鞠上一躬。我不喜欢你这个礼节，特别是，对年轻人你也如此。我多次哀求，不让你这样，可你说这是老习惯了，不容易改。是啊，你又暖又诚的一礼，让多少人难以忘怀。

一天，家里来了一位外地的朋友，是你去开的门。你照旧给他鞠了一躬，可那人竟没看见似的直奔我而来。当时我心里很不是滋味，我不敢看你的表情，你完全窘在那里，我的心像被一只皮鞋踹了一脚……

有一天，门铃响过之后，你又去开门。哎呀，平生我第一次看见你伸出颤巍巍的右手。当你和对方的手握在一起的时候，你不是上下晃动，而是左右晃动，把屋子都摇晃起来了。

爸，为了我的一个请求，你竟把几十年的老习惯改了，改得让我百感交集。

你一生不争不吵，你不歌颂火焰，也不排斥小溪，你平平静静地走着。你对我的要求却很严格，我没有考虑你的良苦用心，只是一个劲地说：你不就是一个爸吗？

从我记事时候起，我就知道自己家里的事要关起门来说，别人的事情不许围观，不许去看热闹。

有一年冬天，在外地读大学的大姐放寒假回到家里，第二天她骑你的自行车去同学家里办事。下午返回时下起了大雪，眼看就要到家了，大姐却在马路边上撞倒了人。

因为姐姐还没有回来，你一直站在窗前张望，这一情景被你看在眼里。你穿上衣服奔出家门，火速地朝路边赶去。我在窗户里望到大姐站在路边，你一个人拉着那人的手乘车赶往医院。回来后，我问你怎么不管我大姐了，你说自己家的人怎么都好说，可伤着别人很重要，别人是比自己重要的。

你说被撞的那人很讲情面，家教也好，你们一路还谈了一些额外的话题。经过医生检查，那人没有什么大碍，只是皮肤受了外伤，我知道你后来还去看过人家，你说这样才放心。

至今我的书房里还挂有一张你的照片，那是你年轻时候的照片，也是“文革”抄家后剩下的唯一一张。常常有客人指着照片说，那是你朋友吗？我赶忙解释：是父亲。以后凡是有客人欣赏你的照片，我都先做介绍。

你一生从来没有大声呼喊过，你极不欣赏那些呼天抢地的歌曲，你说听了让人心里很烦乱。

你也有崇拜的人物，那是平平淡淡的崇拜，那人是孔夫子。你和他就像在两千多年前认识似的，你那么理解他的心态。你一生与人为善，为人谦和，自己可以忍受许多，却不能委屈别人一分一毫。我们家夏季看电视的时候声音总是最小，你怕影响别人休息。你从不在家中的地板上做重活儿，就是给抽屉上钉一只钉子，也要拿到楼下。你多像一条儒雅的大河啊，河水涓涓地流淌着。

有时，我不敢再望你，那是你老了以后。你老得和别人不同，是从手背开始的。好像是在同一个月，你手背上忽然有三条血管变粗，由于过于突出，拽得手背的皮肤又薄又亮，上面布满了一层皱纹。我不敢看那血管，好像从上面能看到你的心脏，供血是那么缓慢，血管却又鼓胀着。

你一生最重要的一件事是心疼我。你当然明白我的目光，你说荒原之上，也常常会出现青草。我笑你，世人谁能打破自然规律？我当然盼望你的生命常青。

和你在一起的日子，早晨一片朝阳，晚上一片夕阳，不知不觉就走过一天。你的朋友极少，你说，我就是你的朋友。我望着你的手背说：忘年交吧。

我们俩在呼唤着。

爸，今天你的许多品质都留下来了，对人真诚，讲究信用，与世无争，不攀龙附凤……爸，你是岩石，我是小草，岩石沉重，小草轻盈，可岩石上的血滴到小草上，小草也沉重呀。

爸，你对于我，是沼泽旁的一大块岩石。

可是突然间你没有保护好自己的身体，患了绝症。

我有流不尽的泪水和流不出的泪水，但是我不能让它流出来，就这样，我和你在一起度过了最后的三个月。

临终，当你的皱纹慢慢舒展的时候，目光久久地落在我身上，我知道你有话说不出来，赶忙问你：

是不是挂记着我还没有成家？你慢慢地摇头。

是不是挂记着我身体不好？你慢慢地摇头。

是不是挂记着我长时间没有动笔，再拾不起来了？你没有摇头。

我来不及说什么，你闭上了双眼。

我收藏起巨大的痛苦，一个人漫步在夜空下，望着银河，只有泪水在星星上闪光……爸，只要我有灵魂，就会有诗歌。

生命是有限的，有限的两极又是无限的。爸，你仍在无限地生存着。

特别的感受

如今高三的学生都争先恐后地考大学，考上以后，家长和亲属们又争先恐后地到学校去送孩子。

姐姐的儿子考上大学以后，孩子极力不让家长去送，可是家长就是不放心，并且说出了许多应该去送的理由。最后竟整理出了五只大背包，裹着热情与希望，我们一起往北京赶。

学校里的寝室每一间都不大，长方形的，放有四至六张上下层小铁床，从此它们将弹奏出爬上爬下金属碰撞的声音。

新生们由家长来送，似乎已经是很平常的事了。外甥寝室里有一位河南来的小伙竟有十二位亲属来送。十二位年龄不同的男女围着孩子站在一起，我仔细地辨认着他们与孩子的关系，半天也分不清。

第二天下午，新生们都去教室开会，一直到四点多钟还没有返回寝室。大家都等得很急切，尤其是那十二个人，轮流着跑出去看。十二个人像十二只大鹅，一会儿移到这边，一会儿又移到那边。

这是一所发展很快的学校，有着许多年的历史，平时学校很平静，忽然间增加了这么多学生和家长，天南海北的语调在寝室内外回响。还有许多家长在寻找老乡，为孩子们日后联络感情。

忙乎了大半天，想喝水的时候才发现暖水瓶是空的，我提着它往水房走去，迎面正遇上新生从教室里出来。那位河南新生和我打了个照面，我告诉他，他的亲属们都在着急地等他。他皱着眉说，全是溺爱。

什么是“溺”？“溺”是淹没在水里的意思，可见他对亲属们那种爱的方式相当不满意。

外甥寝室里有六位新生，靠近窗户那位是从广州来的，他同弟弟一起到北京上大学，是一对孪生兄弟，两人考上了北京的两所不同的大学。他们的父母也来了，不停地在两所大学中间穿行，朝霞把他们的影子投在大马路上，夕阳又把他们的影子移进黄昏，直到身影渐渐消失。

当初外甥的录取通知书我是仔细读过的，上面清清楚楚地写着：学校不接待新生家长。

可是家长们还是来了，给学校带来很大麻烦。不过那场面也有些热闹：走廊上有家长在擦地板，窗台上有家长在擦玻璃，水池子边有家长在往外拾饭渣……家长和学生连成了一片，家长和孩子没有了年龄的隔阂，一派兴高采烈。

学校正式通知：星期一早晨全校师生开课。

头一天，学校门前的饭店几乎被学生与家长占领了，家长们似乎有说不完的话，有的喜泪都流进菜肴里了。一顿饭下来，谈话还没有结束……

一夜之间，家长们杳无踪迹，像些大雁全飞走了。学校的大门该关则关，该敞则敞，一切恢复了正常，井然有序。

在这段时间里，我的心一直没有平静，我不由得想到“母亲送儿上战场”……那是抗战时期母亲为儿子送行，那时母亲是什么样的心情啊！那是生离死别，那是送儿为国捐躯。然而母亲们不流泪，把干粮给儿子塞上，让他们从母亲怀里出发，去打日本鬼子。万里江山等着儿子去保卫，母亲多么自豪。

我又想到抗美援朝时期，母亲送儿子跨过鸭绿江，去打美国鬼子。从中国出发，到朝鲜去，离开了自己的母亲，离开了自己的祖国，儿子将要穿行在枪林弹雨中。

以往母亲的胸脯是儿子“居住”的地方，而明日战场是儿子“居住”的地方。母亲没有流泪，让儿子乘着人民的嘱托而去，母子俩一声叹息都没有。鸭绿江的波涛在惊呼，惊呼那些伟大的母亲。

而如今，在这和平安宁的年代，所有的儿子与母亲是那样幸福。上大学就是去知识的殿堂，为自己赢得知识，强壮自己的祖国。在这么优越舒适的环境里读书，母亲们还从千里之外赶来千叮咛、万嘱咐，把不放心的内容仔细地解析……

学校里每天都在讲着历史，纪念着历史，因为它不是神话，是事实。当然我们愿意在它上面筑出美好的今日，但是我也愿意在它面前常常想一想自己。我不应该再说什么，说什么都是自我解嘲。

已经开始上课了，我在校门口望到外甥高大的身影。现在的孩子有能力为明天奋斗，有能力为祖国争光。我多么盼望四年以后，我再叙述的是另一番景象。

第二辑　生活的本质

解读性格

一生中能活得不慌不忙、宠辱不惊，这是我的追求，我在朝着这个方向努力。

在观察性格的视野里，长久驻入我眼帘的也是这种性格，它如平地而起的山脉，自然地高耸着。

早就知道，东汉末年的文学家蔡文姬具有这种性格。她生逢乱世，一生颠沛流离。她推开了人生的许多旋涡，凭借坚韧的性格平静地承启于沙尘中，她是一个名垂千古的女人。

莫言说他是一个会听故事的人，这是一个正直而勇敢的生存者的力量所在。我那么欣赏他，我也是一个爱听故事的人，我知道生命的路是进步的，是让人往上走的，如同岁月中的年龄。我从故事中听到了《红楼梦》《水浒传》……第一部书里写透了每一个人的性格，那几位平视一切的人物常常在我眼前走动，也使我偶尔不平静的心能平静下来。第二部书写透了梁山好汉们的性格，他们在替天行道，路见不平，拔刀相助。

有的人因为性格使然，成就了大业，有的人毁于性格，这是人生里残酷的一面。性格造成的成败在现实生活里我们都在体悟。

在我尚未远去的记忆中，父亲的性格极好，小时候他每一天晚上都要给我讲一个故事，其中有“司马光砸缸”“只要功夫深，铁杵磨成针”等等。有时候我只顾着玩，远远地躲着他，他不厌其烦地一遍又一遍地走近我，我喊着：烦了烦了。父亲笑眯眯地望着我，一声不吱。

我从没有见过父亲急躁的时候，他良好的修养和渊博的知识让人尊重。

我的朋友当中大部分是性格比较沉稳的，这可能是应了那句话：物以类聚，人以群分。

由于性格的不同，我曾经失去过一位好朋友，我至今非常想念她。她患有气管炎，每当我见到治疗这种病的广告，目光都会久久地停在上面。

我们俩住得很近，我喜欢听戏，有一次我请她听京剧，青衣刚刚出场，一声拖腔还没唱完，她已经从椅子上站起来，走了。

还有一天中午，她在厨房里洗鱼，鱼刺扎了食指，有一小截断在里面，当时我和她去医院，时间是十二点四十分。

医院下午一点开诊，中午的一个小时只有急诊。她烦躁极了，左右不等，快速地挂了急诊。等我们从一楼转到三楼，已经是一点钟了，外科医生又让我们下楼去换平诊。

她总是不听别人的劝告，以自我为中心，一意孤行。

后来我们无法再交往下去，不再联系，因为每一件事都做不到一起。失去了一位朋友，我的心里很难受，泪水一滴一滴地洒在胸前……

一个人的悲剧是个性造成的，一个家庭的悲剧是个性的产物。

君子坦荡荡，小人长戚戚。豁达乐观，坦诚做人，这是美德。古人说：“不诚则有累，诚则无累。”

做事学会沉稳为好，遇事前思后量，轻易不要去做后悔的事情。我认识一家较大公司的总裁，每天有许多事情等着他做出安排，还要与很多公司的领导在利益上周旋。他多是不慌不忙，喝着茶水，保持着平静的情绪。我说他做生意像做游戏，举重若轻。

一个人有一个好性格，真难得，我会用功向他学习。

无论遇到什么事情先别急，但也不能太缓，中庸之道看来最是真理。

一个人的性格不能太懦弱。俗语说，柔中有刚。柔弱的性格常常令人情感丰富、观察敏锐、感情细腻。耿直性格的人不善于迂回，往往四处碰壁。常言道：“兵强则灭，木强则折。”

有的人以血型论性格，有的人以喜好的色彩论性格，这些都不准确。一个人有一个好的性格，有的是天生的，有的是后天经过千锤百炼磨成的。有了这样宝贵的性格，比有多少钱都值了。

想想人家蔡文姬，泰然自若，不以为意，神情如常，行若无事，虽然经常思念一双儿女，但从不失大体。

生命是一场传奇的旅行，旅行结束了，人生的目的地也就到了，那就是我们最不愿意提到的——坟墓。其实谁也逃脱不了自然界的规律。写到这儿，我不由得想到了世界上有一座最安静的坟墓，里面躺着一位最安静的人——俄国作家托尔斯泰。

他的坟前只有大地、绿草、阳光……我却看到了一个独特的世界。站在他的坟前，我好像听到大地在说：先生来了，这儿多了一捧泥土；我好像听到绿草在说：先生来了，这儿多了一棵青草……

多么少有的坟墓，胜过了所有豪华的墓地。风沙能夺走一切，夺不走人的本质。

如果将人体幻化成一座建筑，性格一定是一座建筑的钢筋。从奠基到封顶都需要钢筋，它贯穿在整座大楼中，起着无与伦比的作用。

我不逃避庸常的生活，生活永远都是陌生与熟悉交织在一起的。昂首在生命的行列中，我不愿掉队。

思　考

可以忽略许多事情，但是一定要谈一谈教育的事。

有一天我乘公交车外出办事，当时是下午四点多钟，虽然没有到下班高峰时间，但是人已开始增多了。

车的后面是几排双人座，只见一个六七岁的女孩独占了两个位置，左边的座位放了一个大包，软软的，里面好像装着棉花，她的头部和背部躺在上面，右边的座位放着她高高跷起的二郎腿，整个感觉好像是躺在床上。她的姥姥站在一旁，两只胳膊像栅栏一样圈起来，生怕有人碰到里面的人。

老人一直站在我身边，我听到她嗓子里发出吱吱的声音，老人有气管炎。

就在这车的一隅，丑陋和丑陋相伴着，一老一小，随着车的颠簸起起伏伏。

谁也没有闭上眼睛，我看到四周人的眼神里都充满了厌恶。

几天过去了，这件事还经常冒出来，尤其是每当我看到小孩子的时候。

我不愿把它独自装在心里，时常把那事提出来讲给别人听。

别人说我别和小孩子一样，就当没看见。那我的眼睛不白长了吗？我反问。于是我们又笑起来。

我不由得想起几年前的一件事情：

表妹的孩子从美国回来，第二日我领她乘公交车出去游玩。她也是个女孩，今年七岁，在美国上一年级。

车门前边有两个座椅，椅背上写着红色的字“老、弱、病、残、孕专位”。

当时车上乘客不多，那两个座位是空着的，我让孩子到那儿坐下。没有想到，她执意不肯，她说：那些需要照顾的人假如在站台上看到车上这里已经有人坐了，他们就不会上车，还会在站台上继续等。

她稚嫩的声音说出的话语竟是这样让人感动，字字像小鼓，敲打到我的心壁。我站在她旁边，感觉浑身暖融融的，我用眼睛温和地打量着她，打量着这个可爱的孩子，此时真不知道该说什么。

这也许是个别现象，但美国孩子的做法不是个别现象，因为我以前和他们有所接触。这些事情并不大，但是我一定要说给大家听。这世界没有什么不好，孩子并没有什么不好，只是大人有缺失，缺失了对晚辈的教育，糟蹋了自己的大人身份。

可以允许孩子调皮，可以允许孩子疯狂，但是决不允许他们素质低下，素质低下的人是矮人一截的。人一旦上了年纪，就愿意坐在花园里回忆童年的美好，把阳光融进童年里吧，那样童年会更灿烂。老人爱晚辈，晚辈会很幸福，但请不要让爱有瑕疵，这样的老人才明智。

在这个尘世，所有的宽容都是有必要的，唯有对教育必须是一丝不苟的，必须是认真的。

大家都在商讨孩子的未来发展，为什么大人不思考该怎样教育孩子？不要看表象的东西，看看隐伏于孩子心灵的需求，需求有多大，我们的责任就有多大，该承担的一定要承担。

一春一秋，融于自然岁月；一事一情，融于个人岁月，都非常重要。由此丑陋与美丽便在山河间和人世间产生了。

小事情的光芒

台湾是座美丽的岛屿，有着温润的气候，我格外喜欢。对台湾人的文明程度，我有所耳闻，也有所目睹。

有一次，我陪同台湾一行诗人在旅顺参观。走进博物馆里，看到左手边的一个展厅台前卧着一个白色小木牌，上面写着“拍照需付费”，并写着价码。

当时整个博物馆空空荡荡，展厅只有我们这些人。这次活动我们主要是邀请台湾诗人到这里游玩，促进情感上的交流，不做学术活动及其他安排，所以那几位诗人都领着自己的孩子。有几个大约八九岁的孩子，他们对展出的东西挺感兴趣，用父母的相机拍了起来，每拍照一张，就把人民币小心翼翼地放到玻璃罩上面，拍了多少张便放了多少张的钱，一分也不差。他们是那样地有秩序，那样地自觉。我陪同了他们几天，那几天我在他们身上看到了好多优点，他们总站在光明处，因为他们身上有光。他们的心灵是那样地干净，仿佛里面盛着清澈的湖，因而就有行为的莲花开放。

几日以来，我们一直乘车游览，我们乘坐的是一辆银灰色的中型面包车。在滨海路的每一处景点，车都要停一下，我们上上下下好多次。每一次，那几个孩子都站在车旁让我们大人先上，再一回头，就看到他们一个一个有条不紊地站成了队。

第二天，我带了两位朋友和我们一起游玩，没有想到还有一位同志也领了一位客人，结果车上缺少了一个位置。那几个孩子轮流在车上站着，不让客人站立，整整一天都是这样。多么美好的一个个瞬间，让人眼睛不时地湿润。

在这几个孩子当中，有一个孩子出自单亲家庭，他的父亲因车祸去世。对于他，我们格外关照，孩子们也是如此。在滨海路左侧山坡采野果子的时候，孩子们总是把采到的最奇形怪状的送给他，他的笑声传得最远。在他身上，看不出有什么两样。

做人从小就要养成好的品质，他们是受到了父母良好的教育。看来这种良好的品质在孩子心里已经根深蒂固。

我很喜欢这几个孩子，那几天一直和他们在一起，就像我是他们的家长似的。可是，他们的家长并没有寸步不离地跟着孩子，家长都在为自己的喜好而尽情观光。

这是我亲身经历的小事情，孩子们就是在经历着这些无数个小事情中慢慢长大的，然后开始做大事情。

多少年过去了，这些事常常从生活的窗口弹出来，好像立在眼前，能看到，还在闪烁。

和山住在一起

搬到新居以后，早上一睁开眼睛，我就看到了窗外的山，就看到了宋朝词人辛弃疾的词："我见青山多妩媚，料青山见我应如是。"

窗外青山连绵起伏，峰峦叠翠，早上万道霞光照到上面，各种花盛开，山上姹紫嫣红。

我每天从清晨起床到晚上睡觉前，都要看它无数回，有时候正在刷牙，也要提着牙刷跑到窗前，一边看着山，一边再刷另一半。

窗外有山，心里好像总有心事，它就耸立在那儿，随时都能把我吸引过去。

我是今年初夏搬过来的，原来我的家在大海边。我曾无数次地写过海，夸过它，耍过它。我是一个柔弱的女人，在海边我太容易流泪了。

我不喜欢留在原地，这一点我和天上的大雁相同。

现在我搬到了山脚下，看到山上每棵树都散发着英武之气、雄壮之气，我变得坚强起来，感到浑身有一股力量。

和山住到了一起，这是我最意想不到的收获。

我特别喜欢观赏植物，我的家一直都有花房，现在要做的第一件事就是布置花房。

首先我取出去年早已收集好的野花的种子，然后到山上挖土，再用袋子一袋一袋提回家。

当山上的花朵还没有开放的时候，它们早已在我的花房落地生根了。

春天时，山上的树木开始长出茂密的叶子，许多树木长得太像了，有时我在山上竟迷失了方向。于是我做着记号，好原路返回。

在山上我结识了一个小男孩，大约八九岁的模样，很可爱。有一天我问他：山上有松果吗？他说有，在第二高地，我和他兴冲冲地爬到他的第二高地。

实际上，这座山上的松树极少，松果也自然很少，几天后，我们俩只捡了两小塑料袋。

我把它们放在花房里的一个大瓷盆里，家中飘满了松树的味道，感觉山上好像有一根松枝伸到了家里。

后来，在山上我再也没看见那个乖巧的孩子，大概是又升了一个学年，学校下午也上课吧。

突然有一天，我在几棵松树下发现了装有松果的塑料袋，而且上面还压着一些石头。啊，我明白了，是那个孩子为我捡的，是送给我的。

我一个一个拿出来，好像一下一下握着他的小手。

昨天下了一场雨，世界没有清晰，而山依旧清晰，枝叶更加繁茂，片片发着亮光。我的各种想法开始像帖子，在我思维经过的地方乱贴，越来越多，越来越丰富多彩。

海是平铺的，如果不起风的时候，浪花也是低矮的，阳光照上去，海水越发显得蔚蓝。

山和海不同，山的意境比海辽阔，它是立体的，它上面有花，有草，有各种颜色，它的各种颜色还四处蔓延。山上的树吐着氧，有一股芬芳的味道，山上有鸟、蝴蝶、野鸡、野花、野果……

山上雨后还有泉水，清悠悠的，像条条白练。总之，山上让人兴奋的地方太多了，我真喜欢那些野味。

还有一些小野兔、小松鼠们在蹦蹦跳跳，散布在各个角落，一看到足以让人惊喜半天。这种快乐，三言两语是说不清楚的。

在山上能看到我家，两者映衬，互为风景，真有点儿相得益彰。

山在季节的变化中时而长高，时而变矮，但它永远都是慈眉善目的。初夏时节，满山的牵牛花盛开，爬满山坳，从窗户望出去，就像一排排小花蛇在山上起舞，把一座安静的山搅得沸沸扬扬。朋友们来我家做客，山总在召唤我们，我们好像已经闻到了它的气息，已经无法在家中再待下去，于是我就带领大家爬山。假如能在阳台上搭一块跳板该有多好，山就变成了我家错落有致的大客厅了。

很容易就触到山的一角，山上那些小碎石、小光线，随时都握在我手里，变得热乎乎的。它们一个一个地跑过来，经常来到我家，直撞我的心尖。

有一天我在山脚下遇到了一个老画家，他在画山，用的多是深秋的颜色。他把山画得像一座老城一样，至今还在我的记忆里。在我的潜意识里，画山得画出绿色来，其实深秋的山已接近褐色了。

有时外出散步，走出好远好远，视线里还有山。山在跟着我走，在我眼里奔跑。

山太吸引我了，以至于我放弃了海边的生活环境。它给我的许多文章开了头，然后让我一篇一篇往下写，没有重复。旧的景致没有消失，新的景致又闯入眼帘。大山不小气，随便让我写，我和它从容相对，我以草木之心，写草木之情。孤独的时候，心中有座山，一点儿不寂寞。

现在东北的天气已经寒冷，可是我的家依旧很暖和。山扼住了风的咽喉，阳光从山上映到家里，温度计显示出二十八度的暖意。我穿着长裙，起舞在千万棵大树的目光中。

我也常想，词人辛弃疾门外也有山吗？不然他填的词怎么那么真亮，感触那么深，又是那么恰到好处？古代文人写山水的诗词太多了，唯独他的这首《贺新郎》我真感兴趣。它被传诵了一千多年，至今熠熠生辉。多少人看到这首词想到山，他笔下的山早已人格化了，是我的新郎。

我并不愿意每天早晨赖床，可是搬过来以后，每天早晨我很晚才起床。我躺着看苏东坡的“横看成岭侧成峰，远近高低各不同”，他的诗仿佛也在山上垂挂着。无论从哪个角度看，其实都如诗里所写的“不同”。

冬季清晨，我家的灯光映在树上，我在和山上的鸟儿对话。它们在雀跃，我的目光在追逐，心里说鸟儿们快往十九楼上飞呀，只差一步了。

我和山都是正常的相约与存在，它有它的高耸挺拔，我有我的生存状态，只要我们某些“骨骼”相似，就好。

人是需要赞美的

有一些成功者被人们不停地赞美着，他们的能力得到了充分的肯定，自信心越来越丰满。

其实不管什么样的人，成功或是失败，男人或是女人，他们在人生的路上都是需要赞美的。

赞美别人是一件非常有意义的事情，自古有之。从古书里可见：

欧阳修某次主考，发现有位学生的名字竟与他相同，有些不悦，在评语后附加一上联曰："司马相如蔺相如名相如实不相如。"不想这位考生接卷后竟立即对曰："长孙无忌魏无忌人无忌我亦无忌。"欧阳修看后拍手称绝，大加赞美，补录了这位考生。

考生铭记了先生的赞誉，增添了许多力量。

还有一个另类：

明代某科场考官看了三篇文章，按规定他必须排出第一、第二、第三的名次来，还得写上相当的评语。

阅完文章后，他提笔分别在答卷上加批"一等放狗屁""二等狗放屁""三等放屁狗"。一等作文者在考官眼中还算是人，仅是放了一次狗屁而已；二等作文者则似狗，除了放屁之外，尚有看家本领；三等作文者就不是人了，而是专会放屁、别无所长的无用之狗。

结果这三个考生不但没有被录取，在以后的日子里，无论做什么事情都是一败涂地。因为在他们正需要鼓励的时候，被一盆冷水泼上去，先生已经给他们下了失败的定论。

假如他们得到的是一番激励，缺欠也许能转化成正能量，也许他们会变成有用的人才……

如今，我们经常出去旅行。在非洲旅行时，你造访每一个部落，部落首领都叫你选一种动物的纪念品带回去，然后根据动物的性格送上赞美的话。于是无论你走多远，那些祝福的话好像变成了一串串灯笼在前面发光。比如你选择骆驼，首领就会说因为你有坚韧不拔的性格，所以你喜欢它。比如你选择鹿，他会说因为你有着无比灵动的眼睛，所以你会喜欢它。比如你选择山羊，他会说因为你有温顺的性格，所以你选择它……

首领的夸赞喋喋不休，如诵经，让听的人心里很温暖。

人生最可怕的是什么？是总在批评声里度日。被批评的语言包围了，就像被蒺藜包围了，哪儿也不敢伸展，精神上是很痛苦的。

其实我们没有理由轻易责备别人、指责别人，一嗔一怒，包含的是无德与无爱。

如果从苍茫的太空看，我们每一个人都是无依无靠的，许多的孤儿拥在一起，需要的是彼此支撑，期待的是互相鼓励。这就是人们需要的最好的精神甘霖，沐浴着它，人类开始一点点长大，人类开始有爱。

不知何故，我总爱回想曾被别人赞美过的话语，每想一遍，我都会向前迈出一步，它给了我用不完的劲。

有的朋友说我会烧菜，做饭讲究、有味道。这句话像面小红旗，飘在我的正前方，每当做饭的时候，想到这句话，一点儿也不敢慢待，还专门买来菜谱仔细研究。我烹饪的水平一天天在提高，中餐、西餐都可以做。

有的朋友说我布置家的风格独特，用照相机拍下来，就像一幅画，和田园一样自然。我听后特别开心，写了好几篇散文赞美我的家……

我们曾热烈地谈论人生及爱情，殊不知爱情里最甜蜜的话语就是相互赞美和相互欣赏，说得再多也没有一句是废话。那三个字，自从有人类就开始说了，如果是三滴水，汇聚了这么多年，也变成海洋了。

一直，我很想提出这个话题做一下探究，它虽没有文学价值，但它有现实价值。

唐朝诗人李商隐也有这样的诗句："春蚕到死丝方尽，蜡炬成灰泪始干。"许多人用它来赞美老师，把春蚕的执着、坚贞、奉献精神表现到极致，这是千古传诵的赞美佳句。

别人对你的赞美，对智慧也是一种启发，你心存一份美好，必定去追求更多的美好。如果把这种习惯移植到我们的主体思维当中，多么有意义。

人生百年，善待别人比善待自己更重要，因为善待别人的同时，你的心态会变得很高尚。

我无法解释在赞美声里为何能有奇迹发生，但是失去了它，几乎会失去一半美好的东西，对它的期待，是值得的。

擅长赞美别人的人一定高人一筹，这种人有着格外好的人生态度。他们在不知不觉当中帮助了别人，在帮助别人奔向成功大门的时候，送上了一条捷径。

依然是一句赞美的话，我愿意送给所有的人：大千世界中，你是不平凡的一个。

阳光爱我

每个人想隐瞒的事情很多，我极少，因为我没有隐瞒的对象。我就像田野里的一个稻草人，不管站在烈日下还是淋在大雨里，无人关照，无人疼。

现在所有的一切都沉静下来了，唯有我的大脑在运行。

我又想起前几天被人欺负的事：

那天去一家较小的超市购物，我在收银台旁接了一个电话，接完电话随手将手机放在台面上，只顾交钱，结果忘记把手机拿走。出了大门，我忽然想起来，急急忙忙回去找。

收银台的小姑娘说没看见。真奇怪，当时一点儿都不忙，只有我一个顾客，并没有其他的人。我和她交涉起来，要求调出监控看一下，她说领导没在，别人不能看，语气相当强硬。我很气愤，一直讲着当时的场面，和她据理力争。

这时候从边边角角走过来几个超市的人，他们全部站在自己人的立场讲话，假惺惺地安慰着我，七嘴八舌，句句强词夺理：不就是一个手机吗？值几个钱？我们楼上有卖手机的，再买一个吧……他们说的话和我眼下遇到的事情根本不是一码事。

我倚在柜台的一角，随口说了一句：真像是一群狼！

这几个字刚一出口，他们像踩上炸雷似的，一个个一蹦三尺高，群起攻击我。

我三步并作两步地往外走。

走出超市大门，外面阳光普照，阳光像无数双小手一起抚摸我的胸口。

我深深地吸了一口气，甩动起双臂，想到一句成语：吐故纳新。

啊，阳光爱我，一时间气全消了，消失得无影无踪。

我相信，阳光里面有双大手，它能把人的情绪从低谷里领出来，它能给人眼前铺一条金灿灿的路，它能牵我的手，一起行走。

我喜欢读书，也读过哲学，哲学是在阳光下读的，一闪一闪，我分外喜欢："世界是物质的，物质是运动的……"

有时候世界立在我面前，是那样博大，又是那样空旷，连一点儿声音都感觉不到；有的时候，是那样喧闹，连树叶都能发出声音，闹得我无处安神。

我过去居住的小区外面有一条长长的马路，每天黄昏的时候，总有几个人在那儿卖海鲜。海鲜卖完以后，她们将剩下的一盆盆海水倒在路旁的树下。每天这样，周而复始，一棵棵翠绿的大树一点一点地枯萎，最后倒下，失去生命。

站在这里，我看到树枝在滴血，我听到树根在哭泣，我同它们是一样的心情。

我和商贩们说，应该把海水倒进路旁的下水管道，真不该倒在树下，看看那些死去的大树，多么可惜。

他们一个个头也不抬，像什么也没听见似的，照旧将海水倒向树根。

望着大树，我真盼望它们死后变成一杆杆枪，威武起来，不让任何人欺负。

我一口气跑回家，脱下外衣开始打电话。我给第一个有关部门打，他给了我第二个有关部门的电话；我给第二个打，他给了我第三个……一个推一个，我一共打了四通，四次被推脱。

本以为他们不赞扬我也能赞同我，因为我爱的是大树，是美丽的风景，保护的是国家财产，没想到的是他们在欺负我，因为我的声音很细微，人微言轻。

我疲倦了，其他的大树也疲倦了，我的城市肯定也疲倦了。

推开房门吧，外面阳光灿烂，金子一般耀眼，我使劲伸了一下腰身。

阳光吻了我的眼睛，吻了我的嘴唇，吻了我的心灵，一点一点，然后是一片一片。于是我就追着阳光走，我要和它同行，它到哪里我到哪里，它那么吸引我。

生活中，经常发生一些稀奇古怪的事情、损害别人的事情、良心泯灭的事情……细想想，也不必大惊小怪，制止这些只需要阳光的力量。我们需要阳光，需要阳光啊！

雨后阳光又出来了，带给我一片好心情，阳光的爱真是伟大。

它是我们的青春，是我们最真挚的朋友，谁敢和它做一比较？正如我们看到的那样，它光芒四射、锐不可当。假如有一天我要远行，谁也不要，只要阳光。

寒来暑往，日复一日，有了阳光，我们一天天长大。进幼儿园，我们需要阳光；读小学，我们需要阳光；读中学、大学，我们还是需要阳光。有阳光，我们可以独立，可以超越自己。

有一天，我走在小区的路上，在地砖与地砖铺起的小路缝隙，有一朵拇指一般大小的小黄花迎着太阳在开放。它小极了，但是太阳的光辉照样洒在它身上，不是一闪而过，而是长久地照耀着。在阳光的照耀下，小黄花显得那么健康。

我们一起追逐阳光吧。

道家的理念是乐生，无拘无束地来，无拘无束地死。嗅嗅阳光，它散发出一种淡淡的清香，一直缠绕着我，那是最高境界的爱，没有半点儿杂质。

每个人都要记住阳光的好处，当人们不诚实的时候，阳光把它的真诚一次次洒下来。那是一种大范围的爱，不歧视任何人，所以人们在阳光下是那样自由自在，这是我的心得。我只想做一个干干净净的人，无灾无难的人。我用自己的体验，开启了自己的心智，一个合乎天地自然的规律，敞开了。

我从来没有信仰过宗教，现在有时我也想去教堂走一走，体会一下。教堂里有许多让人向善的目光，虽然折服了我，但是没有吸引我，吸引我的还是阳光。

正是这样，我和阳光亲密地连在一起。由此，幸福会伴随我直到终老，它是天上的一座爱的丰碑。

我懂得阳光对我们的爱，我珍惜着。

阳光不能让任何人迷失方向，它就是一根巨大的手指。在理性与感性纠缠不清的时候，我希望它来指点。

行云流水般的生活

我做任何事情都很专一，比如洗衣服，我不能一边洗一边煮饭；比如看书，我不能一边看一边听音乐。我从来没有阻止这种习惯，而是让它顺其自然。

露珠安静的时候，我轻松地看它的笑容；树叶微动的时候，我轻松地看它的纹络。它们和我一样，专一在自己的领域。

在旧居的时候，有一次我在桌子上放了一大叠硬纸，我想学着编一个菠萝。

那天下午，厨房里放了一盘黄花鱼，那盘鱼被邻居家的大猫吃了，盘子还被舔得干干净净。大猫是从走廊的窗户跳进来的，我竟没有发觉。又一想，还好，幸亏我没看见，因为我最怕猫，它肉乎乎的，总是眯着眼看人，像个流氓。

还有一次我在家接电话，门铃响了好半天，我还以为电话里多了一种音乐呢，姐姐进来说我一天到晚就是一根筋。

更超出一切的是我对朋友的专一。凡是交过的朋友，我都希望能够永远地交往下去。对待朋友我像对待亲人一样，时间长了如果没有联系，我做什么都没有心思。我喜欢心地善良、厚道、不斤斤计较的人，我对朋友的情谊就像一盘盘巨大的磁带，上面每天都缠着我的爱，时时转动。

人生多种多样，大家都有自己的生活习惯，自自然然是我的本真。

记得小时候我就是这样的性格。语文老师让我们写一篇作文，题目是《理想》。当时我特别爱吃冰棍，就写了长大以后我要当一个卖冰棍的人。

我把冰棍好吃的程度刻画得入木三分，老师表扬我写得生动，只是这个理想没什么出息。

记得许多年以后我工作了去看望老师，送上了几本我写的书，并轻轻地签上我的名字，老师把我拥在怀里说：好学生。

我十分热爱自己的职业，我从来没有去争，它是那么自然地来到我身边，我想这是我每天用心蘸着血液写作的结果。多少年来，我每天与键盘在一起，与甘苦在一起，与狂风暴雨在一起，我多像一个没有结局的人，然而我习惯了。

生活中我也是这样，家中虽然挺干净但是比较凌乱。我习惯把随时用的东西放在随时能见到的地方，用时方便。阳光照在玻璃上，影子全是我：蓬头垢面的我、睡裙拖地的我、懒洋洋蜷在沙发上的我。

另外还有一个毛病：我睡觉认床。冬天大床上有一床藕荷色的天鹅绒被，夏天床上有一条粉红色的毛巾被，我从来不叠它们，它们软软地摊在床上，时时刻刻在等我享用。离开我的床，睡觉是很麻烦的事情，有时候我出去十天半个月，全靠安眠药助眠。

人总是要倾诉，我常常向我养的花倾诉。昨天晚上昙花开了，那一刻很短暂，我看到了——它真是月下美人，花是白色的，香气四溢。相传昙花有一段凄婉缠绵的故事：

她原是一位花神，每天都会开花，她爱上了给她浇水、除草的年轻人。后来此事让玉帝得知，玉帝大发雷霆要拆散鸳鸯。玉帝将花神抓走，贬为每次只能开一瞬的昙花，不让她和情郎见面，还把年轻人送去出家，赐名韦驮。

多年过去了，韦驮果真忘了花神，而花神怎么也忘不了小伙子。她知道每年暮春时分韦驮总是下山来为佛祖采集朝露煎茶，所以昙花就选择在这个时候开放。她把集聚了一年的香气绽放在一瞬间，希望韦驮能回头看她一眼。可是千百年过去了，韦驮没有记起她……

得知了昙花的身世，我更愿意和它倾诉心里的话，看着它的表情，我们感情十分融洽，只是它开放的时间太短。

有的人追求体面，有的人追求高贵，我总是把自己当成一株植物，我追求自然，我和植物身份有些相配。

有一种植物的香气能催眠，知道以后，我买来了许多盆。我抵制了失眠的紧张，它们带我进入了梦乡。这一切均来得轻轻松松，好像我失眠累了，现在这个毛病应该离我远去。

我是一个严拘小节的人，凡是给年龄比我长的人递东西，我一贯双手送上。我从不披头散发离开家门，哪怕是去楼下取报纸。这是我从小养成的习惯，已经自然而然地成了规矩。

我喜欢看白云在天空悠然地飘荡，喜欢看星星自然地灭了、亮了，喜欢看你真实地哭了、笑了。其实自然有一种大众定律：真实之所在。

我更喜欢元朝散曲家张可久隐居山野的生活态度："山中何事？松花酿酒，春水煎茶。"

自然心，淡看江湖路，优游自得，这些是我的追求。

我爱植物，植物也爱我，不然它们不会那样地为我繁茂和开放，让我心花怒放。我不时地用"感谢"这个词，青春早已越来越远，该感谢的倒多了起来。用琼瑶的话说："感谢风，感谢雨，感谢阳光照射着大地。".

近几年我想念过去住的地方，怀念老房子。"羁鸟恋旧林，池鱼思故渊。"我对陶渊明的《归园田居》很偏爱。既然偏爱，就多去诵读。

人的一生中有一条自然规律：童年、青年、老年。它们变换着人生的模样，组成了宝贵的人生。人在每一个时段都有自己能够得到的东西，春天有山花，秋天有果实，如果能获得，是最开心的。

我行走在如行云流水般的路上，幸福，疼，温暖，苦，我都愿意自自然然对待。

忧　伤

马路西边地上，七歪八斜地躺着几棵树，绿油油的叶子被风吹得沙沙响，“胳膊”使劲伸着。

我问身旁的路人，这几棵树怎么倒下了？一个人告诉我，树上的知了影响学生高考，被人砍了。

居住在这样一座有着良好空气的城市，树木的功劳是功不可没的。现在树被砍倒，人为地终止了它的生命，我的心里有许多话想说……

人和动物与大自然共存，要以包容的心态相互对待，这样才能达成默契。如果你有能力，有良好的心理素质，就能战胜一切；如果你无能，会找许多借口，为无能开脱。

真正了解考试的意义，是会正确对待考试的，而不是从外界找原因。

不被考场环境所拘，能安安静静地发挥平常水平或超出平常水平，是一个考生必备的心理素质。

西方的教育是先培养素质，再教知识。

还听说有一个村子，高考期间学生家长用泥土把池塘填埋了，成千上万只青蛙被活埋，说是因为青蛙的叫声能扰乱学生的思路。

这是多么无情的做法，有人错误地提出方案，却没有人制止。

生态是一种文明，只有维护好我们无限依赖的生态，才有可能去开拓新的领域。

每年高考期间，每一座城市都很紧张，马路封闭，汽车绕行，早市取消，建筑工地停工……

用这种方式培养着一批批脆弱、承受能力低下的孩子，将来共和国的脊梁还能硬朗？

我非常担心，如这种无理要求长此以往，我们的教育这座建筑是否会因为不够结实而自己倒塌？

无论你走到哪里，客观环境不可能是完美的，无美而得美，这是一个简单的道理。教育是在培养人才，而大多数人才，都是从艰难和困苦中成长起来的。在恶劣的环境中，能激发多大的忍耐力，就能挖掘多大的潜力，心理健康是最优秀的品质。

庄子告诉我们，在天地之间，一个人若要真的顺应环境形态，首先要把遗憾和残缺都接受下来。这个道理看起来很远，其实就在我们身边。他的话，对于我们至少是一个提醒。

人生的价值永远不会相同，要让自己获得真正的价值，先得学会承受。

往回走的路上，我握着的手机响了，朋友问：你在干吗？

在忧伤。我回答。

是的，我的忧伤就是从这样的一些事情中滋生出来的。

对方哈哈地笑：惠敏啊惠敏，你什么时候能不忧伤？

我当然想摆脱，想寻找许多方法摆脱，可事实在我身边，在我的视野里呀！类似的事情远不止这些，它们在我眼前晃荡，我快活不起来。

令我的心灵忧伤的还有在各种场合听到的假话、虚话、谎话……靠说这些话混到今天的大有人在，有的竟然混得还不错，真让我啼笑皆非。有时想要接近真实，竟有困难。这样的事情，谁愿意见到？

太多的时候，生活带给了我们烦恼，打乱了平静。当我们夜以继日地追求真理，得到的有时却会是荒谬，看来面对生活确实需要拿出勇气。

人当有多种美德，古人倡导“仁”，称它是一种“成熟的美”。仁者爱人，宽则得众。《菜根谭》中的“径路窄处，留一步与人行”充分表现了作者的宽厚仁爱。

望着天空那一轮照耀我们生命的太阳，它是那样干净、温暖，不偏不倚照耀着每一寸土地。

一所学校应该有它的风骨，培养出的学生不但要有知识的储备，更要有坚强的心理素质，否则教育便是无效的。

但愿明天的风风雨雨不再让我忧伤，但愿明年高考期间青蛙照旧在池塘里嬉戏，知了照旧唱着夏天的歌，树上的叶子照旧和风谈话，考生们都能以良好的心态奋战在考场。一切均在各自的轨道运行，不要强求外界的因素。

搬家了

这次选择搬家，我是下了很大决心的。

在这座曾有海风吹来吹去的房子里，我居住了二十多年，尽管处处都有挽留，但是我还是想去更好的地方，景色更美一些的地方。

搬家最累人的东西是书籍，一本本书捆到一起就像一摞摞砖头。搬家最得格外小心的是玻璃器皿，得像拿鸡蛋那样地轻拿轻放。这两样我全占了，一手提石头，一手提玻璃，前者用力，后者用力还得用心，简单中充满复杂。

我开始注意马路上奔驰的搬家公司的汽车，不管它们停靠在哪儿，凡是我见到的，都必走过去观察一会儿。我见过身材矮小的小伙子，用后脑勺顶住比他还要高的沙发，我看到他们的汗水像一条条小水流从面颊上往下淌，见到一张张让人无比同情的表情，我的心曾一阵阵发酸。

见到他们，我不由得想起了曾经见过的泰山上的挑夫，他们是一样的表情、类似的职业。任何人见到他们，都会赶紧让开道，给他们提供点儿方便，让他们快快走过去。

搬家之前，我每天去新家的时候，都用私家车往那边捎带东西，首先是捎带易碎的。

我把玻璃器皿用一方方陈旧的小床单包好，一件一件用胳膊扢着往楼下送，小床单就像一件衣服，脱了穿，穿了脱，最后连磨带扎变成了一张张筛子网，我的右胳膊肘也被刮伤。

这还不算，最重的是那一本挨一本城墙砖一样的书。我把它们装进一个大布包里，每天一包包往新家提。有时装得太多了，我就拿下几本，可是走到门口觉得还能承受，我又返回去再装上。我甚至为多拿一本，拿起放下好几个来回。常常地，我还得躲避一下邻居，他们总是会说：哎呀，你干吗出这么大的力呀？不是有搬家公司吗？

是有搬家公司，正是由于搬家工人干活儿的场面我见过，所以才这么做的。我拿一些，他们会省一些力气，我愿意这么做。

终于，我的两只胳膊疼得抬不起来了，时常用左手敲打右臂，再用右手敲打左臂，快养成习惯了。

尽管我每天都在忙活，可是我的劲太小，家里的东西还是不见明显减少……

装修完毕后，又放了两个月的气味，然后我决定星期天搬家。

和搬家公司在电话里联系后，他们派来了四名工人。他们看到了满屋子的书籍以后，就像看到普通家具一样，一点儿也没有抱怨。只见他们一个把手反背在后面做成了底座，然后另一个人往上摞装满书籍的纸箱子，一次摞四个，四个箱子已经超过了头顶。

我看到那两只蟒蛇一样扭动的胳膊上青筋暴露，是透明的，血液流动得特别快，好像在里面喊着号子。他们移动的步子极慢，每走几步，还要往上掂一掂，走得是那样艰难，就像爬大山一样。

走进这个职业的人，不必带女人，不用向母亲诉说，那样会给自己心灵增加负担。女人见不得这个场面，心会颤抖。这里不用讲道义，却有着更深的道义。

最难干的活儿是往下抬书橱，我没有想到他们是那样地认真、仔细。他们先把准备好的几床旧毯子铺在地中央，然后把书橱横着放上去，四面一搭，捆行李似的。

不过，还是出了一点儿小状况：最后一个书橱的右上角在走廊拐角处碰破了，只有我发现了，因为我的目光一直跟踪着书橱。搬运工人精力集中只顾干活儿，没有顾及。我看到书橱的右上角紫红色的烤漆被蹭掉，露出了木头的本色，很像一本好书破损了。

我很心疼，可是不忍说出来。这次搬家非常顺利，大家个个精神饱满，一腔劳动热情，我不愿让大家扫兴。更重要的是，如说出来，搬家公司扣了那个人的劳务费，我就更不忍了。

我想好了，在那个地方粘上个小蝴蝶之类的装饰就掩盖了。

天气炎热，从工人们身边走过，就像从一部部蒸汽机旁边走过。我提着桶要去买饮料，四个工人齐刷刷制止，说不如把钱放到劳务费里。

我的心再一次涌起疼痛的波澜，它们撞击着五脏六腑。我说是我请客，劳务费我会格外再加一些的，因为天气炎热。

人的一生都要这样度过吗？人们可能都这样自问过。其实在就业市场比较下行情，这是一个出力最多、收入最少的行业。他们可能没有技能选择别的职业，就不得已而为之。对他们而言，最好的工作只能是在下一个盼望中。

经过近两个小时的搬运，我住进了新家。我立刻把劳务费付给他们，比原定的价格超出三百元，这是我的心意。虽然我不富裕，但是我会在今后的日子里自己节省，我会过得更快乐。

四双水灵灵的眼睛望着我，一次次地感谢。我和他们握了手，那四双热气腾腾的大手一下子温柔起来，好像换了些人似的。

搬家公司的汽车空荡荡地从我的眼前驶过，一会儿工夫没有了踪影。今天是星期天，工作较忙，我知道他们又到下一家搬运去了。愿好人自有好去处，他们的好去处自然是能遇到个好人家，两个小时以前的情景留在我的记忆中。

这样的生活看起来有些酸楚，但是除了酸楚，里面还有其他东西，比如大家的齐心协力、大家的团结一致，这里面充满了多少兄弟般的情义。身体的疲劳终可消失，他们很有力气，不会输给任何人。

我看到他们身上有光点闪烁。他们流着汗水，被生活热爱着，我真盼望美好的生活向他们走来。

在这个夏天，我搬进了新的小区、新的家，书籍也一本一本搬过来了，一本本完好无损，和原来一样。那些竖立的书籍，也是有序地站成无数排。我知道每一本书都在什么位置，只要伸手去取，它们就能跟着我走出队列，来到我面前。

我依然依书而居，书上的光芒移到我身上，它照射着我，它喜欢我。我们每天都在握手，我时不时呼唤它们的名字，它们哗啦啦像往常一样地答应。

做不够的家务

常有朋友打来电话：喂，在干吗呢？我说：在做家务呢。人家笑了：你还有家务呀？哪儿来那么多活儿？

其实不然，不管多少人，只要居家过日子，就有干不完的家务活儿，而且全部是重复性的。有的干了有成就感，有的干了也白干。有时今天懒惰了，明天就要勤快；早晨起晚了，白天干活儿时就得加些劲，还像犯了错误似的。

劳累你是躲不过的，因为家务活儿时时在你面前，时时张扬给你看。如果要说清楚你今天都做了什么，一样也说不清楚，那是一项无头无尾的劳动。

我干活儿不会两只手同时忙碌，总是用右手，因此左手什么也做不了。洗毛巾和衬衣等小东西，用右手抹肥皂，左手只是铺在衣板上，压住而已。我右手背上那三根细细的骨头像伞骨，绷起来很有力，左手软绵绵的，绷起来像几根面条。

我最喜欢干的活儿是雨天擦玻璃。拿一个长长的工具，身体站在屋子里，无色水帘从天而降，好像为我准备好的小溪。我的胳膊由上而下移动，既省力又干净，溅到哪儿都无所谓，不用小心翼翼。

做家务时我从来不戴橡皮手套，觉得那样没有轻重。用洗涤液在厨房洗刷瓷砖久了，十指胀乎乎的，感觉有一层米粥粘上去了。举到水龙头下冲一冲，把手一甩，全是晶晶水花，擦干后，照旧十指尖尖如竹笋。

拖地板时，有时一连几个房间一口气擦完，我累得气喘吁吁。望着干净的地板，我就把刚才的劳动当作是踏青，心里格外愉悦。

做家务是一种幸福，收拾好了以后的家明晃晃的，自有一番成就感。时不时地再把家具换一下位置，就像到了别人家似的，新鲜感能持续好几天呢。

我经常被朋友请去帮忙布置家里的摆设，我首先建议不用的东西扔掉。

看来我很容易成为别人的建议者。

一堆一堆的家务活儿总在眼前，我没有怨气，慢慢地干着，它们仿佛是多种多样的健身器。有时我闭上眼睛，闭上眼睛还是能看到。真奇怪，我的眼球怎么能透视？每天都是这样忙碌着，想到的、想不到的都出现了，让我一次次地从沙发上跃起来。

对于如何做细家务，我越来越有经验。

布置家也可以借鉴《诗经·小雅·鹤鸣》里的一句："他山之石，可以攻玉。"借助外力，兴意联想，谁不喜欢自己的家别具一格呢？

家还是简单一些为好，简单并不等于苍白，有特点、有风格、有品位，这是我向往的，当然妙然天成为最好。

不用去琢磨，走到哪个房间都能看到有家务活儿在等我。无论白天和晚上，做起家务我都兴致盎然，不舍得时间无端地流失。

别的女人也是这样吗？不得而知。都说是家务缠身，实际上家务专缠女人身，家务活儿是与艺术连在一起的。

做起家务我从不嫌脏，卫生间的马桶都是直接用手刷洗，这样快捷又利索。

幸亏家中人少，不用每天去买菜，一周只买一到两次即可，否则还得占用我更多的时间。家里的活儿总是不邀自来，虽然没有人规定细则或必须怎么去做，但是好像又有着它的"潜规则"。

有的时候我干脆在晚上擦洗，早晨一睁眼，阳光照着明亮的屋子，到处干干净净。黑夜对于一个勤快的人等于白天。

家务活儿真像皮影戏，来了走，走了来，欢欢实实地要着，一天也不让我得闲。我手舞足蹈地忙碌着，和它情投意合，从不埋怨。

其实，最主要的忙碌是在花房那儿，然而，我不觉得累，它是我的植物园，我在那里劳动着、欣赏着、享受着。

我不怕苦，怕苦会一世吃苦。

尽管每天做着家务，屋子里照旧挺凌乱，生活只要方便就是最好。

一定有一些是我需要的，比如随意、舒服、人可以自由放松地来来去去。

一定有一些我是不需要的，比如拘束、一尘不染，让我缺少了在家里的自由。这就是家，它是生命的温床，那些家务多像盘根错节地长出来的一些杂草，真还得不停地去修剪。

有的时候把活儿都做完了，安静地靠在躺椅上，望着墙上那美丽的字，（我曾请一位书法家给我写了一个“爱”字，镶在淡红色的圆形镜框里），虽然只是一个字，但是那种狂草的力量，使得整个屋子都在爱里飞扬，好像墙上有一个爱的泉眼，时时在喷涌。

真爱呀，家是那样温情，欣赏不尽，缠绵不尽。

美丽的年龄已过

走着走着，走过了人生的多半。

心不老，笔不老，可年龄在那儿昭示着呢。

常有不太熟悉的客人打来电话，我拿起话筒，刚打了声招呼，对方说：请你母亲接电话。我心里明白，就是找我，是自己声音年轻，似乎还带着年轻时那种清脆的嗓音，人家误会了。我赶忙说：我就是。

这种电话白天接起来还没有什么，如果是夜晚，很是瘆人，因为我的母亲多年前已经去世。

夜里就接过这样的电话。晚上我刚刚入睡，床边电话响了，我拿起话筒，刚说了几个字，对方说：请你母亲接一下电话。

晚上，偌大的房间只有我一个人，电话铃声本来就使房间传出了回音，对方再说出这番话，尤使得整个房间都冒着冷气。我放下话筒，哪里还有睡意，翻来覆去心里一直发慌。

我的声音还是那样悦耳，那样文静。其实，语速已经放慢了，是不由自主的，想快却要费心力了。

一切均随着自然规律在变化，心越来越踏实起来，办什么事情都会在内心说：不急，不急。心里再也不会像有只兔子蹦来蹦去。

这是一个稳稳当当的年龄了，白天如此，夜里亦如此。一个姿势可以睡到天亮，醒来一看，还是昨晚躺下来的模样，或者左侧卧，或者右侧卧。

前些年睡觉还不是这样安稳的。有一次我不知不觉从床上掉下来，碰碎了床边的一个小香水瓶子，脚也被割出了血。我赶紧把脚举到洗手盆里，夜半三更洁白的盆开出了红花。第二天讲给朋友听，人家大笑说我真有福，掉下了床，没掉下了楼。

照旧喜欢看刚刚吐蕊的柳芽，刚刚孵出来的小鸟、小鸡、小鸭，照旧喜欢小动物。

十分喜爱这个年龄，同时也十分敬重这个年龄。这个年龄的女人：情，不温不火；泪，有急有缓；歌，有涩有甜。没有了心慌意乱，多了谨慎思考。

年少时，不知天高地厚，以为在报上发了两篇文章便是才华。年轻时，抱着半瓶子醋哗啦啦晃得震天作响。如今，无论发表了多少作品，出版了什么样的书，无论成绩或挫折，无论得到或失去，一切都不愿意看重，祈求的只是平平安安，绝不轻易糟蹋自己的诺言。

这种转变好像来自一个夜晚，又好像是历经了若干年一点一点积攒起来的。不管什么人告诉我，什么样的人请我喝酒，请我吃多么浪漫的晚餐，心里照旧安静，全当那是一杯茶。

忽然间爱上了戏曲。过去，电视的戏曲频道我都略过不看，现在，首先搜索的是戏曲频道。那些传统的京剧唱段，开始能琢磨出味道来，一个眼神，一个手势，能观察出里面的学问。喜欢昆曲、评弹，那委婉的唱腔、婀娜的身段、如泣如诉的韵味，活生生的，真是好看透了。

时光飞驰的日子仍旧在继续，我仍旧在新梦里体会旧梦，徜徉在幸福的繁华里，畅想一生才是一年该有多好。

夕阳里，有许多梦在走；岁月里，有许多时光在走。走着走着，人就变得厚道、含蓄、宽容了。语言也变了，年轻时那些有棱有角的话语，像被海水打磨过的卵石，光光滑滑。穿衣也考虑底蕴了，不喜欢轻薄的，喜欢上了20世纪30年代上海滩的旗袍。母亲还留下了几件，不肥不瘦，不长不短，穿上正合体，我十分珍惜。笑容也考虑要得体了，不再是过去那种噼里啪啦炒豆子似的声音，而是一朵一朵如蓓蕾静静地绽放着。这个年龄，做事情好像有了一些从容，有了一些底气。你为官场日日奔忙，我在看，笑一笑罢了。

我早已把青涩的幻想抛弃了，一点一点收集起来的是成熟，是心智。心里偏向老人，那是我往后的方向，唯它来伴随我。若不想让冷风冷雨偷袭我的领地，我必须坚强。

在人生的位置里，我把老年的位置抬得很高，那是我早已准备留出来的，如留给祖母的位置。我私藏了一些东西，留着老年以后慢慢享用。一种新的生活不久将呈现在眼前，我要格外过好每一天。

这个年龄的女人不再谈追逐，不再谈过错之类的话题，有光影在生命里闪烁，那么自然，那么美。这个年龄的女人，多像春季里那片油菜花，黄灿灿，正好作画呢。

寒风软了，河水浅了，又长了一岁。长一岁也感恩，长一天也感恩，因为所有的生活都是从美好当中走出来的。

记得要爱：

对花朵，深红、浅黄、淡绿。

对土地，黑土、黄土、红土。

对世间，父母、兄弟、姐妹。

至柔至刚，乃雨乃云；浮云流水，渐行渐远。

漫　步

我还想和青春聊下去，可是聊着聊着，它走了；我还想和中年聊下去，可是聊着聊着，它也走了。是留不住了，时光如流水，它不会静止。

人生就像一辆飞驰的列车，总在向下一个目标进发，一个一个，在冲刺。

过去的一切，时常在我视野里出现，如今都变成了回忆。回忆越来越多，我的年龄越来越沉，有些事情就像昨天刚发生的，是那样清晰、那样自然、那样愿意回味。

虽然都是一些微不足道的小事，可一件件加起来，变成了我的历史。

我在年轻的时候就不喜欢追求时尚，时尚对于我好比一条挂在树上的纱巾，风一过，便能把它从树上刮下来。我追求的时尚好像更随意一些，服装一定要色彩柔和，晚装一定要色彩浪漫，如同大自然在变化。

今天是五四青年节，年轻时的我在这个日子总是分外激动，现在虽然老了，但我照样激情澎湃。

我曾经很珍爱自己的青春，在那段年华里，我得到了许多东西：纯真、热烈，还有美丽。爱美的嫩芽也是在那个时期萌生出来的。每晚，我躺在月光的怀里难以入睡，看着月亮在天上移动，幻想也开始展开。多好的年龄啊，守着幻想还有幻想。

人生若寄，直到今天，我还保留着好些年轻时的习惯，每晚睡觉前我都要站在窗前找找月亮。

一条街可以反复走，可是一段时光有去无回。

时间过得真快，当我脱下了吊带连衣裙，脱下了迷你裙，我就变了模样。

青春不属于我了，人面不如桃花。

是岁月的剪刀把我的青春剪碎，岁月的真实让我认清了现在的时光。

想这大半生走的路，日子有长有短，每天都有意义，没有虚度，很是快活。伸手看看手相，五指依旧清晰，只是掌心纹路有了变化。原来它也是随着年龄在变，变得更加贴近我了。度着，忖着，曾为年轻时的无知而好笑，许许多多因为无知而搞出的笑话让我如今想起来继续在笑。

我没有迷失自己，我可以在苦难中重生，也可以在幸福中矗立。如今，在生活当中我学会了散步，午休过后，必然到外面走走。

这是我每天都见过的海滩，经过许多人踩过的鹅卵石变得很光滑，像略微隆起的鱼背，走在上面，灰尘一点儿也不沾鞋子。在这里散步的人越来越多，这条鹅卵石小路成了我来这里的心思。

沐浴着海风，带上宋代诗人陆游的《雨后散步后园》："淡日轻云未快晴，涓涓沟水去无声。为怜一径新苔绿，别就墙阴取路行。"做着深呼吸，海浪的声音伴着我悠闲的步子，是如此惬意。由起初的懒惰，到现在的积极，我铭记了这番经历。一位朋友告诉我，说是一定要坚持住，必有收获。我已感觉到了，散步是绝佳的锻炼方式。过去我的两条软绵绵的小腿一点儿力气也没有，现在脚尖往前一绷，小腿肚子出现了肌肉，像芭蕾舞演员的小腿一样。

从身边走过去的人，每个人的脚步声都很好听，有的轻一些，有的重一些，这是年龄的区别，都得记住。每个年龄段都有各自的快乐和忧伤，要珍惜。

我美好心情的花朵在路上一朵朵绽放，海的味道、山的味道陪着我一同漫步。我知道路旁石缝间小花的名字，夏季小花们全部盛开，连一点儿秘密都没有。

在路上我遇到了好几位单身女人，后来我听到了一些故事，有的是从红酒里听来的，有的是从一幅画里看出来的，我和她们都变成了依依不舍的朋友。在漫步的时候，有时我等她们，有时她们等我，我常常萌生出许多感动：我们的相遇比看风景更重要。

漫步的时候，如果在一条林荫大道和一条蜿蜒小路中做选择，我更愿意在小路上漫步。小路上有缜密感，也多了神秘和浪漫，尤其走在鹅卵石小径上，从树上飘落下的树叶扫着脚面，就像走在一幅油画中。

在这时如有人能吹起一支笛子，会更让我流连忘返。可惜，我一生的知己是植物。

无论什么时候漫步，我都是准备好了的，七夕情人节、中秋团圆节……我没有团聚的人，我就去散步，我有小径。

它不提任何话题，只是接纳着我的脚印。我胖了，瘦了，它一清二楚，不管怎样它照旧欢迎。这条小径，让我快快乐乐。

飘雪的时候，我把梅种在心里，梅就在我心里开花。落雨的时候，我把莲种在心里，莲就在我心里睡了。它们真能打点我的心境，有了这些，一股仙气落在键盘上，轻悠悠地飘荡。

认清现在的自己，做着现在自己要做的事，这就是我目前的全部意义。

美 梦

下午，我睡了一会儿，睡梦中，走进了一座房子，比曼德丽庄园更美的房子。

芬芳的风颤起来，我在花朵上绣着花，从一瓣一瓣，到团团簇簇。

我把花绣得全部盛开了，精美至极，主题鲜明，花里还飘出了我的温柔，一丝丝，一缕缕，比绣花线还细的情感，从我的心尖扯过。

我看了又看，花团锦簇，积累着许多往事，百看不厌。

我听了又听，花朵时而呢喃，时而哼着歌，相互亲密着，让我向往。我在这儿读到了花的散文，读到了散文的叶脉，像梁实秋的？像朱自清的？仿佛又都不像。它们说文解字，大多数人们都能看明白，能意会。这是大自然写的，或是大自然一笔挥就的，送给了我们每一个人。

走近了我才知道，每朵花都可以自由地开放：或姹紫嫣红、多姿多彩，或含苞欲放、闭月含羞。遇见这么多好的花、好的房子，算是艳遇吗？那么，这是我的命好，我嫁了。

细想想：再美的地方也有缺失——少了蝶。

蝶是花的天使，我寻找着。

傍　海

黄昏，我在海边漫步，迎面走过来的游客大多是外地人。他们在海边身心投入地捡着石子，捡着偶尔被海浪冲上来的贝壳，每当捡到一枚稍好一点儿的，他们那个跳跃啊，简直变成了沙滩上新的景致。

外地游客大多不会游泳，他们抬起一只脚，把脚丫伸进水里，五个脚指头像算盘珠子在拨动，稍过一会儿，又换另一只脚。海面波涛一浪接着一浪，笑声也一浪接着一浪。

他们有的是随旅游团来的，有的是全家老少几代人一同来的，只为一览大海的景象。他们顶着如火的烈日，穿越山山岭岭数不清的路程，然后，还要一步不少地返回去。为了看海，他们花去了昂贵的费用。

我家窗外就是海，一眼望不到边。涨潮的时候倚在阳台上，一探身，几乎能摘到浪花。5月的花瓣、6月的露珠，都落在窗台上面。

清晨，太阳从大海上升起的时候，海面霞光万道、波澜壮阔，犹如一幅巨大的油画。夏季，当夕阳西下的时候，我在家里穿好泳衣，脚上穿着拖鞋走下楼，一个鱼跃便潜入海里。

在海里我似一尾鱼，飞快地游动着，我用脚把大海踹来踹去，痛快无比。游累了，便一脚蹬开海水，甩一甩头发，湿漉漉地鱼一般跃回家。冲洗之后，一会儿就恢复了平静，好像刚才去了一趟超市似的。

当天色暗淡下来，天边的地平线会做轴，把大海一层层卷起。它虽不在画框里，我却要说，它是油画中最美的一部分。

夜晚，天上的月牙小舟从窗外漂进来，照着我的大床。我一个翻滚，就跃进去了，再不敢使劲了，就怕滚到波涛上。静静的海面，一弯淡黄色的月牙小舟，一个女人，一身粉红睡裙，晃动在镜子一样的海面上。

我最愿意在窗前看下雨的场景。当雨滴落到海面，水面就像生出了无数豆芽，一眼望不到边，瞬间豆芽自己又折断了，痕迹一片连着一片……

想写它的时候，我就把它这么美美地赞扬一番。其实，见惯了的东西久而久之便视而不见，大海亦如此。

大部分的时间，我感觉窗外就是大路，就是田野，就是平川，甚至就是操场……

每当遇到成群结队的外来游客，每当见到他们在大海面前大呼小叫的激动样子，我真正感觉到我是多么幸运，不由得一颗心狂跳起来，此时，真想痛快淋漓地在海里游上一圈。

现在我又要写它：

阳光下，海面波光粼粼，好似一排排孔雀开屏。实际上，我最愿意看到的是狂风暴雨来临的时候，海面似有千万匹烈马在奔腾、在咆哮，巨大的声音能传到千里万里之外。这时我总是突发奇想，如让大海来为《黄河大合唱》伴奏，该多么有力度。

我还是愿意看这幅情景：在风急雨急之时，所有的波涛可就乱了步子，一群群浪花小妞在海面上撒欢，它们坚决要跑在波峰之上，谁也不甘落后，纵使千里万里。这真和人生有些相似：多少苦难，多少风光。

它也有静下来的时光，微风从海面刮过，拉起二胡一样的调子，传出的全是坚韧、顽强和百折不挠的品性。

你仔细地看它，它的颜色也在变化。早上，海面如同屋檐上的层层绿瓦；黄昏，海面又如一片片鱼鳞在发光。总之，你见到它，它便会带着你竭尽全力地去想象……

你一定要有包容万物的心量，这样它在你眼前，是会以慷慨的爱相许的。

“云月相同，溪山各异”，根据自己需求，便看得更透彻。观景也要讲仁和义，以仁义为尊贵，景致也显得尊贵。

现在大海又安静下来了，柳絮一样的白雾在渐渐飘舞，神话似的。

潮涨潮落，落多少月缺，涨多少月圆，大海最宜行吟。大海有它的粗犷，也有它的细微，可以作赋，也可以填词，可以写长调，也可以写小令。

住在这里，也许是前世安排好的，我的先人是怎样修行的啊！父亲曾经说过：他们都很淳朴。

这就够了。一个民族也需要淳朴，它能使天地合一，那种演变，山河必需。

想起圣人的话：天地不分古今中外，尊重景观的才算大人。亿万年光景转至眼前，大自然承载了我们的身影，逸怡相容，我们当然只有尊重和感激了。自我精神和万物相接，修炼便达到了一定的境界。

我现在的想法是一分钟前酝酿出来的，由此，没有比这一分钟更有价值的东西。

看来我真得重新审视“熟视无睹”这个成语了，排除成语中既有的意义，从中摄取其他的意境。另外，虽说它是一个成语，但是那四个字，是一道屏障，它阻挡了人们的目光，取消、诋毁了常见的美丽，无情地淡化了美景的延伸。

我不得不尊重外地来的游客，是他们的千辛万苦震动了我，是他们的万丈激情纠正了我的无视与冷淡。寻求它，便能得到它，看来外地游客们是得到了。在大海面前，把自身置之度外，反而拥有了自己绵长的生命。而我面对它，竟失去了波澜的激情，每日里还去寻求，这合乎道义吗？

海水与海水发生的碰撞是表象的，而当人的情感落上去，才能发生最猛烈的撞击。以海抒情，古今中外不尽其人，那情感把海的自然线条搅得起起落落。

众多大自然景观，多是世纪前或地壳运动或火山喷发等因素而造成的，它们也是经过了多次阵痛才产生出来的，非常不易，焉能不存乎于心？就在眼前，不要忽视那些潮水的涨涨退退，人生亦是如此。不过，当你失恋的时候可别来看海，你的心态是什么模样，海就会在你面前变成什么模样，它是随着人的心情而起变化的。

海，坚实地就在我的窗外，它是大自然的元素。如果谈论它的真实及摧枯拉朽的价值，我想没有谁比我更具有发言权吧。我和它日夜厮守，仅是楼上楼下的距离。现在，起风了，我倚在阳台上，我的指尖马上就要碰着海水了，它沸腾，我的指尖都在颤抖，我理当活在它的价值当中。

生　日

接连三年，我的生日都是和一位女友一起度过的。

本来头一天已经说好了，和女友一起出去摄影，因为正好是春暖花开的季节。

可是没有想到，汶川发生了新中国成立以来破坏性最强的地震。电视上那些房屋倒塌的镜头、从废墟里抬出遇难同胞的镜头、受伤的人们声声呼唤亲人的镜头，正在一遍一遍连续地播放着……

门铃响过，女友进来了，她呜咽着问我看到汶川了吗？我说看到了。她说她有亲属在那儿，电话打不通。我说我也是，我在用两个电话打。看着电视，我们流着泪，那个天崩地裂的场面，把我们的心震碎了。

当看到子弟兵们连夜赶到那里的场景，我的心里似乎有了一些缓释，从现在开始，灾区人民有了主心骨。尤其是看到子弟兵把红旗插到废墟上时，红旗在那儿迎风飘呀飘，我再一次流下了滚烫的泪水。有红旗陪伴，有祖国和人民陪伴，他们能有许多安慰。

我望望窗外，天和地都在流泪，十三亿人也在流泪。尽管人生有的痛苦是不能痊愈的，但是痛苦中的安慰和帮助涵养着精神上的生命。在历史上，英勇的受难者和创造者同样受到人们的关爱。

这一天我接纳了滔滔泪水。

转眼又一个生日到了，女友提前一天和我联系好，我们还是一起去郊外拍摄风景照片。

大连的春天极少下雨，每到这个季节，广场上的草坪都得用洒水车浇灌，浇灌以后的鲜亮模样就像刚洗过似的。可是偏偏在这一天，从早晨起天空就飘起了霏霏细雨。

女友如约而至，她先帮我整理了一阵房间，忙乎完以后我们走出家门，拉着手来到了路边。

打开车门后，她先打开音乐，舒伯特舒缓的《小夜曲》响了起来，真让人陶醉。她一踩油门：一，二，三，出发。

车还没有驶出市区，雨开始大起来，又过了一会儿，前排玻璃窗上像忽然有人提着水桶往上泼水一样，雨刷根本起不到作用。就在这个时候，车子偏偏又发生了故障，怎么也发动不起来。这可急坏了女友，她赶忙抓起手机给她丈夫打电话，她丈夫安慰了我们一通，让我们千万别急，他正在机场送客人，一会儿就赶过来。

这会儿雨渐渐小了，车子很快被她丈夫修好，这回由她丈夫开车，我们又继续出发。

我欣赏着这场雨的变化：刚开始飘下来的雨丝是斜斜的，像一只只小燕子从天空哗啦啦飞到地面，紧接着雨滴大起来，噼噼啪啪地像豆子从天上掉下来，最后的雨水完全是倾盆而下……雨水的千变万化也让我的思绪飞跑起来，我大声告诉女友：久旱逢甘霖，你送了我一场及时雨。

忽然，前面有一小块云彩放晴了，那是一小朵春光啊，我们向前方驶去。

又是一年的生日，春光明媚，万里无云。接近中午时分，女友气喘吁吁地喊我：任惠敏，快下楼啊，拿生日礼物。

我走出大门，女友早已候在车里，车门是打开的。礼物在哪儿呀？我问。跟我去取，女友笑眯眯地回答。

车子驶在起伏、干净的马路上，路边别致的建筑从两旁掠过，清洁的空气流动着我们的情谊。这时车子拐了一个大弯，朝棒棰岛方向加速了。

当我的双脚迈出车门时，眼前简直出现了仙境：左边是一层一层的海浪，海鸥在海面自由自在地飞翔；右边是一道一道的山坡，山坡上开放着各种各样的野花。这景象，像有人忽然间展开了两幅巨大的油画。

我对大海多少有些熟视无睹，因为我每天都能看到，现在我更喜欢的是右边那片山坡。此时温暖的阳光全部洒在坡上：野花如锦，彩蝶双双，青草缠绵，蜂儿起舞……左边海的美、右边花的媚，让我目不暇接。

我站在花丛边，想起了梁祝化蝶，那个花丛一定和这儿的一样美，不然他们怎么会以生命为代价在那儿久久徘徊？置身浪漫的山花中，我的情绪分外饱满，春光亮彻了我的心情，也亮彻了我的两只眼睛。这是你送我的生日礼物？我问女友。她嘿嘿笑起来。

我真想把所有的山花都拥入怀里，因为山花的美是那样真实、质朴、自然。此时山花的香味早已涌遍我的全身，我像花一样笑起来，激情在大自然中尽情挥洒，我那爱的容量在不断地扩展、增加。

这一天的快乐是前所未有的，我说这是女友送我的世上最好的礼物。

春天是温情的，任何人都愿意靠近它。我母亲曾经告诉我，她和我父亲的婚礼就是在鸟语花香的春天举行的，在春天父亲为母亲戴上了戒指，母亲又在这个季节生育了我，给了我生命，她把春天给了我。

一年一回的生日一闪而过，十二个月的路还在前面呢，我又看见一片霞光。

说　话

在一般情况下，我说话不轻易伤人，在和亲人与友人的交往中，没有人听过我大声说话。有时在外面偶尔与人发生了争执，我也想用大一些的声音据理力争，却总被对方的声音淹没，好像是我做错了，没有理似的。

以平和的语气与人交流，以乐观的态度对待人生，是对进取的追求。细思忖，语言与目光有相似之处：尖酸的语言和鄙视的目光是一样的，听到或看到同样让人感到不舒服。

语言是最接近人本质的东西，尤其是心灵受到伤害以后，特别需要朋友们的语言抚慰。几句轻柔、温暖的话语，能让人的心情得到好转，就像一瓢水，能救活一棵弱苗。

电话中的语言还能穿过山山水水，抚慰你的梦，抚慰你的泪，抚慰你的坏心情。

本来是一件很好的事情，如果不好好说话，好事情也会变成坏事情，美好的语言就会失去光泽，失去本身的意义。

有人话语一出口，像利剑似的，能刺伤人。

有人说话嘴里像含着炸药，一张嘴，就炸起来，不顾别人的感受。

还有的人说话语速飞快，第一句没有说完，第二句已经说完了，不给对方留一点儿空间。说完了，他走人，走了一段想起了什么，再回头大声地喊几句。

这样说话的人，他自己可能全然不知。

还有一种人不是态度问题，是根本就不会说话的问题。

姐姐生病住院的时候做了手术，术后还觉得那个部位疼痛，很痛苦。我向医生反映了情况，医生走过来站在姐姐病床前，说：没关系，如还没好的话，再进手术室，二进宫。听了医生的话，姐姐当时病情加重了许多。

那只不过是术后的正常反应，待几天伤口愈合了就会好。

也许那个医生是随口而出的一句话，我们过于看重了。但是，换了任何一个人都可以随口说一说，医生不能。在对患者行医的时候，他的话就是权威，他的一句话，能够让患者产生心理负担，他的一句话，甚至能对生命进行宣判。

语言是最实际的东西，它与我们每一个人紧密相连。当你遇到解不开的困扰时，有人送上一句关爱的话，胜过送你一顿美餐。

说话一定要三思，这样主动权会在你手里。“待人而留有余，不尽之恩礼，则可以维系无厌之人心；御事而留有余，不尽之才智，则可以提防不测之事变。”

我想起了读过的一个典故：

春秋战国时期，一天有一个人大摆筵席，宴请宾客。临近中午，还有一个人未到，他自言自语地说，该来的怎么还没来？

听到这些话，有些客人心里想，该来的还不来，那么我就是不该来的？于是找了借口，起身告辞。这个人看到人越来越少，又说，不该走的怎么又走了呢？

还没有走的客人心里想，不该走的走了，看来我是该走的，纷纷起身拂袖而去。最后还有一位客人，是主人的好友，他忍不住责怪主人说，你看你，真不会说话，把客人都说走了。

主人忙申辩说，我说的不是他们。好友一听这话，顿时心头火起，不是他们，那就是我了，好友也怒气冲冲地离开了。

之所以所有的客人都走了，就是因为这个人在说话时想得不周全。

一个人说话的语速不应过急，否则想挽回都很难。

还有的人说话没有标点符号，一口气从头贯穿到底，就像抗战时期的小钢炮。

世上最讲究技巧的是语言，要把内心深处的东西表达出来，就得靠它。种植良好的语言吧，它与树木、绿草、氧气同样重要。

听到美好的语言，就像听音乐。随着声音，或沐春风，或回故里，或寻柳丝，或观雪飘，都有喜怒哀乐，都有风花雪月，人类就是靠相互说着话联系着。

会说话的人不让人生气，人若能掌握自己，便什么也不会失去。

语言是智慧之书的第一章，它的力量无比神奇。当一个人陷入低谷，失去了眼前的光明，周围的人如果你一言、他一语，用语言围成个小园林，有梅林啊、杏林啊、桃林啊……这样，低谷就会被郁郁葱葱的景色包围，低谷中也会出现高处的风景。

我在困难的时候，最想听到的就是鼓励的话。那种境况，很像是我落到深潭，忽然一叶小舟向我驶来，然后把我载到岸边，让我以一个崭新的姿态挺立。

以后，每遇到困难，我都在等待着。

情深出良言，良言一句三冬暖，良言给人以亲切、力量和希望。当心情烦躁时要控制自己，尽量让别人听懂你的话而接受你。

不同的语言留下不同的故事，流传千古，篇篇都在书卷里。

在古战场上，会说话的人能够平息双方的纷争，化干戈为玉帛。这充分印证了“一人之辩，重于九鼎之宝”。

正如汉代刘向在《说苑·善说》中所写：“昔子产修其辞而赵武致其敬，王孙满明其言而楚庄以惭，苏秦行其说而六国以安，蒯通陈其说而身得以全。夫辞者，乃所以尊君、重身、安国、全性者也。”

一个会说话的人，人们记住的不是这个人，而是这个人说过的话。

说话不要锋芒太露，如果能以委屈为伸直，以谦让为获得，以柔弱为强大，则很少会没有成就的。

语言能使爱情燃烧，能使生命旺盛，能化干戈为玉帛。当然，语言要表达正义，不可缠绕于琐碎是非之间。

人的一生中要学很多知识，语言是最重要的，因为它是以知识、智慧、底蕴推举起来的，千万别让人家一言而知其愚。

还有一点，要学会倾听，不要随便打断别人的话语，只有多听别人的你才能知道他到底要讲什么，才能了解他的心思。要用眼睛注视对方，目光交流比话语交流还重要，我们从目光里能看到许多东西，眼睛是深深的海洋。

语言没有沧桑衰老，它在述说着一切的美好。生活如是一潭清水，不好的语言能把水搅得浑浊；生活如是一片林子，美好的语言便是林中欢乐的鸟。

美好的语言，有审美价值。

独身女人

不是有意走向独身生活的，天降大任于我，我欣然接受。

这是一种不同寻常的生活，这是一种违背了传统理念的生活，然而，我行走在这条路上，并没有异样的感觉。我走得轻轻松松，感觉独身女人这棵大树枝叶茂密，阳光飘洒在每一张叶片上，翠绿翠绿的，就像涂着阳光的色彩。

我把独身生活当作一枚大桑叶，我是一只大蚕，嚼着它：青幽幽，香喷喷，绿莹莹，甜丝丝。

以同样的频率工作，别人很累的时候，我却很轻松；别人肩上有照顾丈夫、孩子的担子，我没有，由此我可以加倍工作和做其他事情。我没有围困和败局，在远远的什么地方，有一个奋斗目标隐约明确着。

这种生活没有伪装，没有掩饰，且听槐香滴落，且观夕阳落入海面。

有一次，我的一位女朋友遇到特殊情况在这儿住了几天，她说再也没有勇气回去了，在我这里过得太轻松、太自在，以后累了，还来休息。

独身生活像静物，主人在里面作画；它也如月，因为每日都在变幻。我也几乎每日都给家做着变化，书房和客厅的摆设经常调整、淘汰；电视和许多工艺品并排在一起，让视线不停地跳跃。

这种日子是一只脚踩在花丛里，另一只脚踩在鲜花里，躯体浑然成花。

机会无处不在，我深深地知道。我要握住分分秒秒，分分秒秒是我的黄金，绝不白白浪费。我有优雅的居住环境，可我从不舍得睡懒觉。早晨的时光属于我，从清晨五点到七点，我读书、写作，然后另一天清晨再开始。

我对生活从没有怀疑，独身生活另有味道，快活的时候快活得要死，痛苦的时候痛苦得要死，可以肆无忌惮地发挥。但是无论什么时候，不用抱怨另一个人，不用和另外的人解释，即便痛苦也是自己的。

有一次，一位女性杂志的记者和我交谈，她让我说一说在主观意识上我觉得这种生活如何。

当我讲了许多生动优美的故事以后，她说：您谈的只是一部分，我是旁观者，看得一清二楚，您的生活要比我看到的潇洒、幸福得多。

我在生病的时候，最怕身边有人走动，那时心里特别烦，只想一人静静地躺着，或是倚在阳台上往外面瞧瞧，看看洒满了阳光的海面和飞翔的海鸥，极怕别人打扰。在痛苦中，别人看不到我的表情，不必担心给别人带来麻烦，心中坦然，这样会很快康复。

我穿过午夜写作，用平常的句子，任其滔滔不绝，因为我是一个人。

夜晚我躺在床上，待天亮后头和脚交换了位置，转了一个圈，因为我是一个人。

烧菜时有时淡如花瓣，有时咸如海水，我舒舒服服地品尝，因为我是一个人。

夜晚用电话和朋友聊天，一两个小时无所不谈，好听、难听的话语尽情使用，因为我是一个人。

有一次犯了懒的毛病，厨房水槽里攒了十几只碗没有洗刷，因为我是一个人。

更有晚上临睡前不洗脸、不洗脚上床的时候，因为我是一个人……

一种自由和多种自由在我体内奔流，自给自足的生活太轻松。我喜欢收集香水之类的小玩意儿，我的阳台上摞满了装它们的纸箱，夜里起来不用点灯，随手一伸就能拿到所需的东西，它们都是我的。我甚至觉得我居住的这座大楼、前窗的山和后窗的海都是我的，这大概是独身女人的另一种心境。契合着命运观点看这一切，是不是不符合辩证法？那么又是什么诱发出这种想法呢?

从微乎其微的小事到天一般的大事，我可以随心所欲去安排和处理，一万条锦囊妙计可随时产生又随时废除，因为我说了算，我永远与自我共存。

我听到了每日里自己风尘仆仆的足音，我顶着日光醒来，抱着月光入眠，披着日月的光晕，一天天往前赶路。那迷人的生活，带给我快慰，这快慰沿着四季奔放。

人生的价值并不相同，但人生的意义是相同的，为爱付出，不损他人，是我们共同的追求。

人生充满了光明，我始终这样认为。翻开《庄子》，第一篇便是《逍遥游》，把生命中的遗憾和残缺都接受下来吧，快活地游一遭生命。

读自己的人生轨迹，动人的情节随时可见。我扬着美丽的帆，在生活的海洋上航行，航行得稳稳当当，开不够这艘船，不求援，不呼救，目眺之处，全是好云彩。

生活的本质

从生活的实际意义上讲，简单是最好的方式。天气热了，把窗户推开；天气凉了，把窗户关上；饥饿的时候，赶紧吃饭。生活的实质就是这样。

生活如按常理进行，是为冷暖、是为饥饱做打算、做安排的，这样的生活应该是轻松的。

可是现实生活并非这样，人有时候偏要把简单搞得复杂，偏要构思一些不着边际的意向，去搞乱生活，去烦累生活，去伪装生活。由此把原来清澈的生活大河搅得浑浊了，人们在河床上为寻找生活的方向而忙碌起来。

许多人喜欢提深刻的问题，我却愿意做肤浅的解答。我愿世界还原它的真相，我愿意把一件事情说得直截了当、简简单单，说者不累，听者不烦。

记得年轻时我当工人，有一天领导安排我去厂文艺队打小鼓，并告诉我第二天不用去车间，直接去文艺队报到。

这件事被车间工人们知道以后，好几个人过来和我咬耳朵：让你去肯定是因为你平日工作不能干重活儿，是找个理由把你送出去；还有的说，你平时工作时间总爱看书看报，这回报复你呢，打小鼓多累呀；也有的说，看你有文艺细胞，车间里哪能留你……

他们七嘴八舌分析得头头是道，把一件小事提升到了极致，该想到的、不该想到的全部想出来了，好像已经积攒了几年似的。

顿时，我一颗透明的心被复杂的语言铅水灌得沉重极了，走起路来脚步也沉，心情也沉。以这种复杂化的心理推理，所有的事情都会被放大无数倍，所有的事情都会变得错综复杂，真是太折磨人。

后来我直接敲开领导办公室的门，询问此事的原因，说话的时候我的嗓子发出的声音似乎都和平时不一样。

领导听了以后哈哈大笑，随手给我倒了一杯水，说：是因为你的身材长得顺溜。

顺溜，只是一个顺溜，只是两个字，却被大家分析出来无数件事情，描绘得有根有据，像把领导心里对我隐藏的秘密都分析出来了似的。

顺溜，多少美丽藏在其中。

平时我们听相声，台上的演员如果把一些复杂的包袱一个接一个连续性地往外抖，我们听起来会很累。

聪明的相声演员会使用大众口语，开门见山，越简单明了越好。简洁的包袱抖出大家能立刻明白，能立即思考出含义，效果是那么直接。

看来人们追求艺术也如此。

每天的生活其实都简单地如期而来，生活里或有二胡声，或有马蹄声，或有哭声，或有笑声，都是些声音的物件，让人一听就明白，一点儿不累。在经历中，在相伴中，人们轻松着，日子本应该这么过。

日子可以讲究善良、真实、简洁，可过日子不是写小说，不能虚构和编造，否则便失去了生活的意义。

我知道恺撒与亚历山大在政务最繁忙的时候，仍然充分享受生活中那些最简单的乐趣。可是我们往往把美好的东西丢失了，我们之所以痛苦，是因为我们追求了错误，追求了糟粕。

还有比这些更可怕的事情，比如说假话、办虚事、造假货。

随便去一趟早市或超市，值得相信的东西太少。站在它们面前，不算计价钱，先算计是真是假，先怀疑一切，看着手中挑选的东西，越掂来掂去，越感觉不像真的，爱的东西偏偏恨起来，只好不买。

造假确实要用些大脑，要了解所造假物的性质、用途和来龙去脉，还要绞尽脑汁去造声势，还要学得三十六计里面的偷梁换柱、浑水摸鱼……

一个社会，靠法律约束并不能达到百分之百的正确，要加上个人本身的良知才能做好一切，良知大于一切。犯了错误不怕，怕的是犯了错误连意识都没有。假如大多数人都这样，错误将会改变历史。当初，每一次看到以假充真的东西我都会惊痛了心，后来，我甚至能微笑着去看，已经熟视无睹。虚假，是多么有杀伤力！

假如撒谎、欺骗蔓延开来，我很担心一个民族会失去捍卫真理的能力。

如果人与人都养成一种真实的习惯，不久的将来，也许会改变现状，那才是我们所需的合适的生活。

说谎是很辛苦的，因为它的语言与事实相悖，还要堂而皇之地从唇齿间进进出出，这需要多么复杂的构思。若久历繁事，心中定会疲劳。将它们一一化简吧，轻轻松松地过着，胜过一切。

生活的哲学是：“天地之间有大美，于简单处得；人生有大疲惫，在复杂处藏。”

我在孤独的时候，常常坐在家里胡思乱想，越想思绪越混乱，好像所有的事情都要发生。这时候，我赶紧冲上一壶绿茶，慢慢地喝下去。当我冷静下来，啊，刚才那一切不过都是思路上的过客。真实的生活就是：天上飞着燕子，地上种着庄稼，风景是山水组合，日子是一日三餐。

简简单单，每一个人都应具备过好这种生活的潜质。

简单是我心灵的一盏灯，我喜欢如此比喻，因为我想以它照亮我的前程，这是我生活的感受。水生万物，万物之简单归于水，这是万物的定义，人亦是。

我认为水是生命的载体，是最好的、最有用的，它流动着，以简单的方式载船，载木材……载着人类的命脉。多少个世纪过去了，它的方式不变，仍对自己充满信心。我时常温习它的“体温”：夏天热了，冬天凉了，就是这样简单。

“日出而作，日入而息”是我们祖先的生活。这是最原始的、最简单的生活方式，但其中的艰辛和苦楚同样能在简单里看出来。

顺带说一句，一个平常的人，在生活中每天记下一句话，多少年以后再来看，每一句话都是一样的。因为他记下的都是最简单的一句，正是它们，还原了生活的本质。

在复杂里走着走着，就迷失了自己。在简单里走着走着，就看清了自己，人生如此简单。

读书利于养生

养生的细节很多，别忘了还有读书。凡成大事者，都是读书的力行者。

可是现在有些年轻人忽略了这一点，也许是缘于生命中还有许多时间可供安排。

前几日乘坐火车从外地返回大连，一节车厢里几乎所有的人都在低头拨弄手机，看来手机里的各种游戏及娱乐项目确实能吸引国人的眼球。

手机多风景，也煞风景。

“不进则退”，这几个字越来越变为现实。如今，电脑、手机的普及让人有了提笔忘字的感觉，许多汉字只是认识，写起来已那么生疏。

养生的方法很多，有药补、食补，还有锻炼，等等。时间一长，人们忘却了思考，一个劲地沉浸在如何才能长寿的幻境之中。

什么是养生？就是通过各种方法颐养生命。古人是怎样养生的呢？孔子说：“君子有三戒：少之时，血气未定，戒之在色；及其壮也，血气方刚，戒之在斗；及其老也，血气既衰，戒之在得。”孔子提倡的是心理健康，他教育他的弟子们要胸襟开阔，不要患得患失。“君子坦荡荡，小人长戚戚”，这也是他的座右铭。

如今有的人忽视了这些，一个劲地提出若想长寿要利用药补和食补。

养生的秘诀一半在生活当中，一半在书籍当中，不信就试试看。

“在水一方”，那是在书一方，有位“佳人”，那是读书的佳人。

读什么样的书，得根据自己需求，欲知人者，必先自知。

我不是一个胸怀天下的人，我也不祈求别人胸怀我。世界给我一小块地方可以存放我就行，再留一块地方存书，我一定要这样地与书活在一起。

我喜欢读中华民族的文学，尤其喜欢读古典诗词。那种意境带给我的想象就像群峰叠翠的山峦，任凭我想象的翅膀驰骋纵横。

我不贪睡，这是养生的最好习惯，因为书籍在召唤我。有时我喜欢小声嘟囔着，一本书从早上到晚上读完，嘴唇念得滚烫。我用舌头舔着双唇，久久不舍得收回。我和书同历清晨又同迎黄昏，书是我灵魂的朋友，我与书一起战胜了孤独，战胜了狭隘，战胜了数不清的寂寞……

我不是为了让别人觉得我有修养才读书的，我读书是为了养生，因为一个人要健康，首先得精神健康。“盈缩之期，不但在天。养怡之福，可得永年。”

读书不费精神，读书能长精神。

养生的食品很多，但大多只是生长在一个季节里，比如山药、小米、萝卜，还有北方的水果，都是按照季节生长的。四季荣枯，唯书不枯。

蔡元培老先生的书室有联：“都无做官志，唯有读书声。”他是中华民国首任教育总长，他辞官不做，到北大任校长，做学问，与书结伴。一旦我们建立起了对自己文化的自信，平心静气地面对自己的先人，那就可以和悠远的历史接脉，滋养健全的道德，学会安顿自己的身心。

书籍能把烦忧带走。我常常会出现无可名状的烦恼，每当那时我就把目光转移到书上，读进去以后，一行一行的文字就变成了一排排小舟，带我慢慢渡出烦恼。我愿意相信，彼岸是美好的。养生要的是心安，读了书，才学会了心的安宁。

有种光亮，是从书里涌出来的，它和太阳的光辉交织在一起，是人体不可缺少的养分。即便花朵谢了，树叶落了，它的光芒永恒，一直伸向远方。在它的照耀下，看蓝天，看白云，看雁群……都好。真想告诉它们，我都爱。

木头能搭一座桥，石板能搭一座桥，其实书也能搭一座桥。那边连着最美丽的地方，阳光浩荡，玫瑰漫天，那真是一个能让人们身心愉悦的好地方。

养生的食品要有所选择，读书的内容也要有所选择。你能读多高尚的书，你的内心就有多高尚。

书籍是一张养生的车票，有了它，可以穿越悠长的雨巷，可以翻越人生路上的皑皑雪山，还可以走一遭世界。

和书在一起斗转星移，知道这物件的好处，就把持住了。

毅　力

去年，我的电脑感染了病毒。一夜之间，病毒疯狂地侵蚀了所有的文件，我近期写的二十篇散文全部不见了，那是我正准备出书用的。作品如同我的孩子，我一下子失去了这么多孩子，那种疼痛，像有人把我心切开了。自己写好的作品忽然间化为乌有，对于我，像是一场大火烧了我的家，烧了我的全部，现在仿佛已是家徒四壁。

我从没有那样痛苦过，看天是黑的，看地也是黑的，我似乎走在一个巨大的黑箱子里面，前面没有光明，我找不到亮。我多么盼望亲人们能帮我一把，他们也把手伸给我了，可是就是使不上劲。

我无精打采地到楼下散步，忽然间看到一个收废品的人拉了半车旧书，捆在最上面的是一本描写林肯生平的书。我喜欢收集介绍名人成功事迹的书籍，便立刻从收废品人的手里买了回来。

这本书一下子吸引了我的目光。我只读了书的上半部，书中泛出的光芒使我的精神一下子振作起来，书的内容强烈地震撼了我。

我把一部分细节都背下来了：

1832 年，林肯失业了，他很伤心。他下决心要当政治家，当州议员，可竞选又失利了。在一年里连续遭受两次打击，他难过、痛苦。

他没有倒下，他说太阳有多高，他的毅力就有多大。

他又历经艰难，开办了一家企业，可是仅几个月的时间，企业又倒闭了，而且欠了一笔巨债。在长达十几年的光阴里，他为还债而忙碌不止，他不叹息，他说太阳是属于他的。

接着，林肯又一次参加州议员竞选，这次他成功了。终于，他的生活有了转机，发生了巨大的变化。

1835 年，他有了人人羡慕的爱情，他订婚了。但是就在他们马上要举行婚礼的时候，姑娘去世了。这次打击让他数月卧床不起，什么事情也做不了。1836 年，他得了神经衰弱症。

他是一个聪明绝顶的男人，深深知道没有谁能拯救他，他完全依靠自己的毅力一点一点从痛苦的枯井里爬出，纵然浑身是血，他也会清理干净。

到 1838 年的时候，他的身体状况终于好转，于是他又决定竞选州议会议长，不过，这次他又失败了。1843 年，他调理好精神，以饱满的激情再一次参加美国国会议员竞选，但是仍然没有成功。

林肯没有放弃，他也没有说要是失败会怎样。1846 年，他又积极参加竞选国会议员，这一次他终于当选。

两年任期很快过去，他决定要争取连任。他认为自己作为国会议员的表现是出色的，他相信选民会继续选他。但结果非常遗憾，他落选了。

因为参加这次竞选赔了一大笔钱，林肯申请当本州的土地官员，但州政府却把他的申请退了回来，指出：做本州的土地官员要有卓越的才能和超常的智力，你未能满足这些要求。

林肯不放弃、不气馁，他以超人的毅力往前冲，他一直在做自己生活的主宰。1860 年，他终于成功了，当选为美国总统。

他虽然只活了五十六年，但在这半个多世纪的光阴里，他从来没有被困难击败。在磨难的大山上，他爬到了理想的巅峰，他把毅力磨得像金子一样闪光。

林肯是一个让我佩服的人，他把毅力融进了肌体，让它铸成钢铁。天大的困难已被他战胜，在他面前谁还敢谈困难？……

我想到自己遇到文件丢失这点儿难事先是忧伤、痛苦，然后就是流泪。每晚，泪水像小溪，一直流到我睡着了为止。

现在我无地自容。

我振作起精神，决定靠回忆重写那些丢失的散文。

我开始了一项艰苦的工作，也可以说是一项艰苦的文字工程。

首先，我找来二十张大白纸，写字台摆不下，我把它们一张张摆在地上，成为一个圆形，我坐在圆形中央。然后我打开回忆的闸门，将二十个标题先后写在二十张纸的上端，一个也没有落下。这时候，我的心情轻松了许多。那晚我一顿饭吃了两顿的量：一碗米饭、一条黄花鱼、一小盘韭菜炒虾仁、一小盘海蜇拌黄瓜、一小碗紫菜汤，还有一杯红酒。

我又开始苦思冥想每一篇散文的内容，想到哪一篇就往那张纸上写。每一小节、每一个字、每一个标点，完全是回忆，靠的全是毅力。三个月的时间，我打了一次冲锋“战役”，我端下了所有“碉堡”，文章基本上都复原了。我胜利了，我为自己吹响了冲锋号。我愿所有的人都能听到：困难不算什么。

我再到外面散步的时候，感觉天上的太阳怎么那么明亮！

如今我身上的力量，有一部分是从那本旧书里得到的。我借它的能量填补自己的不足，我便强大起来。

其实，做任何事情都需要毅力，哪怕是一件极小的事。有句话说：“再坚持一分钟。”这一点我深有体会。就是在这最后一刻的坚持中，我们获得了巨大的成功。

一个拥有毅力的人，才能对重挫致以微笑。

如果心中有希望，有对希望锲而不舍的追求，每个人都有可能成功，怕就怕在希望倒塌的时候，毅力也随之倒下去。

我比较柔，我的毅力比较刚，我愿与它厮守终生。

第三辑　家的物语

午后絮语

午休过后，我沏了一杯绿茶，然后坐在软椅上。热气慢慢升上来，虽是茶，也有涌动。

每天下午，我基本上都是这样度过，下午茶对我极为重要。从2000年开始，它就一直陪伴着我。它陪着我，使得生活有了自在的感觉，也使得生活多了内容。

红尘深处，住着我。由于我的安静，整座大楼里像没有我这个人似的。我不会和邻人一起打麻将，因为不爱，就不学。为了它，有的人可以整夜不睡觉，我不，春夏秋冬，睡眠是第一位的。

我不喜欢打扑克，是因为一个缘由：不会拿牌。两副、三副牌掺和到一起，我无论如何也拿不了。我有一双修长的手，十指尖尖，一下子能拿一大把钱，可是把牌理成羽毛扇形状以后，我拿不稳，不是掉了这一张，就是掉了那一张。自家的牌全让人家看到了，人家的牌我一张也看不到，而且人家还会把牌唰地合上，再唰地打开，总来晃我的眼睛。我不会，就不玩，任别人怎么劝说。

喜欢一个人逛商场，喜欢一个人装修房子，喜欢一个人去买家具……在众多的商品中，一定能选出比较有品位、比较艺术的那一类。眼睛不太大，但是目光中有能量。不愿意与别人一起出去购物的原因是，你一言、他一语，一件好东西也能挑出毛病，也能变了样，不如不约人了。如哪一件衣服能吸引我的目光，能让眼睛里射出一束惊叹，便选中了。

越仔细梳理，思绪越多，我续了水，杯里似一群蜂在飞，思绪也随着飞得更远。

喜欢一个人在雨中漫步，那是从天上落下来的长信，读它得在雨中淋着。或急或慢，或平或仄，或清或浊，用心体会吧。尤其是在黄昏时分，这样的一场雨停了以后，再看夕阳，那是一种被洗过的水灵灵的美。刚才还下了一阵雨，现在挂在梧桐树叶上的水珠经风摇晃，纷纷滴落下来。宋朝女词人李清照的词瞬间出现在我眼前："梧桐更兼细雨，到黄昏，点点滴滴。"此时我的感受和她是有些不同的。她丈夫去世了，她对着大自然在倾诉自己孤苦冷清的心情。我品着茶，悠闲地在观景，不同的心境，感受就会有所不同。

品着茶，思绪飞来飞去，格外活跃。

我在想，我不给自己烦恼，别人也永远不可能给我烦恼，因为我的内心连自己的烦恼都装不了，还能装进别人的？

在这样安静的午后，我想起的事情太多了。我想起了年轻时的一个男朋友，分手后不能再成为朋友，但是也没有成为敌人，因为彼此深爱过。我们成为最熟悉的陌生人，看来再也没有机会见面了，也不知道他是否还能想起我。该记住的记住，该忘记的就让自己忘记吧。

我与爱情至今没有邂逅，只差一个春天的眼神。请春天正视我，我以饱满的爱，等着你的光临，如果你把我领上爱的舞台，我一定会大放异彩。

我是一个与众相同的人，没有与众不同的地方，可爱情的风徘徊在我门外却从不推开我的门，我的门是虚掩着的呢。我不接受拜访，但我没说不接受爱情，也许是我没有努力，在这方面我没有成功。

爱能给人带来无尽的幸福，也能给人带来无尽的痛苦。它真像一个谜，谜底是藏在陡峭的山崖还是深邃的谷底，看不出来，也找不出来，没有人能给出谜底。

幸福的人不一定拥有最美好的一切，在这里我不是没吃到葡萄而说葡萄是酸的，人生不足之处，我们去追求，也是一种积极的生活。

电脑里依旧放着音乐，歌唱爱情的音乐。没有太多起伏，平淡相爱也是生活的一种，照样弥足珍贵。我将会是谁的女人？这是我的心思，心里却不装任何人。一转身，心思全忘了。无人宠，无人疼，没有时间去伤感，自己照顾自己，感受这样的清静，物我两忘。

我写诗，是想把自己的喜怒哀乐表达出来。也感谢诗歌，带给我丰富、浪漫的人生。它使我越来越敏感，好的素材随时随地涌进我的脑海，让我产生奇想，不知何时，就一脚踏进了荷塘，踏进了海棠园，踏进了丁香林……我是一个十分珍爱感情的人，让这纯真的感情流淌好了，请收下我的每一滴清泪，那是为生活而流。

郁闷的时候，我有时候会把心里话和朋友们讲一讲，心里很快便不再难过。我尤其愿听别人的劝解和好主意，我喜欢春秋时期的这句成语——从善如流。

文学对于我，是鞭策、激励、期待、希望、痛苦和幸福的交织。

握卷把红酒，我一口，友一口，自己满足天下足。

想一想，真是奇怪，一个对生活如此热爱的女人，如今却没有了怦然心动的感觉。就算是有一个美丽的邂逅，也是只闻序曲便结束。坦坦然然、平平静静，以自由、自然的心态对待人生吧。长路万里，盈盈而来，盈盈而去，无牵无挂，遇事不钻进牛角里，喜欢往宽阔的地方走。

《周易》之所以能吸引很多人，就是因为谁也没彻底弄懂它。越不懂越钻研，如果人人一看就懂，无论吉凶祸福没发生之前就知道了，人生的意义还能存在吗？

我没有为做哪一件事情而善始善终，唯把读书当作一生的事情，很累但很幸福，我的智慧多来自书本。

雨季这般凉，我是那关窗的女子。我从真实出发走到这个世上，心情随意彩绘，不用一点儿雕饰。从少年、青年、中年，如今即将到老年，这样的日子我还将走多久？走多久我都不在意，我已经做好了准备。

我没动，刚才那缕微风刮过去了，它飘进隔壁邻家的窗户里，明天它还会来。

我的茶，最后一缕热雾也从唇边飘走了。

我是一个留恋秋天的人，走在路上，大树上的叶子纷纷落下来，透亮了许多天空，换回了心情的晴朗。秋天有中秋节，我和姐姐们团聚，又会珍藏许多故事。

每天看新花送旧花，其实我对旧花更有感情，有了它们的共同存在，生活才会如此吸引我。

此刻的心情：静如云，柔情如水，思绪如蝶。

茶　香

我喜欢喝茶，喝着茶过日子生活中有滋有味。

古人曾经说过，喝茶之人是高明之人，意在言中。

我对茶的品种和产地、泡茶时用的水温以及茶具的使用等等，知道得甚少，只知道喝了那种芬芳的味道以后，身心极舒畅，也感觉到喝了以后眼睛格外明亮。

楼上有两位七十多岁的学者，他们有喝茶的习惯，见面的次数多了，我们便开始聊起来，话题有一部分和茶有关联。虽然他们比我年长，但我愿意和他们聊，也不认为他们是老人。有了好茶以后，我们还常常交换着品尝。轻轻地按一下门铃，门打开了，然后一壶热茶捧上去，聊聊古今中外，聊聊家长里短。

翻开茶的历史，一开始茶是作为药引入社会的，《神农百草经》写道："神农尝百草，日遇七十二毒，得荼（茶）而解之。"由此才有了饮茶。

东汉末年、三国时期，茶叶已经作为饮品广为饮用，并被明确指出是醒酒的好饮品。

谈到茶，不可不提的是茶圣——陆羽。他耗尽一生之心力完成《茶经》，这是世界上第一部茶叶专著，也是一部了解古人如何喝茶的最重要的文献。古人如何喝茶，《茶经》上说得十分仔细，从采制到煮饮，务必做到精益求精……

《茶经》传世以后，宋代有诗云："自从陆羽生人间，人间相学事春茶。"也就是说，茶发明后，有一千年以上的时间并不为大众所熟知，现在提起，这是一件多么遗憾的事情……

我喝茶时，先咽下一口，嘴里出现丝丝嫩香后，再接着往下喝，有时能喝下一小壶，整个下午满嘴都是清香。尤其在炎炎夏日，喝茶，才是正好。

茶，能把心境养得淡静闲适，能拒外物繁杂，让人心静如水。

自古以来不少女人喜欢饮茶。

苏轼的一句“从来佳茗似佳人”，把茶和女人缠在了一起，竟是那样具有美感、绵醇、清香、俏丽，乃至于飘逸。既然佳丽如茶，自然，女人也就最应该识得茶理，赏得茶趣了。所以，女人饮茶，和男人不同。女人饮茶，似乎更注重饮茶的过程和调理过程中的那种种情趣。她们把茶饮出一种奇巧和风致，把人生饮出一份风雅。

《浮生六记》中，沈复的妻子陈芸是兰心蕙质的性情女人，其独特的个性，尽显在生活的细微之处。书中写她调茶：“夏月荷花初开时，晚含而晓放。芸用小纱囊撮茶叶少许，置花心。明早取出，烹天泉水泡之，香韵尤绝。”我更感兴趣的是芸娘做这种活儿的过程和心态：漫步于荷边池岸，莲步轻移，纤指轻舒，一呼一吸都有清莲之香。其心，自是静然、清然、乐然。真是七窍玲珑心，竟能做出如此精微的妙事……

我喜欢喝下午茶，虽然没有芸娘的风韵，但每天午睡醒来，蒙蒙眬眬地就提着茶壶走进花房。先拿几枚叶子放在水中，再洒上开水，茶叶便开始在杯中旋转，然后像慢镜头里的花蕾开放，把水舞得团团转。

远处是辽阔的海天，身边许多花在吐蕊，我坐在藤椅上，慢慢地喝着茶。喝着喝着，茶好像有了灵性，涌出缕缕气息，和我的气息交融在一起，像和我聊天似的。但是它不为自己歌功颂德，它的功是让人品出来的。

每当我外出，安顿下来后总是找个地方喝茶。有一年在香港，下午我经常去一家茶楼，对面桌有一位戴着金丝眼镜的老人，她穿着浅绿色的薄纱衣裤、浅绿色的绣花鞋，非常高雅。当我的目光和她的目光对视的时候，两束目光同时微笑在一起。后来，我们每天坐在一起喝茶。她是一位年迈的知识分子，高雅的气质依稀可见。对于有内涵的女人，年龄越大我越喜欢。后来我要离开香港的时候，老人还专门请我去她家做客。记得很清楚的是她家养了一只大黄猫，像只狐狸似的窜来窜去。我害怕猫，老人便把它撵走，关在阳台上。

回来以后，每逢年节我总是给她打电话，可是从去年开始她再也不能接我的电话了，她女儿告诉我她故去了。

一连好几天，我一端起茶水，老人的影子就准时出现。

有一年诗歌笔会，我去了江南茶乡，一排排茶树远看像一排排灌木丛。茶园下方有一湾碧水，清澈见底，许多画家在那里绘画。茶主过来请我们喝茶，当把茶叶放进碗里的时候，我还在想：哪一棵茶树是它们的母亲呢？点点滴滴都潜入了我的记忆……

这大半生，我能静静地坐在家里写作，写出了几部优美的诗集和散文集，是茶使然。

这些年我的胃病一天天好起来，身体很轻松，是茶使然……

看来养生之道，莫尚乎茶。

我是个话语不多的人，可是每当有了好茶以后，我就会请来三两好友，共同品尝，谈谈某些官员的两袖清风，谈谈以往的美丽是否还能重现，谈谈世上的东西生不带来、死不带走……谈着谈着水便旧了，心却越来越清晰，一杯清茶从远古流到今天。

小野花

我采过许多野花，都不记得了，爱过，就随手扔了。

那一日走进近郊，随便往山坡上望了一眼，啊，山坡上一朵朵小野花正朝着太阳盛开，它们一下子温暖了我的眼睛。

我想起《西厢记》里的崔莺莺，她在后花园里散步的时候，是那样青睐那些小野花，轻盈盈的步子生怕踩着它们……

我走过去蹲下来想摘几朵，小花太嫩，薄薄的瓣被我碰碎了，洒出了淡淡的清香。当我仔细观看它们的时候，发觉那些水灵灵的花瓣各有不同。

平时我们都忽视了它们，只是一个劲地把目光放远，去欣赏那些名贵的栀子、米兰、茉莉……其实这种天然自成的野花不需要任何人莳弄，自己在发育着，发着自己的光，只要你蹲下来多看它几眼，给它一丁点儿的爱，它就把芬芳全部给你，把心掏给你。你别急于离开它，你知道它的心在澎湃吗？

它们躲在玫瑰、芍药的后面，繁衍着自己的芬芳，以最热情的生命状态迎接靠近它们的任何人。

翻阅古诗词，文人赞美牡丹、杜鹃、芍药的诗篇确实不少，可是赞美野花的不多。你细细看一看，坡上、岭上的野花很漂亮，五颜六色，多像田野里的首饰。

它们自然地长着，自然地开放着，自己把种子栽进泥土，再和其他的花一起喘息、取暖，每一场小雨都是它们的养料。它们从没享受过百合、玫瑰的待遇，偏偏自己长得乖巧，一副叫人心疼的模样。它们在一起跳着舞，同伴之间相互陪衬、相互鼓励。

它们长在什么地方没有关系，最要紧的是生活得安贫乐道，得不到冠冕也没什么，只要内心强大。有了这样的勇气，其他一切气质就都具备了。生与死对于它们都很平常，它们有时从险处得生，等于多活了好几回。它们那么感恩，相互搭讪，诉说田野的恩德。它们形散意不散，那种恬静、淡雅，多像梁实秋的散文。

有些花，是在一些漂亮的词汇中盛开着，一直到生命枯萎。小野花没有那种好命，但是它们心有灵犀，既然不大受人们待见，就自己孕育，自己繁衍后代。每到深秋花即将凋谢的时候，雌花就借助蜂、蝶的嘴巴，把花粉传递给雄花，等花谢了以后，花籽便是饱满成熟的，然后借助风的翅膀，被刮到田野上。来年开春，又是一片姹紫嫣红。

有时我从枯萎的花朵里寻找花籽，一粒一粒取出来放在自己的手心，包起来带回家。等第二年出去春游时，直接把它们撒进泥土里。

于是我就有了心事，凡是撒过花籽的地方，总想着去看一看长没长出花，对那片泥土就有了格外的感情。

时间不长，凡是我撒过籽的地方，花就一朵一朵冒出来了，各种颜色都占全了，充满生机，放射着自己的光辉。可是，也有一些花籽被鸟吃掉了，那些花再也不能与我们见面了。

小野花实在很有内涵，你看它们平平仄仄地开着，多像田野里的彩色汉字。

有时候，我真想把自己也种进去，和花一起呼吸，一起散发香气。我要做一朵大葵花，高高地迎着太阳怒放。

平日里我们赏梅，赏荷，赏菊……它们都有名有姓，小野花和它们相比，真是望尘莫及。

我家窗外平台上有一个下水管道，比其他地方凹一些，风吹来吹去，周边堆了一点儿薄薄的土，有半个乒乓球那么大。不知从哪儿飘来一颗花籽落在那里，竟长出了一朵拇指大小的花。有一天下了一场雨，雨水浸过了它的腰。我想，这回完了，它准会夭折。没想到等天空晴了，它照旧朝着太阳微笑。那位置恰巧我能看到，它开得悠然自得呢，真像一个小盆景。

一棵小花在苍天面前，与我等同。

小小的花哪来这么大能耐？大雨都冲不垮它，真是让人不能不看。事物往往就是这样，越小的东西越顽强有力，因为它们没有吸引人的姿色，也不会有什么人去保护它们，只能靠自己的毅力挺立起来。毅力的美，同样震撼人心。

自留意了野花，和它们有了接触以后，它们有时出现在我的脚底，有时出现在我的头上，我们总是相逢。一棵可以放在手心里的小野花，给了我一股力量。

夜晚里的主题

多年来，不累于外物，谓之“善学”。孔子说“乐在其中”，两千多年前说的话，经久不衰。

夜里，是最美妙的读书时辰。“一道残阳铺水中，半江瑟瑟半江红。可怜九月初三夜，露似珍珠月似弓。”今夜正是农历的九月初三，看来白居易喜用墨来书写夜的情致。

每天晚饭后，我就盼着天空快些暗下来。当我打开房间的灯，拉上窗帘，便一脚迈进了夜的门槛。夜也意会我的心，我们藤子一样缠到一起。美好的时刻又光临我了，各种色彩慢慢地开始抵达我的内心，夜对于我是色彩斑斓的。

《梁祝》是在黄昏以后化了蝶，那蝴蝶多么轻飘、安稳。《红楼梦》是曹雪芹在夜里做的一个梦，比白天更清楚。《蝴蝶梦》是国外的一个梦，飘进了中国……

我喜欢夜的原因，一方面是它的安静，另一方面是夜里有梦。

在梦里，我能见到我的父母，他们在梦里总是对我千叮咛、万嘱咐：天冷了，别让腿受凉，早一点儿穿上绒裤；每月 5 日至 10 日是交水电费的日子；家里购买东西的所有发票、收据都放在皮箱的底层……他们一边说，一边贴近我。

天亮了，泪水还挂在那儿，那些梦就像真的一样。假如我的父母还活着，我的爱一定会长得更快。

我真喜欢夜里的安静，这也许和我的性格有关系。

夜静到极致，身心是那样自若，头脑是那样清晰。在夜里，许多事情可以出现：心上的那个人、童年的那些事、出去旅游的情景……还有，白天我多是这儿疼那儿疼的，到了晚上，哪儿也不疼，齐刷刷地都好了。

有人说，夜的黑暗显得妖气重重，实际上是自己吓唬自己。《聊斋志异》中蒲松龄表达得很清楚：以狐仙孤愤之神话，墨志松龄苦善之心。

有一年秋季我去山东，顺车到了蒲家庄，看到了陈旧的聊斋堂上有郭沫若先生的手书楹联："写鬼写妖高人一等，刺贪刺虐入骨三分。"

茫茫六道，何为妖鬼？那是写出来的，杜撰的。

记得当年我插队当知青的时候，生产队的场院里每个月都要放映一场电影。场院离我们知青点有将近八里的路程，那时的劳动是十分繁重的，白天累了一天，大家晚上都早早地休息了，我找不到做伴的，只好一个人去。

回来时，夜更深了，走在那条路上必得经过一段坟地，在夜里我一个人直闯进去。

远处看，一堆一堆的坟就像一匹一匹老狼卧在那儿，走到眼前，其实就是一片村庄。在夜里你尽情去想象吧，想成什么，它们立刻就会像什么。

有新坟的地方，坟头压着纸，夜风吹到那里，呼啦啦地响，夜空里，似有小唢呐陪伴着我。

相信夜晚吧，它比白天安静，它有着魔幻一般的神奇，夜晚，能证实一个人的明智和愚钝。

夜真是有内容的，不但我喜欢，许多植物也喜欢，它们专拣夜里开花。你看，昙花、曼陀罗、萱草、夜来香……它们在夜里柔情缱绻，把所有的芬芳释放出来。在夜里你要是走近它们，那股芬芳能带进你的被子，你就在被子里翻滚吧，被子里立刻有了那些鲜花的味道。对夜来香，我还有另外一种情愫，每当我站在它面前，耳边就响起了邓丽君的歌声。

我的思绪在增长，我是一个为夜备下的情人，山高月小，夜陪我一生，这是最真实的。

我亲近夜晚，在我心里，它是我一天的盼望。

最喜欢在夜里读描写夜晚的诗词，北宋词人柳永这样写夜：“长天净，绛河清浅，皓月婵娟。思绵绵。夜永对景，那堪屈指，暗想从前。”可能他想的是一件件、一点点，或许一个整体，不管想多想少，我们不谋而合。

别人是否和我一样，都有夜的情结？我多次想问朋友们，又觉得不太合适，话到嘴边又收回去了。只记得一位男性朋友曾经说过他非常喜欢夜晚，总是把白天要干的活儿攒下，留着晚上干，夜深人静时特别出成绩，还不觉得累。

真是这样。夜晚能使你放松，夜晚的时间比白天过得快。每一个夜晚我都不舍得让它走得那么快，留着留着，天就亮了。

假如我现在是个年轻人，我是不会出去打工的，因为我离不开被我安置在这里的夜。尤其是地球那边的地方，它的夜是我们的白天。男友多次要求我过去，我说夜都颠倒了，人还能顺溜？思绪还能顺畅？

月光在天空徊绕，已经很好看了，还有满天星星，像晚归的鸭子，真是有一种写不尽的感觉。夜夜星空都在变化，初一和十五不同，夏夜和冬夜不同，就在我的头顶，说变就变。

天空的故事太多了，月亮里有嫦娥，嫦娥是夜空最美的风景。

传说远古的时候，天上有十个太阳，晒得大地冒烟、海水干枯。有个叫后羿的英雄力大无比，他用宝弓神箭一口气射下九个太阳。最后那个太阳一看大事不妙，连忙认罪求饶，后羿才息怒收工，命令这个太阳今后按时起落。

后羿的妻子名叫嫦娥，美丽贤惠，大家都喜欢她。

一个仙人十分钦佩后羿的神力和为人，赠他一包长生不老药，吃了可以升天。后羿舍不得心爱的妻子，不愿自己一人升天，就把长生不老药交给嫦娥收藏起来。

后羿有个徒弟叫逢蒙，是个奸诈小人，一心想偷吃后羿的长生不老药。

那年八月十五，当后羿带着徒弟们出门打猎时，逢蒙闯进嫦娥的住所，威逼嫦娥交出可以升天的长生不老药。

嫦娥迫不得已，仓促间把药全部吞下，马上飘出窗口，直上云霄。由于嫦娥深爱自己的丈夫，最后她就在离地球最近的月亮上停了下来。

听到消息，后羿心如刀绞，他思念嫦娥，只能夜里望着月亮出神。此时月亮也格外圆、格外亮，就像心爱的妻子在望自己。后羿和乡亲们都在月亮下祭月，寄托对嫦娥的思念，从此年年相传着这段夜晚里的爱情……

看长了，便看得越来越清楚，在最南端，有一颗比任何星星都亮的星，不论在哪个方向，一眼就能看到它。那样明亮的星星一定有它自己的名字，只是我不知道，天文学家一定清楚。每天晚上它第一个升起，最后一个落下，举手就能够着，却在天上。

我每日在经历夜晚，每日在享受夜晚：

小春之夜，清清爽爽。

小雨之夜，滴滴答答。

小荷之夜，伸伸卷卷。

小雪之夜，飘飘洒洒。

亲不够这样的夜，甜甜蜜蜜长长。望望天空，疲惫的月亮躲进云层休息去了，天空一片沉寂，只有微风在轻轻飘荡，如大地的呼吸。

一 点 红

红色，是我喜欢的颜色，虽然热烈了些，但是用得恰当，还是很好看的。

有一年冬天，天空下了一场少有的大雪，虽然时间不长，但大地上已是一片银色的世界。人们陆续从家里跑出来，想在这片白雪世界里照相留念。

这时只见雪地上一个女子穿了一双红靴子匆匆而过，走出好远，许多人的目光还在追随。雪地上那双红靴子像两叶小红帆在划动。

雨天，我喜欢倚着窗台赏雨。昨天下午，风缠着雨水翻滚着从天而降，顷刻间天地被雨水连为一体。忽然，我看到几顶红伞在雨中出没，真像一些红鲤鱼在水里游动。

在我生病住院的日子，所有的医务人员均穿着白色衣褂，病房里的床单、被褥也是统一的白色。忽见一女患者头上戴了一只鲜红色的发卡，顿时给病房增加了色彩，感觉一股生命力在奔腾。

有一次去银行取款，业务员从小窗口给我递钱时，我看到她的小拇指染着红指甲，如一枚小花瓣落在上面，点缀得真好。由此可以想象这是一个多么俏皮的女孩。

年前，我参加一位朋友的婚礼，新娘穿了一身白色的婚纱，头上也披着洁白的长纱，只是在衣领处，别了一朵红玫瑰花。这朵小红玫瑰飘来飘去，给婚礼增添了格外的情调。

我家对门有个姑娘，冬季穿一件黑色大衣，总是在腰间系一条宽宽的红色腰带，显得那么轻盈、矫健、端庄、大方。

日升和日落之间，那一缕霞最美。一望无际的稻田中，黄灿灿的稻穗最芬芳。青山峻岭上，那些开在悬崖峭壁上不知名的小野花最迷人。

我是个女人，我照旧欣赏女人的美，甚至会为哪部电影、哪部戏剧里没有女主角而感到遗憾和不满足。

许多优美的比喻暴雨如注般地献给女人：温柔的月亮、迷人的鲜花、金色的霞光……桂冠太大了，真是接纳不了这些美誉。说女人是一枚淡淡的花瓣，就够了，既赞美得精致，又具有味道。

装束是一门艺术和修养，把美献给别人首先自己必须知道美的价值和精髓。罗丹的美在于浪漫，凡·高的美在于大气，毕加索的美在于抽象，真谛都是以自然和谐为目的。他们心胸里装着渊博的艺术根底，才能把点滴之美都衬托出来。

西藏传统绘画专用的红颜色朱砂，是一种色相艳而不燥的优质矿物颜料，非常适于表现藏传佛教题材的壁画作品。一点朱砂的加入，起到了特有的关键作用，形成了特有的画风。

美的东西不用多，如果能恰到好处，一点点便可起到极大的作用。我突然想到了动物里的禽类黑天鹅，把它和白天鹅做一比较，我尤为喜欢它。只因它在漆黑的身上伴有一张红嘴，就像涂了口红似的，所以吸引了许多人的喜爱。那点红竟能把一片湖水点缀了。在湖里我曾经和它见过一面，过去了很长时间，那黑色的大鳖还在我眼前转动。

二月春风吹了，三月桃花开了，紧接着各种花也竞相绽放。如果在万花丛中冒出一枝红玫瑰，会吸引多少人的眼睛?

含蓄的美，不必多解释，慢慢可以体会到。这种美，是艺术需要的，运用到生活里，是我们追求的东西……

只是见到了一点，便让我想到一望无际的美，红色是有情义的颜色，我看出来了。

我来为你煲汤

有一个秘诀，靓汤能够养颜。一碗稍有弹性的靓汤，勺一搅，柳丝一样绵长，喝一口，五脏六腑都舒展开，慢慢地，它又滋润到你的皮肤里、双颊上，润得你面似桃花。

靓汤是煲出来的，煲出来的汤五光十色，很有诱惑力。

煲汤不必讲究形式，但一定要讲究原料。火苗也不能过旺，得用中火然后转成小火，才能煲出滋味。

生活当中，一是饮茶，再是煲汤，均不可少。

煲汤并不麻烦，把砂锅洗好端过来，就可以往里面布置了：

先用煮好的鸡块垫底，倒上鸡汤，再摆上一层白菜叶、一层宽粉条、一段段山药、一片片土豆、一朵朵蘑菇，上面摆上木耳、枸杞、红枣，再摆上些各种颜色的菊花瓣。

鲜鱼也可以煲汤。先放进砂锅一尾黑鱼，倒入高汤，再摆上一层豆腐、一层粉皮、一层茼蒿、一层胡萝卜片、一层白萝卜片，上面摆放豆芽、木耳、香菜、葱段。

水果也可以煲汤，先用淡淡的淀粉将冰糖水调好，然后摆上葡萄粒、蜜橘瓣、菠萝片、梨片……这种汤煲的时间不要长，端上桌面的时候，再插上几颗大红草莓。

另外，还有许许多多的水果可以这么做，可以随季节而变动。

最有营养的是乌鸡汤。乌鸡是药食两用的佳品，它性平，味甘，滋补肝脏，益气补血。乌鸡可配多种原料，萝卜、枸杞、生姜，再放一点儿天麻，用慢火煲，味道鲜美，口感滑润，既滋润又补体。

过去，宫廷御膳特别讲究煲汤，什么锦鸡珍珠汤、猴头翡翠汤、人参鹿茸汤……其目的一方面是加强营养，另一方面是养颜。

广东人特别讲究煲汤，一只鸡能煲上六七个钟头，还有比这时间更长的。实际上，时间紧的话，简单的方法也是可以达到目的的。

一周只要煲上两次汤，你去体会吧，总能发现有一缕缕暖风在胸口荡漾。你去感受吧，总有一片片春色从你脸颊映出，你会比原来更年轻，更水灵。

酒　后

酒是没有内容的，它是透明的，似水。

酒喝了以后就有了内容，那是酒流进身体以后，给身体加了温度以后起的变化，变出许许多多的故事。

喝酒那阵，总有一种红光散发在我脸上，很膨胀，好像随时都有熟透的可能。

有了酒，兴奋伴随而来，那里有一道强光冲出来，把我变得威武强大。一推开酒，我自己对刚才的举止都感到惊诧，怎么我又变回了那个小女子？那么安静，那么羞涩。

喝酒的时候，每喝下一口都应稍事停留，和身边的同事说上几句话，以放慢速度，再一点一点往下喝。

如脸上涂满胭脂，双眼含泪，语言颠来倒去时，得赶紧停杯。怕就怕大脑缺了氧，手脚不听使唤，来不及了。更怕酒后失了常态，多让人笑话。

一场酒，能打死一只猛虎，能生死场上结拜三兄弟，能荡起诗的大江滚滚东流，那是真英雄。

民间说酒是杜康发明的。曹操有诗：“何以解忧，唯有杜康。”看来英雄不光爱美女，还爱这个东西。

我又想起了贵妃醉酒、辛弃疾醉里挑灯看剑、白居易摆酒送客……一系列与酒有关的生生死死、离离合合、悲悲欢欢，酒后的故事真是太多了。

酒后的诗词也太多了，单是一个李白留下的，就让人吟诵了千百年。

喝酒得喝出名堂来，宋朝济公嗜酒，举止若痴若狂，实际上是一位学识渊博、行善积德的高僧。他救人之命，扶危济困，除暴安良，他提着酒葫芦，行遍天下仗义事。

一盏酒、一碗茶、一杯咖啡，我已经加入它们的行列，它们偏爱我，它们为我勤快地散发着热量。

我躺在物质上，浑身压得生疼；我躺在酒上，浑身轻轻松松全部敞开。我的毛孔一个一个现身，它们连到一起，点缀着我身体的丰饶。

酒喝起来了，除了思维稍稍有点儿模糊，居然还没醉，居然使我变得强而有力，真是非常成功。

其实，酒后我得到的东西很多：胆子大了，筋骨活络了……昨天晚上，酒后十一点入睡，其间做了无数个好梦。第一个梦，眼前出现了一堆堆白骨，我提着小金箍棒，打啊打，打死了许多妖精。第二个梦，我梦见了梁山好汉，捋着胡须在替天行道呢。第三个梦，我飘飘欲仙走进了大观园，看见了贾宝玉。第四个梦，记不起来了……

喝过酒之后，不要怨恨喝多了，和好人一起喝，喝它十八缸也不够；和小人一起喝，喝一杯也会吐出苦胆。

酒壮英雄胆，酒后我身上散发着红光，去和邻桌的好汉拥抱，人家纳闷了：你是真是假？

酒后的我好像坐在一辆颠簸的马车上，一些忧伤，被酒冲击得到处飞舞，我在炼意，炼句，炼痛苦。

就这么喝着酒走在人生的小桥上，同对面的人一个又一个擦肩而过，任那些灌木丛梯田一般起落，我的心情便和阳光一样跳跃着，颤巍巍、美滋滋、晕乎乎……

一看到酒，我仿佛看到了田野，看到了大片的麦子、高粱、黍米等一系列粮食。酒是由它们酿造、发酵出来的，见到它们格外亲。

此刻我想到了种粮食的农民，想到他们夏日里顶着烈日劳作的情景。突然，我想起过去的一首歌谣：“纺织娘没衣裳，酿酒的喝米汤，编席的睡光炕，卖盐的喝淡汤……”

这首歌谣在我的印象里是那样深刻，时常在我脑海中浮现。幸亏现在的生活有了改变，让我在这方面少了许多顾虑。

很奇怪，有时酒喝得稍微多一点儿，心里就会觉得很委屈，怨外面的尘霾太重，怨世间太累，尽管还会接着喝，自然而然就会减量，一杯变成了半杯。

喝酒的人一生只能喝醉一次，醉酒的后果是无法挽回的。我看到过喝醉酒的人什么大胆的事情都敢做，满不在乎，就像做错了事情与自己无关，不用负责任似的。

喝白酒是极难受的，如熊熊大火在胃里燃烧，喝多少水也扑不灭，直到它自己燃烧完，人才能恢复以往。

不与酒争，不去贪杯，只要那片刻的、恰到好处的快乐，能把握住这些，才配喝酒。

写酒的时候，我的词语柔和；喝酒的时候，我心里温暖。每个人都喝过酒，可我的感受独一无二，因为是从梦中找到的。我细细地找，把一些小事情也当作大事情。

虽然我酒后没做出什么大事，但是我酒后会做梦，梦里做的净是行侠执义的事情，这也是一个好的开端。

我在酒里玩耍，追溯着童年的单纯，逍遥在中老年的牡丹园，快活透了。

对于酒，我有着朝圣心理，我崇敬它，崇敬中国酒文化的历史。如今，酒文化这棵大树的枝杈早已伸进了哲学，它以自己的能量，让我们的生命欢腾起来。

夜爱

这个夜晚，家中如此安静，只能听到自己的呼吸。

躺在床上许久了，还是没有入睡。已经翻过来翻过去多少次了，枕头都跟着翻过，照旧没有睡意。

我用脚丫勾开窗帘一角，一束路灯的光芒投射进来，正好照在墙上我的大照片上。照片不老，我在老，我心中想。墙上还有一大束风干了的情人草，是藕荷色的，插在一个镂空的白玻璃花瓶里，是悬挂在墙上的。密密的草有两尺多宽，隐约中如一片往下流淌的瀑布。

我不由得欣赏起它的素雅，这般庸常又这么让人喜欢，今夜，让我意想不到地走近了它。

我的眼睛越来越亮，好像来到了白天，哪里还有睡意?

我穿好睡袍，下床点亮了所有的灯。身影在一排排书橱的大玻璃上飘移，仿佛房间还有一个女人似的，也是那样地淡如轻烟。

现在我飘移出了书房，来到了花房。

白天，我每天都要进来好多次，要给热带鱼换水，给花草喷水，给鸟洗澡、喂食……可是在这样深的夜里走进来，还是第一次。

这个季节，大街上到处是绿叶鲜花满枝头，我的花房，植物浆汁的恬淡气息也在融漾着，一片葱葱郁郁，如一首首婉约的诗。

我的打扰，惊醒了所有熟睡着的鱼，它们游荡在一个长形的鱼缸里，那是一条河，云集了许多品种的孔雀鱼。它们一醒来，如孔雀开屏，展示着宽宽的尾巴，游来游去，一道闪光接着一道闪光，小小的尾巴竟有半寸宽。

我尤其喜欢那种蓝底白点的鱼，它们像穿着淡雅的旗袍。

鱼缸里各种颜色的鱼都有，它们甩着美丽的尾巴，如梦如幻。

这时乌龟也醒了，沿着花盆爬行。从芭蕉下爬到绿萝边，再沿着盆景绕来绕去，每走几步都要停下来观看一阵子。它胆子小，时时都在寻找着自己的领域，还不住地伸出脖子闻一闻自己洒在路上的气味。

此时，鸟叽叽喳喳地叫起来。笼子里面有两只白玉鸟，是金黄色的，个子不大，却叫得极欢，婉转的叫声有时比音乐还好听。我顺手给它们送进了一勺小米。

我最喜欢的是那缸小荷。那个缸漂亮至极，是从景德镇买回来的，形状是一枚巨大的荷叶，四周往上卷，形成容器。它的周边如同花蕾，浅粉的，浅黄的，一朵接一朵，真是好看。

水里的荷叶每一朵都有孩子拳头般大，是绿色的，婷婷地立在水面。茎上还有新芽冒出，它们成长得真快。里面还有几只淡绿色的小青蛙，每只指甲般大小，是刚由蝌蚪蜕变而来的。它们在荷叶缝隙中蹦来蹦去，那么亲热。

另外还有两盆比较难看的花，卷着叶子，十分瘦弱。但是只要留心，它们每年也开一次花呢。花很小，也不芬芳，那种自卑，越发刺痛我。我把它们摆在阳光最充足的地方。

花房里没有窗帘，望到了天上一轮月亮亮堂堂。

我赶忙关上灯，果真月亮走进来了，将花草的影子扬了一地。

一会儿工夫，月落在地上一个圆圆的玻璃鱼缸里，两条红色的鲤鱼像两条船，载着月亮在漂荡。虽然动，却无声，那样地静美，让我陶醉。

只可惜，月也在走。好景难留，一片夜，茫茫。

夜里，花房讲述了另一番景致，美成一抹浅潮，柔成一谷翠绿，静成一湖丽水。它带给我用手可以摸得到的情致，让我看到了梦乡。它给我增添了稚气，让我盈盈的笑容更加清纯和美好。如果没有今夜，我永远无从知晓夜晚背后的故事。

其实，涉足夜晚是我以往的习惯，不过在夜晚我多是躺在床上看书，一本一本翻过，夜晚就一点一点走了，很快。

我没有多忙，却总愿意把白天的活儿攒到晚上做。晚上做活儿，不累。

往后，我要学会欣赏夜晚，我的家在夜晚很有意思，处处给人留下印象。

这样的夜晚，我的花房那么有情有调。

这样的夜晚，月光是那么柔和、轻盈。

晚安，月亮。

晚安，夜晚。

山　药

山药的营养极佳，姐姐家常用它拌凉菜。有一种山药口感是面的，身上的毛刺很多，另一种口感是脆的，身上的毛刺少一些。姐姐总是买来脆的，先放到菜板上切成条状，然后放到水里煮一下，捞到盘子里后撒上一层白糖或是盐，轻轻搅拌几下，吃起来沙沙地响，味道真好。.

姐姐会用山药做许多种菜，有时也用它做主食。比如蒸熟以后，剥了皮，和到面里做成饼，再用油来烹炸，又软又酥，就像糕点似的。

最好吃的是拔丝山药。当从油锅里端出来的时候，轻轻地用筷子一挑，无数条透明的丝缠绕到筷子上，就像缠绕了无数条玻璃丝。拿筷子的手再把丝挽成一朵花送进嘴里，那真叫“吃的是情调”。

姐姐家客人多，凡是去的客人都要山药吃。姐姐的大拇指甲因为过多地剥山药皮，里面的肉都露出来了。来的客人一边吃着，一边把姐姐的手艺学了去，姐姐非常高兴。

姐姐家的山药成捆地买，只要不碰破皮，放在恒温处，可以保存很长时间。

山药有一定的滋补作用，也能增强机体的免疫力。河南出产山药，那儿的女人坐月子都吃它。

清代医学家李修国说，山药能补肾壮体，能使人目明耳聪。

今年的山药极其多，许多农民开着小型汽车拉到城里早市来卖。堆积如小山的山药有的像一根根棒槌，有的像一根根没有把的手杖，齐整整地码在那里，等着买的人来挑选。

看到这个情景，我不由得想起一个故事：

有一个儿子，父亲去世以后，常年和他母亲生活在一起。母亲一直患病，家里很穷，儿子年近三十还没有娶上媳妇。这期间，也有个别的姑娘看上了小伙子，可是一见到他那病恹恹的母亲，就走开了。

一日，小伙子去找一位老中医，求老中医给他开一种中药，让他母亲慢慢死去。老中医听了后，想了想说：有，你记住它叫山药，你让母亲每天三餐服用。

儿子按照“药方”买回来许多山药，堆了一灶房，让母亲每日三餐服用。

从那以后，过了大约一年的时光，母亲的面色一天天红润起来，身体也渐渐硬朗了，也有了精神，甚至可以下地劳作了。

这是一个忤逆的故事，虽然许多年已经过去，但是直到今日，只要见到山药，我的胸口都会疼一下。我把这个故事讲给姐姐听，姐姐说她的胸口也疼。从另一方面看，山药的营养价值确实存在。

孝道是中华民族文化精神的核心，“孝”字上面是“老”字的上半部，下面是“子”，在“六书”中，它属于“会意”，让你一看到这个字，就能体会出它的意思。

这个儿子不但不尽孝道，还要害了他的母亲，是山药救了母亲。山药多像神仙的化身，它驱逐邪恶，保护善良；它又像一柄剑，斩断了儿子的杀心……

如今，对健康，尘世探讨得很深，各种保健品也极多，其实食补是一条很不错的途径。

山药的品种非常多，有铁棍山药、细毛山药、麻山药，还有野山药，其营养价值都喜人。

它们直直地长，不横生枝节，特别好挑选，轻轻地捆上，拿起来也顺手。昨天我在早市上看到一个男子买了两捆，一手提一捆，他很会挑选，每一根都很新鲜，说是给母亲送去。

他的话语，我听起来像一股暖流在奔腾。

山药的做法也很多。可做红枣山药、山药排骨汤、炖山药，可将山药放进粥里，做各种粥，还可以做蜜汁山药、冰糖蒸山药、桂花山药，等等。

它的做法太多太多。我挺爱把山药蒸熟之后，蘸着白糖吃，绵绵的、软软的，吃饱了，还要再塞进一口，一口一口，一直吃到弯不了腰，伤了大雅。

在饮食上，我不喜欢味道浓烈的食物，山药吃起来没有什么特殊的味道，很松软，咽下第一口再接着咽第二口时，照旧很顺畅。

记得我曾经去过贵阳的一个小镇，叫青岩，那里的豆腐闻名天下，格外好吃。那种柔软和湿润的程度，一丝也不多，一丝也不少，那么适中。多少年过去了，那里的豆腐似乎还粘在我的口里，不能忘记。

山药做好了，柔软度和豆腐有几分相似。自从吃了姐姐做的山药，我就记住了河南是一个出产山药的地方。

人们都记着感恩，无论对植物、对庄稼、对花草……姐姐说还有对山药。

那个听来的故事，更让我注意到了山药。

还有重要的一点，山药里有我喜爱的成分，能增强体力，能为我们每个人带来健康，这是真正值得赞扬的。

世界上任何事物都在变化，身体亦如此。假使你常年吃山药，你虚弱的身体会变得强壮起来，你一定也会和我一样，对山药做出好评。

生活中需要实在的东西，要学会一套对健康有益的学问。一些健康之道就藏在田野这部大书里，比如麦子、大豆……许多药品的成分是从它们身上提取的。

假的东西是赝品，脱离了实际作用的东西也是赝品，山药可不是。姐姐常年感冒，现在好多了，我的心情也轻松了许多。

我是一个比较爱吃的人，虽然吃得不多，但吃得好，我会毫不掩饰，看到好的事物，脸上立刻鲜花怒放。我喜欢吃一点儿清淡、有营养的食物，喜欢五谷杂粮，喜欢吃出另类的感觉。

别人傍大款、傍房子，我傍食。

我的心是小的，不喜欢盛许多东西。平淡的食物每天滑过我的胃，身心便快活。不喜鱼肉之腻，专品粗茶淡饭之香；不喜艳妆妖娆，专拣自然素装，这是我真实的生活。

姐姐的手艺逐渐地被我“偷”来了，我也用它来招待我的朋友，希望朋友们留恋我的餐桌。

家的味道

我非常喜欢我的家，一推开大门，好像走进了大自然的怀抱。

每天大部分时间是在家里度过的，我充分地享受着这种静谧的生活。

我的家说来很不靠谱，没有什么家具，书房里除了书橱，偌大的空间还是处处堆着书，仅有一只躺椅供我休息。书橱上的一张张大玻璃门透着光，显得辽阔无边。

许多奇花异草生长在我家，这些植物长在岁月的每一天，家里一派郁郁葱葱。我还养了许多鸟，它们欢快地在阳台上飞舞，家里四季鸟语花香。最喜欢的是那只龟，饲养了十几年，有一只锅盖那么大，啪啪啪地挨个房间逛，声音就像人的脚步声。

花房里有一只软椅，也算作家具了，是供我午后喝茶用的，不大，很轻巧，很舒适。

家中玻璃器皿多一些，大多是朋友从欧洲带回来的，其中有三个是一组的，都是镂空的白色花瓶，十分雅致。

客厅的墙上挂有一大簇风干了的情人草，足有二尺宽，是藕荷色的，像一面山坡。

只有回到家，我才感觉回到了自然的地方。于是我赶紧脱下伪装，真实立刻就有了方向。

我家少了油盐酱醋的味道，多了田园风光的情致，随意往哪儿瞧一眼，都像刚刚画好的水粉画。实际上我很喜欢烹饪，只是人口少，做得极少，显得像不食人间烟火。

我的家小孩子是不能来的，因为有许多小动物勾着他，玩到天黑也是走不出去的。老人也是不能来的，他们会说：这怎么不像过日子呢？这些东西能当饭吃？

是快乐，是我的心境，是遵循了自己的意愿，这是生活带给我的享受。

家中表面安静，实则常常有惊喜涌动，心的花朵便恣意飞舞：

昨天花房里那盆仙人球开出了一朵小花，今天这盆茉莉绽放了，真是此起彼伏。还有一天夜里，昙花竟然开了，午夜里，睡得正甜的我突然间被一股浓浓的香味“吵”醒。醒来一看，这大半夜的我居然跳了起来——我看到了昙花一现的美妙瞬间。

在花丛间，我还放了一个景泰蓝大陶罐，里面养了一群六角恐龙，有深蓝色的、粉红色的、浅黄色的，每一条足足有半尺长。它们用脚趾在陶罐里面划动，扭动着胖胖的身体，笨拙得可爱。

在墙上，我挂了许多一尺左右的照片，全是我的。见到年轻时的妩媚眼神，真想把它捧下来，装进现在我那无光无彩的眼睛里。可惜只能是感叹。

我对自己的装扮可以宽容，从不追求时尚，却每天在为家变换着“服装”，而且是那样用心。我家的窗户有四套落地窗帘，分别为四种颜色，四种图案，那是四个季节在更换，季节变换，一看窗帘便知道。

走进家里，我不愿如同走进去过的其他地方。家，是彰显主人个性的地方，我的工作讲究意境，现在我把思维移到家的布置上，有意境而显突，无意境而显浅。我想把家安置在诗里。

一个人爱一个家很容易，但是把家营造得让人爱，那才叫一个难呢。

我排除世故，排除老成，排除油盐酱醋，把茶请了进来，把面包和咖啡请了进来，节余了许多时间。我将更多的情感倾注在生活上，每天我过着神仙般的日子。

说到这儿，就得说说一个人应该懂得知足。《菜根谭》中说：“都来眼前事，知足者仙境，不知足者凡境。”看来我是读了明朝的一部好书而在生活中受益。那是一部教人传世之道、旷古稀世的奇珍宝训，我爱不释手，明白了知足者常乐的事理。

无论我走到哪里，总愿意到别人家里看一看，其实也是想去借鉴和学习。有一些名人去世了，家变成了博物馆，每到一地那是我必去的地方。

有一年去西安，我冒着三十多摄氏度的高温，去参观了两千多年前的阿房宫。

宫里中屋长案上设着大鼎，放着紫罗兰。左边紫檀架上放着一个大盘，大盘里盛着玲珑的大佛手，右边洋漆架上悬着一个白玉比目磬，旁边挂着小槌。西墙中央挂着一幅米襄阳《烟雨图》，阿房宫“一日之内，一宫之间，而气候不齐”，那是怎样的一种奇思安排？可惜，楚霸王项羽进入咸阳后看到如此奢华的地方，大怒，一把火烧了阿房宫。

阿房宫变成了一片废墟的宫殿，变成了一片废墟的家！

家，并不是一片虚空。生活中，有很多不顺心的事情发生，常有心情跌倒的时候，但是我会及时把它扶起来，带着我的家再往前赶，照旧。

我只信守：天地之间有大美，于简单处得。让家回归自然，这是我所追求的。

在家里，我每天走着文字的万水千山，这些有时和透明的家融为一体，生活和写作真是有异曲同工之处——越自然，越真实。现在我感觉到，一个人与家是多么密不可分。家，是我笔下写也写不够的地方，把它缩小了，是我身上的一根肋骨，走到哪里，带到哪里。

家，是一个有着博爱的地方，能让隐秘的事情在这里发光，能让娇弱的身体在这里强壮。

家，如一个人的怀抱，是那样地温暖。我坐在家的大腿上，唱歌，嬉闹，随心所欲，激情千丈……

粉红色的青蛙

几天前的一个夜晚，经历了一件少有的事。

我刚刚要上床休息，外面忽然间起风了，风的翅子拍打着窗户，透出深冬的凄凉。

此时，临近大楼里的灯光也相继暗下去，我熄了灯，渐渐地进入梦乡。蒙眬中，只感觉右边的脸颊被湿漉漉的东西吻了一口。我一下子惊慌了，用右手摸摸脸颊，啊，握住了一只小青蛙。我急忙打开灯，看到的正是花房里的青蛙。

今年冬天虽然冷，但是小区供暖特别好，晚上休息时，除了锁紧防盗大门，屋子里其他房间的门都敞开着，小青蛙就是从花房跳进来的。它穿堂入室，竟上了我的床。

一共逮着了三只，一只在我脸上，一只在枕头旁，第三只在卧室地上。

我走进花房，池子里原来是有十几只小青蛙的，现在一只也没有了。我愣了，这是从来没有过的事情。到底是什么原因，让它们齐刷刷地都跳出来了？这会儿，池子水面似乎还有它们划动的痕迹。我把捡到的三只放进去，现在，独看这三两只，如点点粉色颜料，一团一团扩散着。

多年前，曾在一位长者的书斋里见到模仿齐白石老先生的一幅画《蛙声十里出山泉》，画上面有一条小溪顺流而下，溪里有几只甩动的蝌蚪。分明见到的是蝌蚪，取名却是——蛙。

看着看着，我眼前好像出现了一群活蹦乱跳的青蛙，把一条小溪闹得动弹起来。高人真是有高明之处，我默记于心，直至今日。

小池子里养的是一群浅红色的青蛙，身上一点儿杂色都没有，真实的名字是金蛙。它们的个头是长不大的，这种蛙，农村的田野里很少有，倒是花鸟市场里有卖的，像小宠物似的。它们主要吃虫子，我常去那里买。冬天了，河流山川都结冰了，花市里也无人卖，我就把在秋季里为它们准备在冰箱里的小虾取出来，解冻以后喂给它们。

青蛙是两栖动物，颜色因环境而不同，通常为绿色，生活在水和靠近水的地方。20世纪70年代，我曾下乡去过农村，那个地方是一望无际的水田。每当雨后傍晚时分，落日之下，一段一段的田埂上就会出现一层密密麻麻的小青蛙，像大拇指般大小，一水淡绿色，非常可爱。人们走路时得格外小心，两只眼睛要目不转睛地看着田埂，否则会踩到它们。有时无意中踩到一只，我就把脚使劲抬起来，许久不敢放下，心里那个难受啊，像被小刀割了似的……

以往，那群金蛙都在池里的时候，个个鼓着小肚皮，张着嘴巴，小小的身子仿佛要吞下多少东西，使得浅池泛起波纹。有时我往水里投食，它们先是四处惊散，然后再试探着靠拢。它们很敏感，稍微有点儿不太新鲜的东西是不吃的。有一次，我往池子里投进了几尾前日剩下的小虾，它们你一脚我一脚地踹，齐心协力地把小虾踹出水面，把水都搅得翻卷起来。它们偶尔也跳出来，我在花房给它们留了一条细细的小道，让它们轻松地来去。

如果它们的四肢收在一起，个头只有一元硬币那么大，但每天忙忙碌碌、蹦蹦跳跳，那种活泼劲，实在叫人快活。有时为争一只小昆虫，几只一起扑过去，一下子又一起扑空了，结果个个原地不动，像一群木偶似的，如在同时思考刚才发生的事情。

夜里静下来，花房不时传出青蛙的叫声。声音不大，它们一起叫唤，声音便连成了一片，特别让人兴奋。夜里我曾多次被吵醒，即便是一整夜不睡，我也不烦。有时我悄悄过去看一看，当手电筒的光束照射进去，它们又一点儿声音也没有了，它们胆子真小。

清晨，它们睡了一夜醒来，最愿意蹦到花盆下面扒泥土，然而泥土很坚硬，它们是一点儿也扒不动的，蹲在那儿左看看、右看看，还不服输呢。真是天下再小的东西也是有思维的。

第二天，从电视生活频道得知，辽宁某地发生了四点三级地震。这种等级的地震对生活和工作没有大碍，人们也没有多少恐慌。我只想说，小金蛙的反常，如果是无意的巧合便罢，如果真是对地层的变化有感知的话，也太难得了。

浅池不大，但，是它们栖身的好地方。它们各自透着对生活的美好心愿，跳跃、歌唱、忙碌着……

虽然没有光芒，但有光彩呢！

水中孔雀

人们都说陆地上有什么，水里也有什么，比如陆地上有牛，有马，有垂柳……

这些水里面也有，水里有水牛、河马、水草……

水和陆就是水和泥土之分。

陆上有美丽的孔雀，水中也有，被称为孔雀鱼。它是一种热带鱼，是观赏鱼。

我家有一个大鱼缸，像一条河，云集了许多品种的孔雀鱼。它们展示着自己的尾巴，风情万种地摆动着，色彩斑斓的颜色晃来晃去。

孔雀鱼的种类很多，它们游遍了世界的每个角落。一位在巴西工作的朋友去年回来探亲，他知道我喜欢观赏鱼，回来时给我带了一些巴西品种的孔雀鱼。它们穿过蓝天白云，从南美来到我家。

朋友是提着一只深蓝色大肚子白兰地酒瓶到我家的，从外面看不清里面装的东西，他往外倒的时候，流出了一群鱼。

它们的尾巴有半寸宽，像一面面小扇子，有红色的，有宝石蓝的，有和孔雀尾一模一样呈辐射状的……每一只都撩拨人心，特别讨人喜爱。

我给它们取名：吉卜赛女郎、睡美人、紫蝴蝶……

在有雾的早晨推开窗户，一缕缕雾气飘进来，弥漫了长长的鱼缸。偶尔回头望一眼，它们就像一群仙女在洗澡，多姿多彩的模样让人无法离开，心儿也随之舞起来。

它们只需一个温暖的水温，其他便不再麻烦你。假如你没有及时给它们喂食，它们也不耍脾气，不让你担心，照旧嬉水。

只可惜它们的生命太短，平均寿命只有两年左右。但是在这两年当中，它们有无数花季，它们自由自在地谈恋爱，任意地和每一尾鱼亲昵、交尾。它们有时还把头颅昂出水面吐起泡泡，吐出来的真是夏夜的露珠。然而，当短暂的生命和它们有约的同时，死亡也同样和它们有约。每当这时，它们先是低吟浅唱，然后将美丽的尾巴全部打开，一点点由深变浅，又一个生命离去了。

我最不愿意打捞它们的尸体。当另一群鱼围着它们游动的时候，我心里真有些不舍，它们也是聚散两依依啊。

孔雀鱼的繁殖力极强，只要温度适中，二十多天雌鱼便能生产一回。它们是卵胎生，刚一产下的鱼只有针鼻般大小，常常是早晨起来就能看到水面上密密麻麻一层小鱼，数也数不过来。有时一条雌鱼一次能产八十多条小鱼，但是孔雀鱼又很无情，一旦你没管理好，它们就会把小鱼吃光。

我十分喜欢在夜间欣赏它们。夜深人静的时候偶尔把灯打开，就会看到另一番情景：所有的鱼都躺在水底，宽宽的尾巴摆在玻璃上，侧着身在熟睡，那真是一缸美人鱼。

看到它们，我不由得联想到芭蕾舞剧《睡美人》中公主的睡姿，它们多像啊。

去年夏天一位朋友结婚，邀我参加她的婚礼。我买了一只圆鱼缸，盛了一缸美丽的孔雀鱼送给了她。她说这份礼物她最喜欢，这是送了一群小生命。

好朋友搬进新居，我也同样选上最漂亮的鱼缸，盛上美丽的鱼送至家里，那些鱼都成了他们家里的成员。

现在，我心绪快乐地望着它们，时时能听到它们撩拨水发出来的哗哗啦啦的声音，像小溪淌水。

葡萄酒

现在，我的身体变成了酒酿的，葡萄酒运行在我的身体里。

每天午后或黄昏，我都要喝一杯葡萄酒。光线穿过一页一页的玻璃射进餐厅，已不很耀眼，它照着我的脸颊，照着我的酒。

葡萄酒没有刺喉的味道，它的口感很是另类：果香飘散，甘甜适中，清新爽口，滋味当然是好了。身体自然就流露出了这番感觉：轻盈、曼妙、飘逸。

田野里挂着一串一串玛瑙般的葡萄，由于果实太沉，压得枝枝藤藤不停地颤抖，它摇曳的身姿和我的醉酒如出一辙。

喝着酒，好像那些葡萄叶子飘飘洒洒往我身上落，痒痒的，血管也膨胀起来，似有小虫子跑来跑去，给我带来满心的愉悦。

也数不清这些年我对酒说了多少话，好像成了一种习惯。不着急，慢慢喝，慢慢说。

当我喝下它的时候，思绪会有很多变化，特别活跃，相思也多了，没有任何一种东西能比红酒更使人生变得瑰丽。

有的人喝过酒哑然无声，只是一个劲地倒在床上睡觉。那多是喝了白酒，因为白酒浓烈，会使头脑膨胀，有晕晕沉沉的感觉。

喝葡萄酒没有这种感觉，越喝越清爽，雅兴越浓。

在水果当中，梨也罢，苹果也罢，我最喜欢吃葡萄。我的朋友每年秋季从法国回来，必买上最好的葡萄酒。到我家后的第一件事，就是先品尝他带回来的美酒。他说酒可以搭配任何菜，但对法国人来说，酒是用来搭配人生的。

喝过酒以后，他又去超市买来许多葡萄，冲洗干净了，在厨房的瓷砖处粘贴上挂钩，把葡萄一串串挂上去。我一抬胳膊，就能摘到，一个转身，也能碰到。家，就变成了葡萄园。

葡萄酒主要分为红葡萄酒和白葡萄酒两种，主要产地是法国和意大利，如今那两个国家是心脏病死亡率最低的地方。因为酒中的原花青素能稳定构成各种膜的胶原纤维，降低血管壁的透性，防止动脉硬化。

很早以前，中国人就认识到葡萄酒有杀菌作用，如对流感病毒就有抑制作用，可将一杯葡萄酒加热后打入一个鸡蛋，搅拌均匀，稍凉后饮用。

葡萄酒被称为世界历史长河中未曾间断使用的最古老的饮料和最主要的药物。

远在唐朝时，就有许多诗人喜欢喝葡萄酒，边塞诗人王翰便是。还有李白，他在《襄阳歌》里写道："遥看汉水鸭头绿，恰似葡萄初酦醅。"

看来葡萄酒的历史早已源远流长，它的营养价值可以和银耳、红枣、莲子、百合相比，但是葡萄经过了发酵以后，营养成分又远远高于它们。

都说女人是水做的，我不是，是葡萄酒做的。

酒融入我身体的那一刻，我就变软了，变柔了，最后我整个人都变成了酒杯，是透明的。我学会了只看酒，不看世俗。我尽情享受着葡萄酒的滋味，享受那条酒的小溪缓缓流过我的身体，冲洗着我的血管。它改变了我，在改变我情绪的同时，也改变了我的衰老。

从一粒葡萄，到把这粒葡萄变成酒，这是一项多么繁杂的酿造过程。我仿佛看到了田野里无边无际的葡萄架，果农们举着一双双手臂在摘葡萄，再将葡萄运往工厂，只觉得田野的风也带着我一起奔跑……我虽不谙那里的操作细节，但是此时我有同样的感叹，那份沁人心脾的甘甜，是从酸涩里浸泡出来的，辛苦与幸福，理当都要品。

每次我要出行，不看天气，先看家里还有多少酒，这是必须提前安排好的。

我曾经这样比喻，葡萄酒瓶是我身前身后的阳光，一个影子晃过，我都要停下来摸一把，或是低头看一眼。我每天浅酌，每天落下醉调，日复一日。

红酒是有气质的一种液体，高贵优雅中透着冷艳。

酒里面总是盛着风花雪月的事，凡事却不凡俗。酒里盛开花朵，酒里流淌情话。当然酒里面一定有泪，不然就不能称其为酒。如今，它让我看到了更美的生活方式，它已是我生命的共同体。品着酒，我几乎能品出是哪个品种的葡萄。如今农村里到处都种葡萄，建酒厂，我始终认为，山上的野葡萄另有滋味，无论从颜色和口感方面，都那么自然。

一个女人，一杯葡萄酒，独自走在年龄的鱼尾纹里。醉人的生活、醉人的酒，亮起了生活的深邃。

河　流

又想起河流流淌的姿势，顺流而下，由高而低。

多么简单，却能滋润万亩良田。它使土地肥沃，长出了大豆、麦子，长出了青纱帐……

它以仁慈之心，光顾干涸的田野，一心要让大地长出绿叶子、黄叶子、红叶子……

哪一种植物不比它高？一边吸吮它，一边踩在它的上面闪烁光芒。

我喜欢看河流那细长的眼神，一个余光就能看到哪里出现了龟裂的田野，这时，就甩着袖子流过去。它是有生命热度的，所到之处，使多少树木重生，使多少庄稼旺盛。它还真有点儿范仲淹的精神呢，“先天下之忧而忧，后天下之乐而乐”。

有些河流，天生就非常漂亮。河边上长着柔软的芦花，被风吹起来，一眨一眨，很像河流的睫毛。

那年夏天我去乡下，还见过一条这样的河：在雾里，河面上就像开满了梨花。远处看，真像梨树的村庄，雾的梨花随风摇摇摆摆，朦朦胧胧，如梦如幻。

还有的河流贴着地面分开了许多河汊，像一把一把二胡的弦，风的手指拉出的都是它们内心坚强的曲调。

我曾多次去过江南，那些弯弯曲曲的河流至今还常常在我眼前出现。它们摇摇摆摆穿过小桥，缓缓流淌着，感觉那是一行行相思泪水，把江南浸得软溜溜、柔酥酥。

它们入乡随俗，流到江浙，就唱起了苏州评弹；流到山东，就唱起了沂蒙小调；流到河南，便是坠子声声……它们带来的情意，使田野丰收，五谷欢歌，大地生机盎然。

我的小河流啊，它们流淌时非常多情，在花丛里追着蝴蝶跑，在稻田里追着蝌蚪跑。每当遇到田野急需的时候，更是甩着长发加快了速度。它们愈合了多少干旱带来的断层，虽是微乎其微的一些河汉，却饱含了大情大义大江湖。

它们真是一些明媚的河流，看到它，就让人痛快。我最愿把脚丫伸进去：来，小浪花，洗洗我的脚丫。

可惜的是，冬季里它们会褪色，褪了色肢体就僵硬了。冬天的北风呼啸着折磨河流，让它冰冻三尺，不给它喘息的机会，河水被寒冬偷走了。

于是，人们一天一天地盼望春天。

在春天，我等着它。第一眼看到的是它干枯的手指渐渐地活动开了，又慢慢丰满起来。冰化了，河流宛如一条条小白蛇蜕去了一层皮，开始扭动起来。它们并没有死，暗流在下面涌动，我可以证实它们的实力，它们无论流到多么嶙峋的山脚，都如履平地。

春天的阳光太犀利了，一下子就把冰割碎了。阳光的伟大战胜了一切。

我更欣赏河流流淌的方式，还是那四个字：由高而低。往低处流，恰恰是它生命的最高处，因为它以这种方式付出，才符合它自身的价值逻辑，它哺育了世世代代的庄稼。

这是一些令我们仰视的河流，多少次和河流分手，我在原地转了无数次，又和它相会了。

我凝视这些河流，它们每日里不停地流淌，最终流向大海。海是什么？海是一提到它，一种自豪感便油然而生的地方，海是它们的归宿，千条江河归大海。

它们的上头是江河湖泊，俗语说，大河涨水小河满。它们用身体滚着源头的浓墨，狂草情书，倾诉着对人类的忠贞，写着写着，就写出了推动我们民族往前行走的历史。

只要有江河在，人们就永远不要背弃它们，我们理应连为一体。就这么想着，我心中便有了最宝贵的东西。我的灵魂不但属于大海，不但属于山脉，也属于河流。对于高山、大海，我不止一次地赞扬过它们，今天对于河流，亦如此。

水孕育文明，水表现文明。水作为生命的基因、文化的摇篮，与诗词歌赋有着十分密切的关系。从《诗经》到《楚辞》，从汉赋、唐诗到宋词、元曲，乃至江南民歌，水都以一种独特的媒介形式流动其中。“得江河湖海之神韵，写诗词歌赋之绝唱”，一直以来，多少文人骚客就这样汇聚山水之灵气，汇就了极具神采的一页。

人生的酸甜苦辣、嬉笑怒骂、荣辱得失都与水的腾挪跌宕、九曲回肠、聚合离分有着惟妙惟肖的形似和千丝万缕的神似。

我这样想着，就有了另一番天地。

如果说长江、黄河是大地的动脉，河流便是一些毛细血管，是它们做了补充，动脉才能张弛有序。

阳台上的飞机

我家外面是一片蔚蓝色的大海，白浪花一朵接一朵地开满海面。涨潮了，海水涌到岸上，波涛拍岸的声音在阳台上都能听到。退潮了，波涛的声音很小，不急不忙，一尺一尺地退着。

映在海面上的是蔚蓝色的天空，那种颜色和海面一样，好像天上地下都是海。每天下午两点至三点钟，一架一架的飞机非常准时地从天海间飞过。

那是我喝下午茶的时间，我把喝剩下的水倒掉，洗刷一遍茶具，再续上新茶，袅袅热气便升腾起来。我边喝茶边等，不一会儿一架一架的飞机就飞过来了。那是一条航线，宛若空中一条长长的走廊，飞机在上面穿行，两旁尽是花朵般的云彩，飞机此起彼伏，一直伸向远方。飞机越过大海，越过阳台，平平稳稳地向机场方向飞去。

天空虽然缥缈，仔细看又那么真实。白天有太阳的光芒，晚上有月亮的光辉，太空的神秘已开始被人类揭晓，神秘的面纱一点点飘下来了。人类比太空伟大，将来太空该为人类欢呼。

每当这时，我的心情就起了变化，由平静变得兴奋起来。从阳台上观赏这个场景感觉真是不一样，就像在观礼台上似的。看到十二架飞机相继从海面上飞过，声音虽然不大，但在我心里仿佛每天下午都有人敲鼓。

天空中有了飞机再也不是静止的，碧空显得那样灵动，一架一架飞机携着片片白云，真像拖着一条条长长的纱巾，飘啊，舞啊……我真想把这个景致拍摄下来，让大家和我一起欣赏，一起享受这不同寻常的兴奋。可是天太高，看似在眼前，一跳脚就能触摸到，实际却很遥远。我忙碌了半天，根本是不可能的事情。从镜头里看，那些飞机就像一只只小飞鸟，我正对着镜头还不到一眨眼的工夫，它们早已飞出了镜头，飞着飞着，再拐一个弯，就到大连机场了。

有一次我坐飞机，快到目的地的时候，看到了田野里穿红衣裳正在劳作的女人。从高空中看，她们就像静止不动似的，像一粒粒红枣。那时我也想从舷窗里把她们拍下来，但是根本不可能，天空和陆地遥远的距离是等同的。

每天下午，十二架飞机飞过，十二道银光闪过，天空没有留下一丝痕迹。它们在蓝天上飞着，在我的阳台上飞着，在我的睫毛上飞着，重复着我的兴奋。

有一天突然少了一架，是数错了？我一直朝天上望，心里好像总有事情。

晚上看《新闻联播》，知道华北有一座城市由于雾霾封闭了高速公路和机场，看来那架飞机就是遇到了这种情况。

还有一天下午，天上一架飞机也没有，天空是灰色的，空气也不流动，像灌进了铅，我知道这是因为大连有浓雾，所有的航班取消了。此时我心里升起了一种内疚感，觉得那么对不起大家。我真牵挂那些滞留在机场的旅客，他们有的年纪大了，有的还带着孩子，有的要回去看望生病的父母……此时，他们心里该有多么着急。如果当晚浓雾消散了还好，假如客人们得继续在机场滞留，尽管工作人员会帮助解决食宿问题，但是哪里也没有自己的家方便。我不时仰望天空，盼望浓雾快快消失。

有时我错过了它们，它们却从来不错过我，让我一次次热情澎湃。它们要是能看到我的表情该有多好，我已兴奋得脸颊泛起了粉红色的光。

每日里它们雄鹰一样地从天空中飞下来，完整的轮廓便铺满机场跑道，长度和宽度，天上地下有巨大的差别。一架刚刚落地，另一架又要起飞，都在低头、抬头之间。

再起飞，再降落。

天上有许多故事，一对恋人牛郎和织女就让人讲了千百年，王母娘娘的银簪也让人骂了千百年。天空多么生动啊，月宫里桂树茂盛，小白兔欢跳，桂花酒飘香，如今卫星也上去了，故事已经有了新的发展……

才二三十年的时间，中国航空事业的发展竟如此神速，真让人赞叹。过去坐飞机是身份、地位的象征。记得20世纪70年代，我们班级有一个同学的父亲是干部，到南方开会时坐了飞机。这件事，他和我们讲了好几回，每讲一回，他都充满激情，我们都投去羡慕的目光。偶尔我们也到他家玩，一看到他父亲，我就想起了天上的飞机，我把他父亲和飞机连到一起了。

现在出门，许多人选择的交通工具是飞机，它舒适、快捷，从北方到南方的时间，就像大城市里从这个小区到那个小区，也像是出门逛了一趟超市。想到这里，我再一次热情澎湃。

辽阔的天空啊，早晨滋养着一片朝阳，黄昏滋养着一片夕阳，那团团粉红色的涟漪，时时扩散到大地上，所以大地上就有了小花开放，小草嫩绿，森林茂密，叶子起舞……

每天下午，我都能看见天上闪光的飞机，一架架在我的注目礼中越飞越近。它们自在地飞翔着，把五大洲连在一起，把多少家庭连在一起，把多少情人连在一起，把分离变成团聚，让人们彼此关爱，让友谊之花一簇簇盛开。

在天上，我看到它们是那样来去自如；在地上，我看到它们是那样威风凛凛。我曾张开双臂，迎接从欧洲飞来的朋友，我说：真好，我们每月都能见面，首先得感谢它。我的食指指向飞翔的飞机，随后，我们紧紧拥抱在一起。

过几日朋友还要回欧洲，我只接他，不送他，那样太难过。我还要站在阳台上，看他乘坐的飞机，用我的目光向他致爱。如果他没有看到，我就喊他的名字，让名字在天空飘荡。

常常，飞机和我会心地微笑；常常，天空和我会心地微笑……

透明的我

把一腔热忱倾注在写作上，是我由来已久的工作。我的一双细长的眼睛，一看到别样的事情，便栀子花开。

自己的感情越来越丰富，哪怕是遇到一件微乎其微的事情，只要撞进我的瞳孔，就会放大无数倍。真是这样，瞳孔也能起到放大镜的作用。

小事情能放大，大事情呢？大事情会涌潮一样在我脑海翻卷，或波涛起伏，或浩浩荡荡。

揣着一腔情感过日子，确实挺沉重，常常想放下来。可是从哪部分开始呢？我在寻找突破口。

刚才我还兴奋了好一会儿：窗外大树上一只知了落到纱窗上，顿时知了的歌声在房间里响起来，每一处都有回声。我起身奔到它面前，它却一下子飞走了。我的目光一直追随到好远，直到看不见了，心中仍有一丝丝挽留。

前天夜里下雨，午夜的雷声把我惊醒。我拉开窗帘的一角，天空的闪电照亮了巨大的夜空，像有人在天上写草书。

那一夜在床上，我就像一条经过漫长的寒冬醒来的蛇，翻了无数回身，一直很兴奋。夜空里那奇特的景象总在我面前晃动，宛若放映电影似的。即将天亮，雨停了，天地间早已恢复了平静，我的心却平静不下来，仍在空中。

早晨起来洗衣服，一条薄纱裙子刚刚挂到窗外晾衣架上，还没来得及用夹子，一阵风把它刮到了楼下。楼下正有两个外来人在下象棋，我赶忙跑下楼去取。

明明是我亲眼见到的事情，那两个人却说什么也没见到，我非常生气。回家后我接了一饭盒水，从楼上倒下去，端端正正倒在他俩的棋盘上。看来有时我也很小人……

雨后，阳光洗完澡；浴后，我洗完澡。最喜好在这个时候我们一同漫步。在海边的鹅卵石上走走，湿湿脚丫，丹顶鹤一样地单腿蹦着倒另一只鞋子里的沙子。此时浑身每一块骨头都舒服，好像回到了少女时代。

一年四季，我每天都在喝茶。我在一篇散文里写道：每天喝茶，喝出了一条支流，茶叶洒上去，左晃晃右晃晃，便变成了蝌蚪。这种一边是真实、一边是梦幻的生活，是我的追求。真实中闪烁着梦幻，生活七彩斑斓。

写作的时候素材是臣我是君，它得听我的。我和万物一同欢乐，和万物一同哭泣。我写它们，我让它们干吗它们就得干吗，我是它们的女皇。

在人群当中我很珍爱朋友，每当一位从我身边消失，或出国，或去外地，我都会难过好几天。朋友最大的魅力，是往人心里灌注真诚。不必像久别重逢的恋人那样说着甜言蜜语，不用语言，用真心，用真性情，便能大获全胜。

“物以类聚，人以群分”，当然，分准了人群，沟通起来格外愉悦。

只有一种人我远离，也是我最害怕的人：以自我为中心的。我听到这样一件事情：一个自私的人，在他生命即将结束时，医生忙着对他进行抢救，他以最后的力量抬起眼皮瞅了医生一眼，有气无力地说，你怎么还能活着？都知道“鸟之将死，其鸣也哀；人之将死，其言也善”，可是一个自私的人，临终的话语会打破惯例。

我常常想到明代吕坤的话：“人生大罪过，只在‘自私自利’四字。”

人心要自然，所有做作的东西都违反了自然之本意，写作亦如此。

可以有多种心态，无论哪一种心态出现都应顺应自然，都要把真情揉进去。那是一片美丽的云，飘飘洒洒停留在你视野的上空。写痛苦的时候，我轻描淡写；写幸福的时候，我欢呼雀跃。最忌讳无酒想醉，显得无聊。

人生真是一个多面体，在生命的旅途中有构思在飞扬，如同坐在列车或游船上有景致在窗前闪过，有神女峰，有唐古拉山脉，有岸边的垂柳……不到终点，景致不会停下来。

该怎样对人生做一番总结呢？我很清楚自己的身份，我是一个小草一样的人，能把绿色献出来就是我一生的荣耀。

《庄子》里面有一个永恒的话题：生与死。人生不论长短，生死是两端。把握住过程，在过程中把握成功，没有迷失自我，这样的人生多么有意义。

我是一个透明的女子，我的每一滴泪水里都映着我的痛，我的每一次笑声里都传达着我的情。只要你细心，我的每一次小小的遗憾，从文字里你都能品到。

第四辑　复苏的记忆

大白马

一条大河在流淌，波光粼粼，我说的是岁月的河。

我当知青那些年里的一些事情，仿佛就在昨天。

那是秋天，我们刚刚从大连开往盘锦的火车上下来，汽车把我们拉到公社，生产队的马车在公社等我们。

平生第一次见到这么辽阔的原野，我简直分不出天和地在什么地方分离。天空一望无际，原野一望无际，把我的个头一下子压小了。我们晃悠悠地一直被马车拉着往前跑，大约有一个小时，马车停下来。

我们围着马车往下取行李，突然，我发现辕马旁边的那匹白马浑身在颤抖，另外它的眼球上像有一些糊糊，很浑浊。

卸了车以后，赶车的农民将另外两匹马牵进马棚，唯有它独自立在那儿，一会儿自己又贴在墙边。

因为当时是秋季，农村里秋收是最忙的，青年点的房子还没有建起来。

我们暂时住在社员家。那个村子共有三条街，其实是三条巷子，每一条都很长，足足有两里地，我被分配在前街。

房东是位大娘，六十多岁，灰白色的头发后面绾了一个髻，显得头发很厚，她里里外外地帮我们忙乎。

我插队的地方是水田，只能种大米，社员们整天吃的也是大米，这正合我的心意。可是奇怪的是，早晨从家里出发的时候只吃了点儿东西，到现在什么也没有吃，还是不饿。房东大娘把米饭做好了，我只吃了几口就饱了，胃里满满当当，怎么也咽不下去，里面好像已经装满了一仓的粮食。

大娘家里切菜用的菜板我看在眼里：栗子皮颜色，切菜时上面有一层深颜色的糨糊状的液体一起流出来，然后用刀一刮，和着菜炒进锅里……

我开始收拾自己的行李，大旅行包里有一双新鞋，还有一只挺大的鞋盒。我将鞋盒拆开放到厨房，将它铺在菜板上，又用双手在上面压来压去。

大娘提着一角将它扔了，说要被菜汁浸了，还不成了烂泥？

我一直都有心思，我在挂记着外面那匹白马。

果然它还立在暮色中，我问大娘怎么不把它带走呢。大娘说它是瞎子，不顶用。我走过去，它听到脚步声连忙仰起头，轻轻地用蹄子蹭土。我和大娘要饲料喂它，大娘说后院有铡好的料，我捧了一些送过去。

一会儿它吃个精光，又将抖落在地上的舔干净，就像能看见似的。它站在地上，和土地一样迎风沐雨。

晚上，这座村庄和祖国一样，正在迎接中秋，迎接团聚。

紧接着我们开始了一年一度最忙最累的秋收。

一开始我们不会使用镰刀，常常出现一些可怕的事情，有一个男生自己用镰刀割下了自己的一个脚指头。当镰刀贴着地面时，左胳膊必须使劲拽住稻子，右胳膊再马上抡过去。结果他左胳膊没拽住，而右手的镰刀却上去了，鲜血从鞋子里往外涌，染红了金色的稻穗，染红了脚下一大片土地。

当时正值农忙，所有的牲口全套在车上运稻子，每一辆车上的稻子都码成一座山，就是往下卸还得一段时间呢。这边地里那个男生血流如注，那边又没有交通工具，可把大伙急死了。公社医院离这儿有很远的路，此时走路根本来不及。

我一下子想到大白马，立刻跑去找生产队长。

队长也急坏了，叫一个社员赶紧套上马车，他亲自驾驭那匹马，把男生送往医院。

因为时间赶得及时，医生很快把他的脚趾缝合上了，后来这件事还登了报纸，主要是赞扬那位医生。

几天以后，我问那位男生：你知道是谁救了你吗？他愣愣地望着我，寒风中我指了指外面那匹白马。

从那以后，白马走近了我们，每天收工以后知青们都撸下自己的套袖把捡到的稻穗扔过去，无论白马在哪儿都能吃到稻穗。

稻香的味道没完没了地散发着，白马胖了许多，它一见到我们就咿咿呀呀地，像在唱歌给我们听。

房东大娘告诉我，马是通人性的，尤其是大白马，更有灵性，能嗅出每个人身上的体味。

大白马今年几岁？眼睛怎么瞎的？我问大娘，她说不知道。我又问饲养员，他说有十多岁了，是一匹老马，眼睛是被枝条扎瞎的。

有一年队里建房，那时年轻力壮的大白马整天在外面拉水泥、条子……有一次拉得太多，连车带马陷进泥沟里。营救用了很长时间，救出来时，它的眼睛已被那些枝条刮坏了。我说：怎么不赶紧给它治一治？

饲养员说：治了，它就这个命吧。

村子前头有一条大坝，那是一条村界，坝的那边是另一个村子。大坝上面有两米半宽，可以托起吉普车、马车之类的车辆。

青年点的同学把它称为爱情坝，凡是谈恋爱的同学都愿意到坝的那边。

秋收结束以后，一些搞上对象的同学总是一对一对地在那儿约会。

有一天我无意走到坝上，那是晚饭后，夕阳的余晖洒满村庄，一对对同学站立在一起，远处看，真像两棵两棵的树使劲往上伸展。

知青们谈恋爱得有一种精神，那就是一种搏斗的精神。因为坝外风沙很大，格外凉，可以说是爱情使他们有了坚强的体魄。

爱情真像是自天而降，无论走到坝外哪个位置，都能看到他们激荡着的青春活力。

知青们谈恋爱充满了美学的味道，不管从哪个角度看，都像是一幅画，因为山山水水是背景，很让人欣赏。

村里的小卖店售卖一种粉红色的手绢，我们女生每人买了四条。四条对在一起正好是个小方头巾，我们展平围在头发上。

那时正值十七八岁的年龄，身体都很单薄，只要个头差不多，看背影很容易认错人。

有一次我们几个女生收工以后一起往回走，前一天下雨我衣服淋湿了，所以我穿的是小刘的衣服。走着走着，一位男生从背后塞给我一个破纸盒，里面有一张小纸条：今天晚饭后还在老地方，我等你。我当时把脸转过去纠正了他的错误。这种事情常常发生，由此爱情的队伍还真正扩大了许多。

农村的雨天是节日，我们最盼这样的天气。有一年秋后一连下了七天雨，社员们说一辈子这是头一回。

第一天大家特别高兴，我们把屋里的火炕烧得热乎乎，四位女生开始讲故事，讲的全是一些可怕的事情，从早晨一直讲到天黑。

到了晚上谁也不敢去食堂打饭，四个饭盒齐刷刷地摆在窗台上，最后大家决定一起去。

讲了一天神啊鬼啊，大家累得口干舌燥，晚上也就睡得很早。可是每个人的一颗心都收得很紧，偶尔有几滴大雨珠打落在玻璃上，更紧张得不行，四个人一直折腾到半夜。

我忽然想起个办法，将铺在褥子底下的一条大毯子抽出来，铺天盖地般地盖在四个人身上。大家紧紧地挨在一起，后半夜慢慢地睡着了。

第二天我们再也不讲故事，四个人看书织毛线活儿，八条长腿搭在一起，有说有笑。

可是从第三天开始日子就不好过了，因为谁也没有想到雨会持续下个不停。食堂里准备的柴火已经烧光，队长又去外面学习了，怎么办？

男知青更是着急，听到隐隐的雷声便长叹不止。他们到场院去借，去偷，可是干柴已没有多少了。

等雨下到第七天的时候，所有的知青们都变成了难民。我们聚在食堂，患难相依，久久地都不说话。

忽然，食堂的大门被撞了一下，我们朝那儿望去，是大白马走了进来。它怎么知道我们都在这儿呢?

它孩子般立在那儿，一动也不动，它是要与我们风雨同舟啊。

大白马一岁多的时候，它的母亲死了。

社员们说，它的母亲鬃毛也是白颜色的，比大白马长得威风，跑起来雪白的鬃毛飞扬着，显得格外精神。母亲的体格健壮、有力气，队里出车拉活儿时，它一个顶俩使唤。

白马母亲的死让人心碎，是溺水而亡。

有一年它帮别村拉车，人家把车卸了以后，把它牵到一棵老树底下。当时正赶上村里一所小学放学，一群一群的孩子从它面前走过，它连连往后退，后面有一口井，不小心掉进了井里。

村里人都赶来救援，可是很难打捞。它挣扎了一个多小时，腿骨都断了，它多么想活下去啊，可最后还是死了。

大白马的父亲呢?我问一个社员。她告诉我，大白马不认识它父亲，当初它的父母是在配种站交配的。

村子里的水泡子特别多，平日里我们洗洗涮涮都去泡子，脚踩一块石板，洗起衣服来稳稳当当。尤其是洗被单的时候，早上我们把它甩在泡子里，把一只角绑在大石头上，让它自己浸泡着，晚上收工回来洗的时候，省许多力气。

有一次由于风大，我的被单挣脱了石头，刮到了前面。

那时已是秋天，泡子里的水很凉，没有人能下去。这时有一位男生牵来了大白马，大白马很听话，按照那个男生的指挥走进了泡子。那个男生用一根长竹竿，把被单的一只角挑到大白马蹄子上，大白马拖降落伞一样把被单拖到岸上。

我们围着大白马，给它擦净了浑身的水，然后又是抚摸又是喂饲料，我们感动得泪水都快流下来了，大白马多像我们的兄弟姊妹。

转眼到了冬天。农村的冬天特别冷，稻子收进场院以后又开始用半自动的机器打稻子。

握着稻柄将沉甸甸的稻穗在机器里甩几下，银白色的米粒便飞扬出来，这季节就变成了永不凋谢的季节。打稻子的机器一刻也不能停，所以我们必须昼夜地干，实行三班倒的制度。

我们每天夜里睡觉时浑身都冻得疼极了，像刀割。我把所有脱下来的衣服，甚至手套、袜子全部盖在被子上面。每当后半夜人们从被窝里爬出来往冰天雪地里走的时候，都毛骨悚然。人们都盼望丰收，可是为此要付出多少难以想象的代价！

场院大喇叭里不时传出知青的名字，那是在宣布明天三个班次的名单，高亢的声音一直传到很远。

这期间，每天夜里伴随我们的还有大白马，它夜里总是立在大娘的门外，我们去场院的时候，它就瞎乎乎地跟着，有时踩着了石头，一个跟头接着一个跟头。

生产队场院的后面有一个很大的马棚，有一位大爷专门夜里起来给马添料，还要经常给它们往脚下钉掌，可是却从不给大白马钉。我问他为什么，他说钉上去也白搭，它干不了什么活儿。其实大白马每日里走的路一点儿也不少，其他的马在前面拉车，它总是被套在旁边或是稍后一点儿的位置，照样出力，脚掌照样磨损。我央求大爷，大爷心软，以后钉马掌的时候，也给大白马钉上了。大白马高兴地撒着欢，就像能看见似的。

一年以后，我们告别了房东大娘，搬进了刚建好的青年点，在村子的最后边。

我和大娘已经有了深深的感情，我熟悉她的每一个动作。大娘喜欢冬天晒太阳，太阳下她是一朵老葵花，她的脸庞总是向着太阳转。多少次我从身后捂住她的眼睛，她不说别人，总是说出我的名字。

住进青年点以后，比住在社员家里自由了许多，放松了许多。每天清晨，当队长把树上挂的那段铁轨敲响之后，我们的梦也被敲醒了。我们一颗颗正眠的心便立刻活跃起来，五十多个知青浩浩荡荡向田野走去，像一支大合唱队伍。田野被我们踩得隆隆作响，我们无遮无拦地甩着胳膊，每日清晨都是一次冲动。

这期间对知青打击最大的是抽工返城一事，我共经历了两次。

第一次是大队送来了两张报表，说一个星期以后要在五十多名知青中抽出两人填表，回城当工人。

简直就像一场风暴，袭击了每个人的身体，大家就像斗牛士似的挺起胸膛。后来，上工也不一起走了，各人显示各人的能耐，没有人愿意留在农村。

于是个别人开始给队长送礼，要求在暗中帮忙。青年点的灯常常彻夜不熄，人们都在做自己的打算。我突然觉得那不是劳者回城，而是智者回城。

最后名单公布下来了，不是两个，是一个。大家总算松了口气，都在安慰自己：毕竟名额太少。

可是后来另一名也公布出来了，不是经过选举的，是公社任命的。

大家愣了，心底刮起大风，由此，青年点开始不平静起来。

第二次呢，其实不是招工，是招生。

这一次大队给了三张表，就是即将有三名知青走进大学的校园。

一开始我激情万丈，仿佛我马上就要来到大学校园。后来听说不考试，主要是看表现和家庭出身。

又一次刮起了台风，把我整个人吹得摇摇摆摆，浑身冰凉。我知道我的家庭状况，我是资本家出身，在当时，这种家庭出身的子女必须接受再教育。那三张报表对我来说是三片白云，它们高高地飘在天上，我怎能够得着呢？

我第一次明白：生命的主题与主题之间也有距离。

晚上，我一个人来到房东大娘家，虽然我们说话不很投机，但是很奇怪，一遇到困难我就想到她，她好像时时驻扎在我的心底。我想她那双像皲裂的泥土一样的手背，想她那双能照到我身影的眼睛，想她过早就龙钟的神态。

又过了一年，父亲来信告诉我，他们单位落实政策，考虑到老人身边无子女，所以决定把我调回城。

我接到通知书的那一天，正好是三年前我插队的日子。三年前那天的风很大，刮得人睁不开眼睛；三年后的今天，风和日丽，阳光温和，空气是那样地新鲜，这是我永远都不会忘记的日子。就这样，艰苦的农村留下了我整整三年的身影，清瘦的、单纯的、青春的……

我将不再穿的衣服，还有被和褥子一起抱给了大娘。

大娘说都是好东西啊。

实际上一样好东西也没有。“文革”时家中被抄，家里已经空空荡荡，什么也没有留下。衣服是姐姐穿剩下的，有的膝盖处还有补丁。被褥也是过去父母用过的，时间久了，被子薄得像鱼干，起不到多少保暖的作用。冬季最寒冷的那几天，夜里我总是把膝盖放在嘴唇上，膝盖都能把嘴唇贴凉了。

离开大娘家后，我一溜小跑回到了青年点。一路上，只觉得野花在冲我笑，小草在冲我笑，泡子也在冲我笑。

我决定一刻也不停留，当天返城。

收拾好行李，离火车到来的时间还有两个小时，在这两个小时里，还要赶十多里的路程，真是有些心急如焚。顾了这头顾不了那头的我，手忙脚乱起来。

这时，青年点的几位同学也赶来帮我拎东西，为我送行，看到他们不知何年何月才能回城的空洞眼神，我止不住流泪了，先是一滴一滴的，后来连成了串，擦也擦不完。

我都二十岁了，再过几天就是生日，回城后，我一定先去照一张照片。我马上就回到城市当中了，我就要走在洒满槐花香味的柏油马路上了，忽然间我有了这种想法，喜悦把悲伤全部覆盖。

十几分钟后我们赶到马路上，男生开始站在大马路中央为我堵汽车，因为我们平时出门就是这么干的。可是偏偏那天路上的司机们就是不停车，一名男生急了，他一下子躺在马路上，汽车迫不得已停了下来，我们全部跳上车。

就在火车启动的那一瞬，我突然发现站台上跑过来一匹白马。火车风驰电掣般向前驶去，我远远望去，白云下面有一匹白马在奔跑。

想起第一次坐飞机

当飞机离开跑道的最后一寸土地，地面上的一切就慢慢地变成了星星点点。

在白云与白云之间，我在穿行，天空一点儿杂音都没有，只有飞机发出隆隆的声音震着我的耳膜，我一次又一次地张开嘴巴缓解不适。

从窗户向外望去，天空一片白茫茫的云彩，就像正在飘着一场漫无边际的大雪。在这广袤的苍穹，飞机似鸽子在飞翔。

春夏秋冬，一年四季，我总是在地上仰望天空，仰望星星、月亮和虹。而来到天上，我又一刻不停地着急俯瞰大地。

人的思维真是太活跃了。在这里，风自然来得很便利，可是那天偏偏没有风，堆积的云无边无际，越来越浓，好像伸手就可以触摸到。我沐浴在云海里，顿生一种自豪的感觉。

越过北戴河，不知什么原因，飞机开始低空飞行。依稀可见整整齐齐的田野，就像一只只四方形的箱子摆在一起，一只挨一只。从空中往地面上看，最小的是人，只有蜡烛般大小，不停地在移动。大概是衣服颜色太深，和土地的颜色反差不大，人和土地融在了一起。身旁的人笑呵呵地说了一句：挺安居乐业呢。

我知道，人间永远是匆忙的，春播以后是秋收，年年如此，周而复始。我的大地啊，你承载了太多的重量。

天上是一片净土，白云封闭了一切，原来所能听到的一些赞美和诅咒、羡慕和嫉妒，此刻没有。那些由物质带来的精神负担现在也没有，天上真干净。

飞机总是在一种颜色里穿行，总是在一种氛围里飞行。

我一次次把额头倚到窗户上：天上没有一只鸟，没有一只鹰，没有大雁飞过的痕迹……天上什么也没有。

这么多年谁吸引了我？是我的家人，是朋友，是我的工作。现在，我急于到另一座城市去看望亲人，我急于呼吸到另一座城市的空气，我急切地寻找着目标。

千百年间，人间流传着七仙女的神话故事，现在我体会到了七仙女当时的心情。不只是董永，人间的每个人都举着生命的火把，把大地都照亮了，她怎能在天堂待住呢？那里太寂寞。她离开净土投奔人间，人间繁杂，但是人间有恩爱，人间有亲情缠绕，人间想做什么事就可以做什么事，每个人都充满和太阳一样的活力。人间让我感受到人性的温暖……

第一次坐飞机的情景，至今还在眼前浮现。那时我坐在中间位置，急得我一次次把脑袋从旁边人的胸前伸过去，兴奋得一时也坐不住。人家问：你看什么呢？我说看天。人家说我真有全面精神，还关心天上的事。

那一次是由大连到深圳，仅仅飞行了三个多小时。我看的东西太多太多，不知道都在哪个方向，不知不觉中飞机就着陆了。

飞机升上去，天空就升上去；飞机降下来，天空就降下来。不管怎么说，我现在是在一定的高度之上。没有高深莫测，那对大翅膀忽闪着，轻而易举就把我送上天空。此刻我的生命属于天空，生命与非生命体在沟通，是一种自然意识在沟通。

天空除了团团白云，还是团团白云，似乎是很自然的事情。我原先想仔细看看天空的霞，那五彩的霞光一定十分浪漫。可是当白云把飞机团团包围，巨大的机身变成一个蛋壳，包裹得严丝合缝，霞光是照不进来的，一丝一缕也照不进来。

天空在东北，在西藏，在苏北，在中原……四面八方任何地方都有天空。上面的云却是朝着一个方向飘移的，不乱节奏。天空是坦荡的，你不用去看便能觉察得到，虽然坦荡，但没有心的停泊处，停泊处留给了星星和月亮。

我们面前有一个天和一个地。从地面飞上去，天空是一模一样的颜色。从天上飞下来，地面是色彩斑斓的景色。距离是一样的，感受截然不同。我所需要的全部在人间，只要在人间，一切苦恼的事情就会迎刃而解。

现在开始，内心深处比原来有了许多变化。生活在现实中是多么幸福，尽管有酸、甜、苦、辣各种滋味。在死一般寂静的地方待上一天都是一种挣扎，属于天空的是单一，属于陆地的才光芒四射。

一个异常的黄昏

我插队的地方社员们大多喝泡子里的水，泡子有深有浅，像一团团湖。泡子周围有稀少的芦苇，水是透明的，能清晰地见到水下的芦根、水草什么的。

青年点附近就有一个泡子，我们叫它水房。

每天清早，五十多个知青端着脸盆，里面放着牙刷、牙缸、毛巾，正好把泡子团团围住。在有雾的早晨，泡子虽不太大，但这边的望不清那边的脸，只有洗漱的声音响个不停，忙忙碌碌。

其实那个地方是一片一片的盐碱地，因地制宜只能种水稻。它在与自己的弱点抗争，把属于营养的那部分全部托出。

奇怪，泡子里的水是甜的、软软的，用它洗脸皮肤很舒服，一直到大雪来临之前，我们早、晚经常在那儿度过。

几个人围坐在泡子边上，吃着从伙房打来的米饭，然后直接将饭盒洗刷干净。偶尔还能盛上来几只透明的小虾，我们便把它当作宝贝一样端走，可是离开泡子的环境，不一会儿它们就死了。

拈花惹草时，去照照泡子；怒发冲冠时，去照照泡子。在青年点就是这么过的。

泡子很安静，没有流水的声音，底下是芦苇的根，晚上星星落上去，显得比天空的密集。

房的后头有一排灌木丛，正好可以将洗净的衣裳展开晾上去。每次大家都不用把水拧干，滴落的水流淌到地下，正好浇灌木丛。那灌木丛长得郁郁葱葱，其实它的根是与泡子连在一起的。它那平平整整的上端就像被修饰过似的，要是坐在它旁边剪发，可以把镜子、剪刀之类的东西放上去，能当个小桌面使用。

这里走上几十米就有一个泡子，说大不大，说小不小，但都是碱性的，唯有这一个水好。我们怀疑，是不是底下有泉眼呢？

这附近正好可以种树，一是可以挡风沙，再是可以减少荒凉的气氛。一位社员说，那年省里来这儿的“五七战士”都制订好了方案，要在这个地方种树。一共种几十排，泡子四周全部是这样的布局。种上以后，正好用这个泡子的水浇灌，并说将来要给泡子起个好听的名字，再往里面投些鱼苗。愿望还没有实现，国家有了新政策，凡是下放农村劳动的“五七战士”全部返回城里原单位工作。

青年点的同学常常在一起打赌。有一次，打赌的内容是喝酱油，一碗酱油换一饭盒米饭。其中一名男生一马当先冲了出来，结果他只喝了半碗，没有实现诺言。后来两人打了起来，从青年点一直滚到泡子里，当时水柱冲起很高，我们第一次发现泡子的力量也是很大的。

中秋节的晚上，月亮升起来了，它的光亮和大地结为一体。吃过晚饭大家来到泡子边，一开始我用信纸叠了一只小船放进水里，其他的女生也叠起来，不一会儿许多纸船漂在了水面上。我们说这要是大海多好啊，让它们都漂到大连。大家先是有说有笑，没多长时间就转变了，开始有了哭声。大滴大滴的眼泪落进泡子，珍珠一样的泪珠砸疼了泡子。

没有惊天动地的声音，但是我们一直往前走着，似乎走过了许多山脉，蹚过了许多大河，大地上没有回音，但泡子有回音。

最后一次和泡子告别，是在听到大连的召唤以后，说是十月底以前知青们将返城。

傍晚，大家不约而同地来到泡子边，每个人端来一盆该洗的衣裳。这一次洗得很快，大家都没洗干净，只是为了洗去泥土。后来一下子放慢了速度，一种莫名其妙的感觉顿时涌来，大家是那么自然地互相望着，眼睛都酸起来。其中一个女生突然站起来不洗了，可是一会儿她又蹲下，将手中的花衬衫摆开往泡子中央推去。

见到这番情景，我和身边几个女生将平日遮阳用的花头巾也使劲地抖开，摆在水面上。它们聚集着、变幻着，水面轻轻涌动起来，泡子穿戴起了有我们体温的衣裳，无止境地拥抱我们，那是一个异常美丽的黄昏。

最忆是当年

现在让我回忆三十多年以前的事情，它们大多像一团一团的雾，在远处飘荡着，看不太清楚。

但是三十多年前有一段生活，总是在雾之外，那就是 1984 年至 1986 年在文学院青年作家班的两年学习生活。它们至今还印在脑海里，不用去想，不用去费脑筋，自自然然地就在那儿。尽管有的支离破碎，有的形影模糊，可只要一连接，马上就像电影一样，一遍一遍地重复出现。

20 世纪 80 年代初，我和所有追求文学的青年一模一样，废寝忘食地搞起了文学创作，每天天还没亮就起床写诗，一天也不误，然后匆匆吃几口早饭，八点准时去上班。那种积极性藏在平淡之中，但是是任何东西也摧不垮的，有时候为了改好一首诗，甚至能一夜不睡觉，非要把那几个字磨得闪闪发光。

后来我先是在《海燕》文学杂志发表了几首诗，接着又在《鸭绿江》文学杂志和《辽宁日报》发表了几首诗。

仅仅这点儿成绩，就被市文联的领导看到了，几个月之后，他们把我推荐到辽宁省作家协会主办的辽宁文学院青年作家班学习（文学院刚刚建立），同时还给我交了学费。文联对我的恩情我永远不忘，滴水深藏。

我一步跨进了文学的殿堂，好像那座殿堂自天而降，它穿过大气层落在沈阳。

怀着一腔激情，我奔它而去，那真是平坦中的一块高地。

第一个见到的是王金屏老师。那时我的单纯是那样地四处飞扬，我和老师说的第一句话是：王老师，我想和写诗的女生住一个寝室。

王老师抑扬顿挫地说：写诗的除了你，都是男生。眼镜里面，他的一双眼睛笑成了一条缝。

王老师和气地告诉我：和写小说的同学住在一起更好，你每天都可以听故事，还会开阔视野。王老师说话不急不缓，很有诱惑力。他有个习惯，说话爱舔嘴唇，嘴唇都被他舔脱皮了。

我们来自辽宁的四面八方，都是曾经在报刊上发表过一些作品的小作者，现在聚到一起了，和每个人都有一见如故的感觉。除了上课，我们谈论最多的就是创作。几乎每天晚上，我们都在讨论自己的构思，互相补充着各自的缺失，想丰富知识的愿望像龙卷风一样疯狂。

为了让我们学到更多的知识，老师们想尽了办法，先后请来了辽宁社会科学院的彭定安、陈山，还有辽宁大学的一些教授，也有一些北京的作家……每一节课我都仔细听，生怕错过那些心动的瞬间，我知道自己是寻求知识来的，我知道文学院老师的一片苦心。

果然就有“春风”荡漾，它以文学院为半径，以极快的速度吹拂，覆盖了每一处地方，这里变成了我真正的文学启蒙圣地。

经过按部就班的学习，我们都有收获和进步。文学院真是一个不让人懈怠、忧愁和懒惰的地方，好像每天都是春天伊始、万物复苏，没有人虚度日子。你看大家的眼睛，一碰即是景，然后又会移到小说、散文、诗歌等作品里。

有可依靠的老师，明确了文学的方向，就有了执着追求的目标。朝着一个方向，我们开始拼搏了，拼搏的日子有锦有瑟。

转眼第二个春天来临，我的影子明亮了许多。我盼望在这湍急的春光里和文学共沐艳阳。

在这里学习，收获太大了。记得第一节课，辽宁大学的一位古代文学教授说：打开《诗经》就知道中国最早的诗歌在哪里，最美的诗歌在哪里。

在我看来，《诗经》含有多少风、雅、颂，世间就有多少风、雅、颂。

真正的诗人，不是成群结队地拥来，是真正能扶起并能与文学共同扛起时代大梁的人。

白天，阳光在眼前闪烁；夜晚，星光在眼前闪烁。《诗经》也有一种光芒，在我们文化的上空闪烁。

在所有的超越方式中，文学超越最难。我想起了李时珍在《本草纲目》里写到的药引子，我经常把老师们传授的知识当作药引子使用，一滴或是一粒泪水，很难判断出是苦是涩，可是积累多了，滋味就透了。

我最愿意早起注意同学们的表情，当端着脸盆洗漱完毕在走廊上遇到时，有的即使眼睛看着你，目光也游离在外，有的还停留在姹紫嫣红的散文里，有的还停留在鬼哭狼嚎的小说情节里，有的还停留在九曲百转的诗歌里……

在这期间，文学院给我的印象总是搬家，老师带领我们踩着艰难的泥泞，寻找着落脚的位置。每一次搬家对我都是一次毅力的磨炼，因为我睡觉认床、认环境。每当我的睡眠刚刚适应下来，最害怕的就是再搬家。

那种透骨的害怕总是变成现实。每到一处，我的身体就像落进了大峡谷，然后再带领着我的睡眠一点一点往上爬。最终，我爬出来了，每天面朝太阳，和阳光肌肤接触。白天上课，晚上陶醉于创作之中，情感一会儿在低处，一会儿在高处，均由作品的内容支配。我的情感已经在与它对话，有时还能跨越它，是那艰苦的环境让我变得坚强和清醒。

写作有它的简单性，也有它的复杂性，最重要的一点，无论什么题材的文学作品，都得用情感贯穿。在作品中我喜欢用情感写细节，细节虽小，震撼人心的力量却如万丈雷霆。这些多情的人聚在一起，真像一群情种，干劲都用在学习和创作上。

诗歌需要太多的想象力，从一朵花开，能看到山花烂漫。一路上我走在自然规律里，也走在浪漫与思索中。文学的天空和我是那样亲近，没有别的，我只要一小片云，想象却送给了蓝天，我有的东西太多了，怎能不感恩？

我盼望微不足道的东西能被我写得流光溢彩，我盼望自己的诗能在岁月里深刻，能与四季轮回，我以火焰般的赤诚歌颂生活。

我们千方百计地标新立异，不停地写，不停地修改，不停地投稿。大家一走到收发室门口，总是集体放慢脚步，像有人喊了口号似的。

我们寻找着各自的书信，翻来覆去，生怕漏过了。退稿信信封很厚，发稿通知信封很薄，一看便知道，心情由此也会出现极大的变化。

那时候我们无法断言哪里是失败、哪里是成功，快活建立在不断地争取与探索之中。

在沈阳，我没有亲戚朋友，常有孤单的时候。第一学期下半年，我们新搬的宿舍离北陵很近，初夏我常常去那里找一棵树挨着坐下，倚着树，膝盖放一本杂志，杂志上铺一张大白纸，发一会儿呆，写一会儿诗，就像挨着了宽阔的肩膀，甚至能听到树的呼吸。

学校经常组织集体活动，这是最快乐的事情。春季的一个周日，我们又要去北陵公园踏青了，我在夜里就做好了准备。

北陵公园是沈阳市最大的公园，占地三百三十万平方米。1643 年（清崇德八年），清太宗皇后和孝端文皇后博尔济吉特氏的陵墓昭陵建成，即今天的北陵公园。园内古松参天，草木葱茏，楼殿威严。

我们准备了一部分小节目，全体同学先围了一个大圆圈，由组织能力极强的班长田友元主持。大班长会唱京剧，一段《智取威虎山》里杨子荣的《打虎上山》，嗓门高亢，把北陵公园百年大松树的枝杈都震得直鼓掌。记得我朗诵了一首诗歌，《美丽的大连》。还有同学演唱了歌曲，凡是唱歌的同学均由郑小凯同学指挥。

郑小凯穿着稀奇古怪的背带西裤，手里拿两根筷子，一会儿腆肚，一会儿弯腰，无限夸张地比比画画，像真的一样，让大家大笑不止。我真愿意永远当他的观众。

更有树上的小鸟，它们采了春天的颜色，装扮自己的羽毛，绕着大树飞来飞去，多像我们的好同学。它们给春游增添了精彩的细节。

我们在清朝皇家陵寝和现在的园林合一的公园疯玩，人乐风也乐。

这就是生活的价值。

沈阳冬天的风太凛冽，雪下得没有边界，雪后大街小巷一片透骨奇寒。从宿舍走到教室有一段很远的路程，走着走着，我的眼睫毛上结了霜，这时必须快快眨动眼睛，否则看不清前面的路。再看看其他的人，都和我一样，眼睛上全挂着“雾凇”。在皑皑白雪的清晨里，我一步一步在跋涉。

为了丰富课余生活，在刚刚兴起跳交谊舞的时候，老师专门从文艺团体请来了一位舞蹈教练来教我们。

教练在前面，我们在后面一步一步地模仿。一个很简单的舞步，我们却像穿山越岭。教练十分耐心，像教小学生写字般认真。

经过一个下午的努力，我们逐渐掌握了要领，舞步也随之轻快多了，因为每个人都有艺术细胞，音乐落在我们身上，快三拍、慢四拍，都是意境，得用舞姿表现出来。我们揣着对美的追求，舞姿开始从表象走向内心。

周日下午，我们在教室举行了第一场舞会，杨凯老师在黑板上写了六个大字：“幸福生活舞会。”

我们尽情起舞，尤其当摇滚音乐响起的时候，黑板也被震颤了，那六个大字也抖起来，真是一场火热的舞会。

结束后，我们群情激昂地往宿舍走去，前面还有很长的路程，沈阳的同学栾国康（已故）骑着自行车，说要送送我们。一位女生跳到后座上坐下，我钻到前面的大梁上，也不管车子是否能承受得了，我们像演杂技似的，飞奔在马路上。

真想这段路没有终点，就这么一直朝前行驶。天上星空万丈，我不关心繁星，还沉浸在舞曲当中。

几场舞会后，我们似乎都有了舞瘾，有时有点儿不能自拔。男女生在不经意间就能闪现一个舞步，好像舞步还能带给我们信心和力量。

有美好的事，曾经在文学院；有叹息的事，曾经在文学院；有拼搏，曾经在文学院；有收获，我的文学院。

时间转变了万事万物，我们也在其中，我们会慢慢变老。有一天那些细小的皱纹会变成白桦林，必须确认一下，它们与命运是共同体。由青年到中年，再到老年，人类就是这样前行着。很感激文学，唯它和我亲近。文学可以创造太多的悲欢离合，人们的生活也围绕着这些，慢慢地，这些就变成历史，如今的生活又成为现实。历史和现实永远活着，谁也埋没不了。

从一名文学青年到后来成为一名专业作家，文学院是我文学的故乡。我的爱有时不真实，爱着爱着，就不爱了，可对文学的爱，没有一天停止过。

不许思念，还是思念，思念文学院的老师和同学，期望在校庆那一天重逢。

鸽　子

每个人都见过鸽子，鸽子的属性可以从它的习性来判断。

智慧型的，主要观察它在幼鸽时对新环境的熟悉、适应程度是否比一般鸽子来得快。

速度型的，主要是看它的体能状况，这在信鸽比赛中可以观察出来。

前些年的一个春天，我随上海旅游团去黄山。早上，我们从上海锦江饭店出发，乘坐的是旅行社的大型观光巴士，我们的路线是杭州—千岛湖—黄山。

旅行的特殊氛围，总能使四面八方的人们在很短的时间里变成相互关爱的朋友。一路上，大家在车里谈着世界各地的景色，有欧洲的，有美洲的，有非洲的。讲着讲着，大家开始细讲各地的名山大川，都在述说自己走过的地方多么独特，曾遇过多少惊险。

车子中间坐着一位长者，年近七十了，精神很矍铄，是这次旅游团中年龄最大的。他手里提着一只扎满窟窿的小纸箱，里面装着一只鸽子。

他说这是一只信鸽，曾经参加过远途比赛，取得了第二名的成绩，得过银牌。

现在他外出一般都带它，这次要在黄山上放飞回上海。他说得有声有色，不停地夸赞着鸽子。大家都很有兴趣，齐刷刷地望着他，想多听他讲一会儿。

到了黄山脚下安排好住处，我们休息了一会儿，接着开始登山。黄山之美简直令人惊叹称绝，那是一种纯粹的自然，难怪有“五岳归来不看山，黄山归来不看岳”之说。

在半山腰的宾馆住了一夜，第二天清晨我们开始向最高峰进发。

就在要达到峰顶的那一刻，那位长者突然被嶙峋的山石绊倒，脚趾动弹不得，当时我们都很着急。

商量了一会儿，带队的同志做出决定，准备请几位山上的民工朋友将老者背回宾馆，其他的人照常前行。

这时候我们大家十分友善地将他围住，一边说些安慰的话，一边想看看他怎样放飞鸽子。

长者坐在青石上，从兜里取出一张白纸，然后写上了刚才发生的事情，并请家里人来山脚下的黄山宾馆接他，房间号码也写得清清楚楚。他打开纸盒，捧出鸽子，将白纸叠成纸条缠在它腿上，最后举起双手抚摸了鸽子，将鸽子投向万里蓝天。

我问：能完成任务吗？

长者说：一定能。

浩浩苍穹，飞翔着一只鸽子。黄山上许多人的目光都投向天空：那里有一个灵魂的光芒在闪烁，它要穿越生命的本质，要击碎满天云雾，肩负着重任去远航。过了很长时间，天空才恢复了以往的平静，但是另一种激动在人们心中涌动起来。

我在想，鸽子身上那双柔弱的翅膀为何如此坚强，能把狂风雾霭冲开？它软绵绵的翅膀突然间就像是钢和铁铸成的。

其实那是顽强的毅力铸成的！鸽子的脉搏是蓝天和阳光，鸽子的血液是溪流和山川，鸽子的骨骼是崇山和峻岭。

可爱的小鸽子啊。

有一年夏天我乘飞机去上海，飞向蓝天的那一刻正是黄昏。我从舷窗望出去，啊，满天晚霞，天空金碧辉煌，太让人兴奋了。

一转眼，到了上海的上空，在低空飞行的时候，我突然看见一只鸽子孤零零地在晚霞的边缘飞翔。那肯定是一只信鸽，我想。

在我在意的时候，能看到鸽子；在我不在意的时候，也能看到鸽子。

主人只是说了一句话，一个交代，一个必胜的信念，它就会付出如此灿烂的代价。在浩浩蓝天上，在层层彩云上，它是一个逗号，飞啊飞啊，它遥遥领先。

它在无声地飞，我的心在无声地想：一只小小的鸽子，向着蓝天飞翔，即使在狂风暴雨中它也不低头，这就是鸽子的使命。它的翅膀比蓝天博大，它的毅力留在蓝天上。

鸽子的记忆力极强，就算是在没有任何标记的茫茫海面上飞行三天三夜，照旧不会迷失方向。这一点，是许多飞行动物都不能比拟的……

有一年秋天，一群鸽子参加大赛，要从大连飞往中俄边境的漠河，然后从那儿返回来。

住了一些日子，绝大部分的鸽子返回来了，名次也选出来了，可邻居家的鸽子一去无回。那是一只特别聪明的信鸽，过去每天早晨我躺在床上都能看到它早早地就飞到蓝天上了。

刚开始邻居天天在阳台上等它，天天脑袋绕着天空转，一副焦急万分的样子。时间长了，就渐渐见不到邻居那副模样了，他又专心致志地忙乎别的鸽子了。

大约过了二十天时间，一天清晨，我看见一只鸽子用嘴在敲打邻居家阳台的玻璃，我赶忙跑去告诉他：那只参赛的鸽子回来了。

只见鸽子蓬头垢面，瘦得让人不忍看下去，捧着它，就像捧着一团羽毛。二十天的时间啊，天上有时狂风暴雨、雷鸣电闪，它去哪儿觅食？漫漫长夜，它去哪儿睡眠？多少个夜晚啊，月光照着一羽白鸽在飞，它克服了重重艰难险阻，逃脱了鹰的追逐，含着一丝体温飞回来了。

主人轻轻地把它抱在胸前，我看见它愧疚的眼神闪了许久，终于慢慢地合上了。主人的眼眶布满了泪水，他说这只鸽子一定是在中途生病了，所以才落了队伍……

我抬头望了望湛蓝的天空，天空仿佛又出现了另一群鸽子：

前一年，一个夏季的上午，许多对年轻人在风光旖旎的人民广场举行婚礼。当一辆辆婚车停下来，新娘和新郎从车里走出来的时候，一群群美丽的鸽子在新人们头上盘旋起来，高高低低、错落有致，那个美呀，让人动情。

新人们不停地和它们挥手，鸽子飞旋了一阵，又一起飞向蓝天，留下一片呼啦啦的声音，像是送来祝词。

可爱的小鸽子啊。

有了那么美的祝福，新人们一定会一生幸福。无论什么时间想起来，就是新人变成老人，也不会忘记，我想。

鸽子在鸟类世界中属于比较独特的物种，是群居动物，它们一起筑巢并成群飞行，只有在团队中它们才会觉得自在。

鸽子忠诚于爱情，两只鸽子一旦交配便终生为伴、同生共死。

在我眼里，它是最好的鸟类，许多人的看法一定与我相同。

德国南部，曾是古时候贸易往来的必经之地，这里的许多鸽子品种，据说都是由两千年前的一位商人培养的。他爱鸽子成谜，从小就饲养鸽子，他养的鸽子以颜色独特而闻名于世。鸽子经过他的培养，如今遍布世界。有人居住的地方，就有鸽子，他用毕生的心血，建筑了世界上最大的鸽子博物馆。

鸽子的一生没有遗憾，它活得安安静静，却轰轰烈烈。它是和平的使者，和平的化身。音乐家们曾为它写出了许多荡气回肠的歌曲，曾经有一首歌开头的歌词便是："今天是你的生日，我的中国，清晨我放飞一群白鸽，为你衔来一枚橄榄叶，鸽子在崇山峻岭飞过……"

这首歌，已经家喻户晓。

鸽子喜欢飞翔，回到家吃完食以后就归于平静，下一个愿望是再飞翔。

那是它最大的乐趣，从一个春天飞到另一个春天。

在空中参赛时，什么苦它都默默地承受：饥饿、干渴、狂风、暴雨……

小小的鸽子啊，它是我战胜一切困难的榜样。

每一次望着它在蓝天上飞翔，它的背影都消失了，我喊着、望着，一直到看不见它的踪影。开放的天空，远方的鸽子，一次次涌进我的视线，它的美，占领了我的视线。这机会，我珍惜。

夏日我在公园散步，多希望头上有鸽子飞过，那一天，我遇上了：

我刚刚来到公园花丛边，正在欣赏大片的白玫瑰、红玫瑰、黄玫瑰，突然间天空一群鸽子飞过来，在鲜花和我的上空飞旋了一阵，齐刷刷地飞着，真好看。我的心情一下子快乐起来。

天空中本来就有不少秘密，鸽子飞上去又多了新的秘密。它们在天空谈情说爱，比翼齐飞，这些大地都不会知道，人们也只是猜测而已。

我愿意相信，天空有信鸽，星辰会早一点儿亮起来陪伴它们，给它们照亮夜晚的路程。

我愿意看到早晨的信鸽，扇动着洁白的翅膀迎着霞光飞翔，蓝天下构成一幅画卷，美就是这样产生的。有鸽子和没有鸽子的天空景致不同，色彩也不同。

想起鸽子，心灵便美好起来，想起和平、自由、幸福，这也是人类的追求。鸽子把我们带进美好的意境。

它的翅膀像两把大羽毛扇子，飞起来真美，更美的是它有与大自然搏斗的能力，这种能力可以和鹰相比，甚至胜过它。

可爱的小鸽子啊。

鸽子的一生有许多次远行，每一次都有动人的故事。那些故事被阳光和月光照射过，永远铸在天空上。

雾里的夏天

这个夏天很美妙，是在春天的气温中度过的。

整个夏季温度基本都在二十八度左右，屋里屋外一样，海边沙滩一样，好像整座城市打开了一座自然空调。这是我有生以来度过的最舒适的一个夏天，没有汗水，没有高温，每天夜里枕着凉爽的枕头，做着春季的梦。

在这种气温和季节不相宜的时间度夏，人们见面相互总爱说这样一句话：明天可能会热吧？可是多少个明天过去了，明天已变成了秋天。

这个凉爽的夏季源于淅淅沥沥的小雨，雨水时而大、时而小，有时刚刚停止了，一会儿又光临了。紧接着，遮天蔽日的大雾在天地间翻滚，使得地上的汽车不得不放慢速度，变成蜗牛在爬行。

头几天，我每天站在窗前赏雨，雨水落到海里，平时缎子一般的海面溅起白花，但立刻就被一排排浪花推走，根本分不清是雨花还是浪花，都是透明的。可是大雾涌到海面就不同了，滚滚浓雾在海面翻涌，就像一座座水泥垒起来的大墙，遮挡了海，遮挡了天，站在海边甚至看不见海在什么位置。

有时为了换一换新鲜空气，我只能将窗户拉开一条缝，可这时雾气就一缕一缕挤进房间。家中很快变成了仙境，什么花啊，鸟啊，龟啊，在仙境中一起变幻着，我们好像在天穹上生活。

姐姐家也住在海边，离海比我家还近，只隔一片沙滩。她每天下午去大海游泳，不用拿任何用的和吃的东西，走时在家里换好泳衣，在海里扑腾累了，把大海往后一推，抬腿就上岸，湿漉漉地就可以直接跑回家中。

她来电话告诉我说，这些天家里被雾气笼罩着，潮湿得厉害，写字台上面的抽屉打不开了，存款及工资卡全放在里面，要想打开只能用锯子。

我赶忙让姐姐到我这儿，我的钱是可以拿出来的。我说她生活一点儿安排也没有，怎么不未雨绸缪呢?

没过几天我家也发生了如此情况，不是一个抽屉打不开，而是一排抽屉打不开。

我真有些急了，看看窗外，雨水还在继续唱着它的歌，没有停的意思。

突然电话铃声响了，打电话的人是我过去的一位老朋友，我很高兴，因为我们多年没见面了。我把这事当笑话讲给他，听了后他嘿嘿地笑着说：不是雾，是钱太多了，把抽屉压得呗。我大喊：是雾，是雾。

我急于做饭，谈话似乎有些意犹未尽……

吃过晚饭后，清脆的门铃响了几声，推开一看，是刚才打电话的那位朋友和他的老伴。进门后他从包里拿出一千元钱递给我，说让我先解决燃眉之急。我望着他们的脸庞，他们的额头上比原来多了许多皱纹，几年不见，真有些苍老了，想必他们见我也如此。我用两只胳膊使劲地搂住两人的肩膀，我的眼睛湿润起来……

每天下午，天上有无数架飞机闪着银光从窗外的海面飞过，最近两天已经没见到这番景象。

我知道，这是因为大雾的阻挡。

虽然这个夏天没有被骄阳烤过，但是这种阴雨加雾的天气使得人的身体也极不爽。家里一切东西都是潮湿的，洗过的衣裤始终也晾不干，真叫人着急。我的一条裙子洗后在阳台上晾了三天，还是潮湿的。无奈，昨天我想了一个巧妙的办法：用熨衣服的大熨斗熨烫裙子。没想到刚看了两分钟的电视，再拿起熨斗时，下面的裙子已经熨糊了，有手掌那么大的地方变成一块“煎饼”。那是一条粉色的长裙，我真喜欢那种柔情的色彩和那种柔软的质料，可惜被雾给葬送了。

在这个季节，我的思绪每天飞过万水千山去迎接太阳，每天用目光从雾的缝隙中打探太阳，可是第二天照旧是阴雨绵绵。我住在高层楼房，屋子里仙气缭绕，就像住在空中花园一样。

当太阳重新出来的时候，照耀着天，照耀着地，一切都没有了遮挡。海是如此明亮，世界是如此明亮。

墓穴里的青蛙

初夏的一天早晨，我去给故去的父母选择墓地。

先来到了旅顺沿海的山坡，金灿灿的阳光下，有一片极肃穆的地方。

我静静地站立在那里，整个墓地很沉重，就像是背负了一个昨天。墓前一排排石碑笔直地耸立着，极干净，如同刚刚被雨水洗过。

我想选择前排的，前排每个穴位旁都有两颗小松树，视野也辽阔，无遮无挡。

果然前排右边有一空穴，只有两尺宽窄。我蹲下来瞅瞅，里面是湿漉漉的泥土，大约两尺多深，在右下角处，我忽然发现了两只青蛙。

它们的后背真像美丽的树叶，嫩绿嫩绿的。它们一刻不停地往外跳跃，一次一次撞到壁上，深深的爪痕全部留在那儿。

我不忍再看下去，真替它们着急。

回来时我还不时地想起那两只青蛙，我甚至觉得那是两个可怜的孩子。

从第二天开始就一直没有好天气，淅淅沥沥的小雨总也不停，我一天一天地等。大约过了一个星期，天气终于晴了，温暖的太阳露出了笑脸，我领上姐姐一同来到墓地，做一次共同的选择。

在一片墓碑的海洋当中，那方空穴很醒目，我们直奔过去。

当我刚刚站定，在金灿灿的阳光照射下，第一眼我又瞧见了那两只青蛙。它们仍旧像两片嫩绿嫩绿的树叶，仍旧充满希望地向外跳跃。一个星期过去了，它们还是在原处，墙壁上的黄泥留满了它们爪子的痕迹。

青蛙是两栖动物，它们小的时候在水里生活，不叫青蛙，叫蝌蚪，长大以后才到陆地上来。青蛙是变温动物，非常怕冷。记得当年我们家隔壁有一座木结构的日式建筑，年久失修，里面又常年没有人居住，最后拆掉重挖地基的时候，一锨下去，铲出了一只漂亮的青蛙。当工人扬麦子那样把它扬出来的时候，它眨巴眨巴眼睛，竟跳了起来。老人们说，它至少睡了好几年。

我们最后决定，就将墓地选择在这里。我请管理人员在墓碑上刻了一副对联：近山近水近在身边，远苦远忧远离尘世；横批是：父母安息。

现在父母离开了喧闹的尘世，回归了自然，回归到山水间。当华美的叶片落尽，他们寻找泥土去了。我含着泪，把那副对联读了一遍又一遍，这座坟墓将埋葬两位朴素而品格高尚的老人。一座坟墓，隔绝了两个时代……

我不忍丢下那两只青蛙，再说我也非常喜欢它们。我捡来一根粗草绳，沿着穴壁顺了下去。它们很聪明，一个一个地抓住草绳，我把它俩提上来了。

我把它们捎回了家。

我将阳台布置得如同一片田野，一只很大的陶罐放在外阳台，每次下雨都能接许多雨水。

我从鸟鱼花市买了一些喂鸟的虫子，水光野色，它们蹦蹦跳跳欢快地生长着。

有一次家中来了几位客人，正谈得起劲，它们也凑热闹地叫了起来。那声音和其他的青蛙不同，犹如笛音，大家都跑到阳台上去看。

有一天我洗刷大陶罐，手指伸进去后，手心碰到一团软绵绵的东西。我抓出来一看，是一串海蜇一般的软体，上面有无数个小米粒一般大小的颗粒连在一起，每一个透明的小米粒里都有一个针鼻大小的黑点。啊，青蛙产卵了。

这是最辉煌的生命，我的世界在迎候它们，我兴奋地将它们放回陶罐。

经过孕育以后它们冲出了胚胎，变成一只只小蝌蚪，它们在水里游动着，真像毛笔在水里滴下的逗号。有时我去了很远的地方，还在眺望它们，似乎看到了那群孩子，它们直扑我的心田。

大约过了两个月，小蝌蚪变成了小青蛙。偶尔阳台的大门没有关好，它们就会跳出来。我最怕它们跳进厨房，跳进锅里可怎么办？有一次，一只小青蛙跳到菜板上，在切好了的黄瓜中间卧着，我正要往锅里放黄瓜，它一下跳出来了，真是个小精灵。

从此我不能轻易去阳台，总有一些顾虑。虽然它们曾带给我惊喜、快乐、遐想，但是现在已经有了一种负担，生怕它们一只一只蹦出来。它们那么灵巧，逮住一只都是很难的

当我再一次去墓地的时候，我将青蛙一个个捧进篮子，然后遮盖好，我把它们连儿带女送回了墓地。

那是一个早晨，朝气四合，无数只青蛙投进它们家族的怀抱，很快地它们融合在一起了。

那里本是一片安静的地方，有了它们，就有了一片生机。亡者在安息，生者在跳跃，都没有失去什么。

再回头望去，墓地上，有那么多绿色的生机。

看新娘

听说上午有场足球比赛，我急急忙忙打开电视。可是体育频道没有球赛，是拳击表演，我看不懂也不敢看，随手调至电影频道。

一幅美丽的画面在闪烁：一队漂亮的新人正在拜堂，场面喜气洋洋，唢呐的声音与鞭炮的声音连成一片。一连换了三个频道，真巧，全是这种场面，心里真快活。

这时女友打来电话，我随口把这事说了一下，觉得挺有意思。

她说：电视演的算什么？是再现。我刚从街上回来，在滨海路看到许多婚礼车队，是现实。她给我描述着那些场景，十分动情。我问她今天是什么日子，她说是二月十四日，情人节。

哦，获取爱的节日。这个节日会给新人以光芒，给老人以光辉。

我终于在家坐不住了，穿上衣服走到街上。

我来到燕窝岭。

燕窝岭不是山岭，是滨海路上一处别致的景致。伸左手，能触摸着海水；伸右手，能抚摸着青山。透明的水和有颜色的山相互映照，山上的景色全掉在海里。

燕窝岭就像英国爱丁堡附近的“婚礼小镇”一样，大部分新人婚礼结束后都要来拍照、录像。

今天的日子与往日不同，燕窝岭的情侣特别多，这里被爱层层包围者。

只见那些新娘个个光彩照人，犹如花园里的鲜花。我在心里默默地数着，加上眼前这一对新人，已经有十九对。不过这个数字并不准确，还有许多正往这边走来。新娘子都化着浓妆，据说给一个新娘子化妆需要两个多小时。

经过这番打扮，虽然美得失真，但是做一回新娘就是要刻骨铭心，因为今天登上了爱情山脉的最高峰。

每个新人的怀里都抱着一束美丽的鲜花，新娘与新郎合影时，都轻轻从怀里抽出一朵送给对方。情意是那么美好，情意绵绵的爱随着海风在飘荡，直至海的尽头……

在山与海的中间有一条不宽的路，大多数新娘都喜欢到上面走一走，这条路叫情侣小路。

我的朋友年前从欧洲回来，他说那里的交通管理堪称一流，司机们行车都很遵章。一切车辆，不管是百姓的还是官员的，均主动为婚车让路，以表达对新人的祝福——爱情顺利，畅通无阻。

欧洲人把爱情看得至高无上已经很有历史了，20世纪法国诗人在诗里写道：除了爱你我没有别的愿望。

忽然间，我看到两张熟悉的面孔，我同事的孩子也卷在波澜壮阔的婚车浪潮中。我急忙上前向他们表示祝贺，他们告诉我说，他们是刚刚从北大桥驶过来的，燕窝岭的景致太独特，一定要把这里的风光全部拍摄下来。

我在这儿感受海的呼吸、花草的呼吸、新人的呼吸。许多婚车一辆接一辆连在一起，我还是头一回见到，真是“抬头见喜”。我的心激动起来，爱的波涛在滚滚翻卷，这激情是如何形成的？难道仅仅是因为岁月的叠加吗？爱和水是一种隔绝，但爱和水又是一种沟通，今天的大海是最好的见证。

车停了，新娘们在新郎的陪同下，一对接一对地走出车门，把一生一世的爱相互戴在手指上，让它遮风挡雨，一起见证爱会同甘共苦。

忽然他们就像山坡上雨后的花，齐刷刷一起开放了，开得那个热烈呀，让人目不暇接。我以目光舞起了一条祝福的彩绸，已经飘到了新娘身上……

黄昏，我静静地坐在沙发上，白天的情景又在眼前浮现……电话响了，是那位熟人的女儿，她兴奋地说：阿姨，我们今天拍的婚礼录像里还看到您了。

是啊，我一直站在燕窝岭看他们呢，这是我遇到的最大的婚礼，大海和绿山都加入了。海水在为他们拍手，野花在为他们起舞，如把拍摄的录像剪辑到一起，多么像传说中的神话故事。世界上的一切美好，都来自浓到深处的爱情。

随着时间的流逝，许多事情可以淡化，可是一看到大海，便能想起那场婚礼。因为它太波澜壮阔了，请到的是山海嘉宾。

“爱能给人带来愉快和健康。”我想引用诗人的话。

每个男人都希望得到女人的肯定，所以男人是有选择的；每个女人都希望得到男人的夸奖，所以女人是有要求的。携起手，经常把心里话告诉对方，让爱情像晴天一样透明，这是真正的拥有。

爱是人的本性，就像太阳要放射光芒，它让全人类受用。

成功的时候谁都是朋友，只有真爱，是失败的伴侣，永远地祝福他们。

楼后的光景

楼后不远的地方，有一座小广场。广场里有一个圆圆的鱼池，鱼池底是由蓝色马赛克镶起来的，每一块有半个火柴盒大小，连在一起像玻璃似的。再盛上水，马赛克把水也染蓝了。

水面上不时有大眼睛蜻蜓在点水，让我不由得想到唐朝诗人韩偓的诗："碧玉眼睛云母翅，轻于粉蝶瘦于蜂。"对蜻蜓的描写，这真是再恰当不过了。

水面下一群群鱼游来游去，不时泛几圈涟漪，丰满了池子。

起初我到广场散步的时候，不太光顾这里，这儿除了一个鱼池没有别的景致。没有花、草，自然就没有我最喜欢的蝴蝶。后来鱼渐渐增多，是五颜六色的鱼把我吸引来的。

这一池子锦鲤太漂亮了，有的一条鱼身上有好几种颜色，真像花一般姹紫嫣红。我每天过去都买两个馒头，看到有张嘴等候的，就揪下一块投进去，两个馒头一会儿就喂完了。它们身子一扭，又去玩了。当它们再游到我面前时，凡是我喂过的我几乎都认识，我知道它们喜欢我，有时候几天不去，心里就隐隐地有些着急，好像有心思。

锦鲤们有个习惯，愿意跟大鱼奔跑，像天上飞机在花样飞行似的，呼啦啦跑过，呼啦啦留下一池子声音，还扬得水花旋转，水里似有万贯珠玉。

有时我想探它们的饥饱，我把一个手指伸进水里，多尾鱼儿一同过来抢吃。我心想：假如这时垂下几个鱼钩，不用费丝毫的力气，那些若憨若痴的鱼还不全上钩了？

有时它们把嘴一朵一朵探出水面，偶尔遇到惊吓，齐刷刷又将身子埋入水里，于是散落一池惊奇。我的莽撞就惊吓过它们，大鱼引领着小鱼如箭般奔跑，像在拍动画片似的，把鱼池搅得晃动不停，起伏不宁。

午后，它们也睡觉，懒懒的，原地不动，从嘴里冒出的水泡泡一嘟噜一嘟噜地开起来，诞生出一串串七色花，鱼池就有了金子般的价值。

那天下午我还看到一个场景：不知从哪儿跑出来一只黄色的猫，它跳到宽宽的池沿上，想吃水里的鱼。瞅准后它伸出了拳，一拳一拳全打进水里。鱼撒起欢来，像一群小媳妇，还不停地勾引它。大黄猫在池沿上一圈一圈跑起了马拉松，气得嘴角的胡须都挓挲开了，像个小老虎。

这里饲养的都是锦鲤，它源于中国，品种改良始于日本，经过多年的杂交选育，目前已形成了极具系统特色的锦鲤。它们有变幻多姿的斑纹，是一种很好的观赏鱼。

渐渐地，住在楼上的人们有的把家里养的鲤鱼也倒进了鱼池，因为有的经常出差，照顾不好它们，放到池子里倒好一些，这里有人专门饲养。

鱼越来越多，池子里五颜六色的，真漂亮。我想让朋友们都来分享，打了几个电话后，大家都说正好天气凉快，一会儿就到。

我们生活在科技时代，真是太方便、太幸福了。要是在远古，只能靠“鸿雁传书”“青鸟传书”来解决，还不得等个一年半载？

我一拨一拨地领着大家去看鱼，别人快乐，我也快乐，好像鱼是我家的。

鱼池经常有人清理，每天抽走旧水，注进一些清水。注进清水后，水里便能现出我的脸，看着看着，下面像有一个脸盆晃晃悠悠，晃着晃着，母亲的脸出现了。啊，我长得太像母亲了，难怪曾经见过她的人都这么说。细长的眼睛，不太好看的鼻子，不烫发，不穿鲜艳的衣服……母亲也喜欢鱼，她的名字就是一种鱼的名字。

其实，许多年前，鱼池里没有鱼。当初建广场时，在里面修了个圆池，本打算饲养一些荷花，结果一直没有好品种，始终空着，里面每天盛着太阳。圆池给人带来无限的想象空间，大家都在琢磨养什么鱼合适。也有人说还是放进泥土，种上一池子白玫瑰、红玫瑰，多好看，那种芬芳多让人陶醉。我说春天种兰花，秋天种菊花吧，多有意义。屈原《九歌·礼魂》有道：“春兰兮秋菊，长无绝兮终古。”

尽管一段时间池子是空的，大家还是喜欢到那里照相，因为照出来的相片特别抽象，像毕加索的画。

鱼的老家本是一条河，河的秩序乱了，人们就把它们搬到这里。它们为赢得新生而跳跃，是那么欢乐和知足，它们格外健康。

长着长着，鱼胖了，鱼池变成了峡谷。

留一条路

一个人办事或说话，都应留点儿余地。

这也是在完善自己。在了解了生命的意义之后，每个人都该这么做。因为这里面可以对自己一时莽撞带来的后果做弥补，对自己一时的糊涂做反思，这样就有了合情合理的退路。

许多年以前，一位同志请我去他家做客，他请我的原因是这样的：

有一次他母亲去医院看病，也许是病情太重，等的时间又长，一时晕倒在椅子上。

当时我也坐在长椅上候诊，连忙帮助大夫把老人抬进抢救室。因为当时家里没有人陪同，老人醒来后，我把她送回了家。

老人有心，总想着我，后来打听到我的住处以后，就让她的儿子来请我去她家做客。

当时我年轻无知，不加考虑一下子回绝了那位同志的再三请求。为了达到不去的目的，我竟把话说得又死又硬，一点儿缓冲的余地也没有。倒是那个人很会说话，说日后有时间了，再来请我。我仍旧一口回绝。

这个大千世界有时也真是小世界，几年以后，那个来请我的小伙子经人介绍竟和我姐谈起了恋爱，后来当了我的姐夫。

每当我走进他家的时候，我就想起了曾经说过的话，脸上总是火辣辣的，甚至为我说过的话不好意思去他家。

这件事给我的冲击很大，记得我曾和我的老师说起过。老师说，说话一定要留有余地，要给大家也是给自己一个缓冲的机会。他还说过，话到舌尖留一半，这句话的意思是说，说话要讲究艺术性，不该说的要留住。

那个过程，在我心里如落了一场透雨，让我清醒。

留点儿余地，有时也是解救自己的一种方式。有时为了一件毫无价值的小事，双方争执得不可开交，此时只要有一个人来劝解，阻挡他们过激的语言，让双方少说一句，也就是让双方各留下一句，就完全有可能停止争吵。从语言的退路上滑下来，即便都受到了伤害，也会很轻。

这是一种修养，也是完善自己的一种方式。把话讲得有些弹性，使大家有一个灵活的空间，大家轻轻松松地和气相处，情义会更加深长。

清朝有位名臣叫陈廷敬，他一生编著了多种书籍，他主持编纂的《康熙字典》给中国文化史留下了宝贵的精神财富。他的一生光辉而不耀眼，语多而留有余地。他的一生宽大老成，他的才华、性格、品德确实都是上品，几近完人。直至今日，我们都要学习他，不能忘记他。

有的人在单位担任要职的时候，从不让自己的思维混乱，抽空会想一想：假如有一天工作有了变化，自己该退到哪条路上？做事留有余地、想得周全，是一个智慧的人。

在我们面前有一条大河，阻挡了我们的路，实际上退回去，可能会看到另一条更宽阔的路，能前进得更快。

人注定要走路，并不在乎路在哪个方向，只要是为了目的，有路就有希望。

前些日子邻居夫妻俩吵架，一位热心肠的大嫂跑来敲我家大门，进门后气喘吁吁地告诉我，让我过去劝一劝。

当我推开邻居家门的时候，女主人正在收拾自己的衣裳，已经装满了两只皮箱，说是想离婚。可是她并没有拿贵重的东西，从这一点上我已看清楚她心里还有他，还是不舍得这段婚姻。

《诗经》告诉我们，一对夫妻要是分手，圣人也会流泪。我们的祖先说得多好啊！我借用祖先的话安抚了他们俩，夫妻间只要还有一丝的感情，就应该做百分之百的努力。

女方慢慢冷静下来，说没有办法了，因为话已经说得太重，没有留下一点儿余地。她的后悔，让我又一次认识到做事情留点儿余地的重要性。

对他们而言，一个有添加炉火的双手，一个有温暖被窝的能源，谁能离开谁呢？我热盼着经历风雨后，他们的爱情能够修复。后来在大家的劝说下，他们的爱终于有了继续。

说话不留有余地，等于堵住了退路。“要么成功，要么失败”，许多人为这种做法付出的代价是无法承受的。

凡事都有意外，这些意外并不是人能预料到的，话不能说得太满，要留一部分给意外。

把话说得太满，就像在碗里倒满了开水，再倒进去一滴就会流出来，在干渴的情况下也不能兑进凉水。

生活中有这样的经验：

知人不必言尽，留三分余地予人，留些口德予己。

责人不必苛尽，留三分余地予人，留着肚量予己。

才能不必傲尽，留三分余地予人，留着内涵予己。

功德不必邀尽，留三分余地予人，留些谦让予己。

得理不必抢尽，留三分余地予人，留些宽和予己。

同样，生活当中在其他方面也是留点儿余地为好，比如高楼不能建得太密，要留一方空地给大树、绿草、花朵；机动车辆的线路不能太挤，要留出人行横道让人行走；文章不能写得太满，要留出空间让人家想象……

在饮食上亦如此。饭不能吃得过饱，每顿吃七八分为好，给胃留有正常蠕动、工作的余地……

留点儿余地，其实就是留了一把椅子，留了一片蓝天，留了一条路。

动物的爱情

动物也有爱情，它们的爱情有的也很感人，很真诚，让人类无法忘记。

许多年前，我当知青插队的时候，青年点里养了两条狗，一只是“男生”，叫大大，一只是“女生”，叫连连。它俩与我们朝夕相处，我们下地干活儿，它俩在田埂上等我们，等累了就睡觉，睡着睡着一会儿睁开一下眼睛看看，总有心事，生怕我们回去了。就这样一直等到收工，它俩再欢天喜地地跟着我们一起回来。在往回走的路上，它俩不时地从我们腿下窜来窜去，和我们玩耍，真像青年点里的两个成员，和大家是那样地亲密无间。

我们生产队的农田大部分是水稻田，每天收工的时候都得把鞋子放到窗外的墙边下晾着。青年点里有五十多个人，每天早晨，两只狗跑里跑外地将五十多双鞋叼到每个人的炕头，从来没有错过。我们总是在梦里梦外听到唰唰唰忙碌的声音，有时候从被窝里伸出胳膊往地下摸一摸，常常能摸到它们毛茸茸的头和两只耳朵。

有一年冬天，生产队派马车帮我们运稻子，两只狗照样也和我们一起在田里。

我们把捆好的稻子码到车上，装得像小山似的，两辆马车不停地来回运着。可是由于经验不足，有一次马车上装得一半多、一半少，失去了平衡，结果没走出多远，马车翻了，稻子不幸砸在连连身上。我们把它翻出来的时候，它只是略微动了几下，眼睛里淌出了泪水，但并没有睁开眼睛，泪水是从眼睛的缝隙里淌出来的。

仿佛是遭遇了一场巨大的不幸，青年点的同学难过极了，你靠着我，我靠着你，相互寻求着安慰。

青年点的右边有一座大坝，坝那边没有人家，是一片荒地，晚饭后大家拿着铁锹把连连埋葬了。我们女生不忍往连连身上扬土，这时男生冲到了前面，一锹一锹埋葬了它。我们女生则在荒地上拔了许多野花，绕坟堆围了一圈。

大大无精打采地跟我们回来了，它眼睛里流淌着泪水，脸上流满后，再用舌头舔一舔，一直持续着这个动作。

后来我们把双倍的爱都集中在大大身上，想尽力早日抚平它心灵的伤口，让它快活起来。

这两条狗当初是我捡回来的。

刚到农村时，我经常看到它俩被别的狗欺负，老低着头吃别的狗剩下的东西，吃着吃着，还不时被撵跑。其他的狗身上的毛都闪着光亮，唯有它俩身上的毛是黏在一起的，有的地方还黏成球状。

走路时它俩不敢抬头，眼神无依无靠，一看就知道是两只被人家丢弃的狗。我看它们可怜，晚上经常到伙房把大家吃剩的饭菜倒进盆里，送给它俩。

后来它们常来找我，一见我就使劲摇尾巴，一摇就是好长时间，我真心疼，就把它们领到了青年点……

有一年端午节，伙房煮了一大锅鸡蛋，伙食长把它们装进大盆放在窗口，说每人分两个。早晨我正在泡子边洗涮，一眼看见大大飞也似的朝我奔来，跑到我身边张开大嘴，吐出了一只鸡蛋，放在我的脚背上。当时我愣了，我紧紧地抱住它，手都颤抖了。

几天以后，从早晨起来天空就开始下雨，而且越下越大，水流不时地改变着方向，下午已变成倾盆大雨。

我们无法出工，在屋子里打起了扑克。中午吃过饭后，伙食长说，狗不见了，从早晨到晚上它都没有进伙房。大家很是着急，放下手中的扑克，披上雨衣急忙奔到外面。

我们大声呼喊它的名字，可是雨声太大，传不多远声音就消失了，时间越来越长，大家越来越急。

这时候有人猜测，说它是不是去了连连的坟地，因为有几个同学经常看到它往那儿跑。

我们立刻往坝东边奔去。果然，大大在那儿。

只见它身体张开，四只爪子深深插进土里，整个身体扑在坟堆上。它在用身体为连连遮风挡雨，它怕大雨冲垮坟堆。

它把我们震撼了，我们觉得它是那样伟岸、高大，它真是爱情的捍卫者。

时间过得真快，春夏秋冬转眼又是一年，又到了运稻子的季节，我们不约而同地又想起了连连。在它死去一周年的日子里，我们打算到坝上看看，去给它的坟培点儿土，因为它生前对我们的帮助确实太大，每个知青都能讲出一串它的故事以及它对我们的恩德。

晚上收工后，我们在田野上摘了许多野花，全部放在伙房，准备第二天到坟上献给连连。

第二天早晨起来走进伙房，我们愣了：一朵花也不见了。

急急地吃过早饭，我们一起往坝东奔去。

刚刚走到坝上，我们就望到了那边的情景：连连的坟上堆满了厚厚的一层花，黄灿灿，远看像一朵巨大的开在地上的葵花。

那是大大送来的，昨天晚上它运了一夜，用嘴一棵一棵地运，每一棵上都有它的体温。

我们深情地望着大大，抚摸它依旧芬芳的嘴，用手轻轻拍它的脑袋，表示着我们的谢意。

第二年春天，坝东的荒地要开垦，要往地里输水，那里也要变成水田。春天的农活儿格外繁重，我们早出晚归，也顾不上那边的事情了。

翻土机轰轰隆隆地忙碌着，卷起泥土的波浪眼看就要临近连连的坟堆，这可急坏了大大。它一次次疯狂地跑回来，疯狂地咬我们的裤脚，使劲往东边拽。第一个不理它，它再拽第二个，一个接着一个地换，一个接着一个地拽，一直拽了五十多个人的裤脚。

万分疲惫的我们哪有心思跟它走，我们一次次地推开它，一共推了三十多次……

终于大大急了，趁我们上工了，把我们的牙刷、牙缸、鞋等日常用品，一趟一趟用嘴叼过去了。

我们深知它的良苦用意，它在激起我们的情绪，促使我们过去取东西，同时可以去护一护连连的坟。

翻土机一时也不停顿，轰隆隆地挖掘着，也挖掘了连连的坟。从此我们不再过去，因为我们不忍看大大那双无神的眼睛。它稳稳地卧在那里，经过六天六夜的时光，泥土上它卧成了一尊塑像。

来到广阔天地

20 世纪 70 年代初，中学毕业后我响应号召，来到农村的广阔天地。

那一年我刚过了十七岁生日，那时我还不知道自己的命运是到农村接受贫下中农的再教育，以后要在农村生活。

生日那天，父亲给我买了一条花裙子，收拾行李的时候，我没有把它放进行李里。父亲说在农田干活儿，穿不上它。

像开始做一场梦似的，我和成千上万的同学一起登上了北去的列车。

这是我平生第一次到农村，火车一边前进，我一边想象着农村的景象……

从火车上下来，车站离公社还有几十公里的路程，公社派大汽车来接我们，然后各生产队再用马车把我们接到各个小队。

这时天色已晚，我们分几路急急忙忙跳上汽车。

汽车启动了，只见一群群蜻蜓离公路很低地飞行，使劲地扑棱着，翅膀是透明的。车灯太亮，蜻蜓向着亮光扑来，由于车速快，一只只小蜻蜓被撞死。它们都是头部先撞上的，车挡风玻璃发出了敲小鼓一样的声音。

它们的脑浆溅在玻璃上，虽然很少，但是一路上撞死的蜻蜓太多，玻璃上出现了黏液。司机打开了雨刷，挡风玻璃的最下角有个拳头般大小的洞，大概是还没来得及镶好，此时那些被撞死的蜻蜓都被刮了进来。

汽车风驰电掣般地向大队驶去，我们观赏着沿途的景色，都是从来没有见过的。此时正是秋季，无边的稻子像海涛一样起伏，一片连一片，一直伸向远处，看得我目瞪口呆。

远处有一种音乐，穿透力特别强，似钢琴在伴奏。那是被风吹打着的稻穗发出的声音，在茫茫田野上轰鸣。

城市和农村在亘古的交流中，彼此都有说不尽的亲近和陌生。庄稼一直延续着我们的生命，今天看见庄稼我们却又仿佛不认识它。

时间不算长，汽车就将我们投进田野的怀抱。

车上行李很多，除了捆扎起来的被褥，还有许多箱子，有的同学手里提着脸盆，像串亲戚似的。

我们忙着往下搬运东西，我手在忙乎，心里一刻也没有忘记那些蜻蜓。驾驶室的大门正敞着，我一步跨上去，把那些撞死的蜻蜓捡了出来，它们的翅膀还没有倒下，像些小飞机。

紧接着我们换上生产队的马车，时间不长，马车把我们拉进村里。

我端着盛有蜻蜓的脸盆往前走，一位大娘说：去扔给鸡吃了吧。

我没有。

一觉醒来，天早已亮了，我怀着新鲜感赶忙出去观看。

田野无限地宽广，天空比城市高许多，也比城市的蓝许多。我脚下的地方太大，一马平川，我都不知站在哪儿合适。此时，我心里一点儿秩序也没有，连走路和呼吸都不习惯。

我怎么与这里格格不入呢?

田边一大群孩子在捕蜻蜓，举着一根木杆，上面缝了一只大口袋，跑起来的时候口袋全张开。他们使劲地晃动，像举旗投降，动作熟练又整齐，老实的蜻蜓一只又一只被网住。

只一阵工夫，就网了小半袋，他们回来后撒进了院子。成群的小鸡纷纷跑过来，伸长了脖子美美地吃着，吃一只点一下头。

队长宣布，知青们休息两天，然后和社员们一起到地里干农活儿。

我们暂时被安排在社员家里居住，我们四个女生被安排在一起，大家开始整理自己的行李。

我看到她们把自己的衣服都带来了，一件一件，有衬衫，有碎花裤，还有花裙子……

我想起了父亲给我买的裙子，每天收工回来，要是能换上它该有多好啊。我想父亲了，父亲现在一定也在想我。我们家里有个望远镜，可惜路程太远，父亲望不到我。现在父亲一个人在家，我真牵挂他。

突然我又想起了那些小蜻蜓。

记得小学上自然课的时候，老师说许多动物死去风干以后可以做成标本。院里有个平顶西厢房，不太高，是放农具的地方，我爬上去，把拾到的几个死蜻蜓撒在上面，我要把它们晾干做成标本，带回去让父亲看一看。父亲很喜欢植物的标本，也一定喜欢蜻蜓。

当我再从屋里走出来的时候，只见天上一大群蜻蜓围着死去的同伴在盘旋，它们的翅膀都要触摸到死去的同伴身上了。它们在屋顶转着圈飞着，无休止地蔓延，连成了一大片透明的纱。

死去的蜻蜓太可怜了，它们竟是以这种方式结束了生命。生命的跑道很多，它们却遇上了一条最残酷的。

在有意和无意间，我在领略别样的景致，处处是清一色的平房，房顶都是平平的，四四方方。从这个村子往那个村子望去，中间是一片片黄澄澄的稻田，对面的村子远远看去，就像我小时候摆的积木。

稻田是巨大的，村庄显得很渺小，和庄稼相比，可以看出人的弱小。

一天过去了，看到社员们疲惫至极地收工回来，我心里真有些害怕。这样繁重的农活儿，我的身体能坚持下去吗？

我小时候就喜欢追求浪漫，这里的浪漫在哪里？我的坏情绪开始产生，但是藏在看不见的视线里。

向东、向南、向西、向北，哪儿都是稻田。稻子的味道极其芬芳，微风吹来，直扑我的鼻尖。

我开始给家里写信，我告诉父亲，这儿的景色真好看，让我大开眼界，我们吃的主食是大米，是我最爱吃的粮食，然后报了平安。信封是我走时从家里带来的牛皮纸信封，在里面我放了一枚稻穗，我告诉父亲，这枚稻穗就是浓缩的田野。

从第二天开始，我就要下地割稻子了，以后春天插秧，秋天收割，一年一年，周而复始。

麻雀在我的前面

有一次我去同事家闲聊，门铃响过许久，仍没有人开门。正当我要离去的时候，门开了。

我问他：干吗呢，这么久才开门？

他说：赎罪。

他蹑手蹑脚地让我跟他往里走，穿过客厅来到阳台，他让我往窗外瞧：

阳台上密密麻麻落了一地麻雀，再一细看，下面撒了许多小米、高粱、细碎的花生。靠边的地方摆有两只小瓷盆，里面盛满了清水。麻雀们一边使劲地吃着粮食，一边不时地伸长脖子饮水，像一群小木偶，蹦蹦跳跳。

同事告诉我说，一开始每天下午只有几只小麻雀落到他的阳台上，落落脚，舔舔羽毛，转身就飞走了。后来，来阳台歇息的麻雀渐渐多起来，只是不知道是不是那几只带来的，它们模样都一样，一点儿也看不出区别。说着说着，同事的情绪有了变化。

他说20世纪50年代曾发生过一场全民消灭“四害”的运动，麻雀是“四害”之一。只见山上处处张着网，凡是从山上飞过的麻雀一只也不能漏网，全部一网打尽。田野、山村、大街、小巷，人们敲锣打鼓，驱赶麻雀。鼓打破了，再拿出脸盆子、饭盒子、铁锅，一个劲地敲，不让麻雀落下地来。一只只小麻雀飞得疲劳至极，两只小翅膀都耷拉下来了，又无处觅食，又累又饿又渴，扑腾扑腾一只一只从空中掉下来。人们撑开袋子去接，把它们作为战利品。

他说那时他最积极，一根小绳上提着八只小脚丫，全是活捉来的。小脚丫被捆住了，翅膀还做着飞翔的姿势，向往着蓝天。就这样，他举着它们往学校跑，作为入团的筹码。

麻雀虽说平淡无奇，可它们也有着追逐太阳的梦。它们可能是从山顶上飞来的，也可能是从林子里飞来的，它们保持着求生的欲望，唱着美好的歌曲，但是最终全部被人消灭。

麻雀不记仇，否则不会往我家飞。他说。

麻雀属于恒温鸟类的一种，也有人说麻雀是动物界最后的烈女。麻雀把自己的生活和人类的生活紧密地联系在一起，这种属于雀形目文鸟科的小动物以谷物和昆虫为主要食物。

这位同事和我共事多年，我知道他这些天心里有着别样的滋味，所以当他发现了麻雀以后，急急忙忙开始为它们准备吃的、喝的。结果它们的队伍越来越大，每天下午的这个时候都来吃一顿。

看来麻雀也有生物钟。

天阴下来，一会儿下起了淅淅沥沥的小雨，麻雀吃饱了，扑棱棱向雨中飞去。

风雨中的麻雀像一个个不屈的小精灵，胸膛里蓄满了能量，要和雷雨展开较量。它们的拼搏确实让人佩服，它们经历了那场大屠杀，最后有的以顽强的毅力生存下来，一代一代地繁衍着子孙，直至今日。

我相信麻雀也有它们的感情，肯定为那些死去的同类哭泣过，痛苦的声音可想而知。

过了一段日子，我到东北出差，眼前出现的是平屋顶的房子。平房屋檐下晾着老玉米，路上有拖着玉米的老驴，就像黄胄笔下的一幅幅画。

有一天下午，我走过一片腐殖质土地，来到一个小饭店。我刚刚坐好，女老板给我端来了热茶，我告诉她我想吃这儿的特色菜。

过了一会儿，她端上来一盘吱吱响的用铁钎串着的烧烤，是一只只被剥光了毛正滴着油花的麻雀。

老板说是烧麻雀，饭店的特色菜。

只见一只只烧焦的麻雀眼睛里似乎还放射着火热的光，它们站成一排，被一支小铁钎从五脏穿过。我看得胆战心惊，好像立刻看到它们恐惧的样子、它们唱歌的样子、它们忙碌的样子、它们嘴对嘴喂孩子的样子……

老板说我没有口福，说宁吃飞禽一两，不吃走兽一斤。

这样做事，让人悲伤。

我身体像被许多杂草包围，心情沉重地走出小饭店。我同情那些可怜的小麻雀，在风风雨雨中，在酷暑寒冬里，它们的成长多么不容易。

都说人身上有人性之光，可是人性之光到底在哪里？如果没有，是什么毁灭了它们？

是什么使我如此伤感？是人性之光。我身上有这种光芒，我以诗人的名义说。

我急急忙忙寻找着下榻的地方。

一条路蜿蜒向前延伸，路旁没有大树，但见两排小树吮吸着阳光，笔直地向上长着，是那样挺拔。忽然我看见树枝上有几只麻雀在跳跃，它们给大地印上了美丽的花纹……

呼唤青蛙

前年的一个秋天，朋友说她老家的风景很漂亮，邀请我和她一道去玩几天，顺便去品尝她老家的好吃的。听了后我真高兴，回家后开始准备东西，想早一些出发。

朋友说光带点儿换洗的衣服就行了，不要带其他东西。她说老家富裕得很，什么都有，水果有十几种，都对我的口味。

下了火车我们才知道，那儿最近正经历着一场巨大的灾难，是史上从没有过的灾难，恰巧被我们遇上了。

当我们沿着小路走进村子，随意往左右田野望去，几乎望不到庄稼，见到的都是一片片遮天蔽日的蝗虫在飞舞。

它们多而密集，又一时不停地飞上飞下、飞东飞西，使人感觉田野都在晃动。它们弹跳力极好，有的像撑竿跳似的，从我们裤脚上跳过去、跳过来，个头大的能从我们的头顶上飞过去。我们只能抡起胳膊阻挡，这样，搅得视野模糊，心里烦乱透了。

它们像收割机似的，将大片大片嫩绿的庄稼叶片吃光，只剩下光秃秃的茎。那些可怜的茎随风摇摆着，有的上面还停留着一串串蝗虫，像在打秋千一样。庄稼地已经变成了蝗虫的家园，它们在那儿吃，在那儿睡，在那儿繁衍后代、安营扎寨。

我感到非常震惊，以往田野里飘荡出来的是庄稼清香的气味，现在蝗虫太多了，气息浑浊且四处蔓延。我走在田野的小径上，被团团围困，这样严重的污染怎可忽视？

我的广袤大地、我的万亩良田，忽然间怎么出现了这么多蝗虫？蝗虫飞舞，庄稼遭殃，正义的田野为什么让邪恶占领了？

蝗虫如此成灾，是天气干旱、水位下降、土壤变得比较坚实造成的。蝗虫的繁殖力极强，多的时候，每平方米能产四千至五千个卵块，每个卵块中有五十至八十粒卵，这样每平方米就有二十万至四十万粒卵。以这种速度递增，真是迅雷不及掩耳之势，繁殖能力超出了人们的想象。

消灭蝗虫，一是使用农药，另一个办法是找来它的天敌——青蛙。

青蛙都去了哪里？看着茫茫田野，我不由得想。

沿着青蛙的足迹我寻找下去，走进一家饭店的院子，我看到一只只活青蛙被装在一个大桶里。它们有的侧着身子，有的翻着肚子，一只压一只。

我还看到活蹦乱跳的青蛙被人按在菜板上，还是蹦跳的姿势，大腿就被人从身体上撕下来，淡绿色的，深褐色的，鹅黄色的……厨师把撕下来的大腿扑通扑通扔进大盆里，清洗一下，然后投进油锅。

远处的小径上，还有几个农民用扁担挑着木桶，正一溜小跑地往这边前进。木桶里装的全是青蛙，上面用铁丝网遮着，扎得很紧，许多青蛙的腿早已伸出了网眼却收不回去。

他们是出来卖青蛙的，二十元钱一斤，青蛙都是现抓的。

青蛙是两栖动物，每年春季都能看到一对对青蛙在做着入洞房的事情。经过一段时间的孕育，初夏产卵的时候它们来到水田，产下一团团透明的软体东西，类似海蜇。过几天，每个卵里都有密密匝匝的小黑点，那就是胚胎。然后再经过很长过程，小黑点孵化成蝌蚪，最后演变成青蛙。

青蛙的祖先在哪里？在老槐树洞里？在水塘最底处？它们有的长得水水灵灵，我欣赏；有的长得皱皱巴巴，我同情。不能从外表去评论它们，我们应当用真心，把爱传递出去。

不管是刚刚诞生的，还是风烛残年的，它们都一样疯狂地吃着蝗虫，尤其是那一声声清脆的叫声，对害虫绝对是一种震慑。

我回忆起当年当知青插队的地方，至今还清晰地记得，那个地方多是水田，青蛙特别多。哗啦啦的小雨过后，田埂上撒满了小青蛙，我们更加不好下脚走路。有一次我不小心踩死了一只，自己难过了一个晚上，后来每当走到田埂上，我都会想起曾经的那一脚。

田埂上还有一对对大眼睛，那是它们的父母。它们的父母身上干净无尘，背上花纹很多，东看看西看看，隆起的大眼睛分外灵活。

捕捉昆虫是青蛙的最大兴趣，吃掉它，对于青蛙来说不需费多大的力气，这是它天生的本领。大眼睛青蛙的美食便是昆虫。

它们真是人类的朋友，人类最小的朋友，它们同样值得珍惜和爱。

人家蜻蜓会点水，青蛙只会跳，花样少了点儿，但是吃蝗虫的技术很全面。

青蛙吃蝗虫时没有声音，它们可以一连吃下好几只，然后还要呱呱呱地叫，犹如在唱一首抒情的歌。它们是群居小动物，一个家族就有千百只，可以占据一个池塘。

它们之间相处得很好，无数只青蛙在一起，很少有撕扯、打斗的时候。有时被困在一个水泡子里，一旦遇到新的水域，它们就会飞快地跳进去，一起欢腾起来，一起跳跃起来，真像一群孩子。无论旱地还是水田，每一种生活对于它们都是美好的。

真喜欢它们的快乐，这些快乐在每一秒里都在发生，那么有意思。它们白白的小胸脯，托着肥肥的脊背，身体与身体糅合在一起，谁也不背叛谁。

有了青蛙，田间很热闹，少了它，田间便清寂了，泥土是空的，水塘里也没有生机，空旷的田野一点儿回声也没有，风吹拂着我们的脸颊，嘴唇被卷得干涩起来。

每到冬天，它们就跳到早已觅好的地方，安安静静地去睡觉了。地上一片轰轰隆隆，地下一片安安静静。它们肯定认为大地是最温暖的怀抱，它们相亲相爱地睡着。

我曾经看过一部动画片，名字叫《小蝌蚪找妈妈》，它详尽地演绎了蝌蚪变成青蛙的成长过程。

它们与散文无关，与诗歌无关，但是我还是想写一写。

青蛙的生活和人类一样，包含了所有的内容。它们历经大自然的进化，生活中战胜各种困难。大雨倾盆，它们躲过去了；雷电轰鸣，它们躲过去了，可是，上帝赐给它们的生命，最后却空欢喜一场——它们没有逃出人类的手掌。人类的手掌真是太大了，对于它们，真是一手遮天。人们残忍地扼杀了“正义”，让“正义”遭受了灾难，蝗虫才有机可乘，欺负到丰收在望的庄稼头上。

今天，蝗虫严重侵犯了人类的利益，掠夺了我们的粮食，人们才想到青蛙。如果不发生这些，谁去关心青蛙的处境和生命？我想站在田埂上呼唤它们，可是到哪儿去听它们的应答？看似与自己没有关系的，其实都有关系，人类必须记住这一点。

我们都承受着生命的活力，为幸福奔波从未歇息，从没停止。每日里，我们在劳作，在赞美一场雪，在赞美一朵小野花，喜欢的事情，我们随心所欲地去做，这样的权利是否能还给青蛙？

半天时间过去了，我的影子俯伏在大树底下，大树的影子把我的影子缩小，放大了知了的影子。知了只用一个音符唱歌，却唱个不停，如果再有青蛙清脆的歌声，田野该有多么美妙。我原地不动，在听着。

后来我又在别处见到青蛙，总觉得它们的眼中挂满悲伤，一串串，晶莹剔透。

在船上

陆海空三个领域的交通工具，我最喜欢乘海上的交通工具——轮船。

坐在上面，视线无限开阔，悠悠大海、洁白的浪花，首先给人带来极佳的心情。如果留心每一个人的表情，无论大人孩子，都极为得意。尤其是当轮船驶出港口那一刻，旅客们跑到甲板上挥手和亲人告别，那真是一片沸腾。

船舱实际上有些像房屋，甲板有些像阳台。在舱里待烦了，可以随时到甲板上走一走，看看诗人们笔下的大海，看看一群群自由自在的海鸥，顿时会感觉海洋的美丽是无与伦比的。这些在火车或是在飞机上都是无法得到的。

好多年以前，有一次我去上海，乘的是当时比较大的一条客轮。

驶出港口不长时间，已到中午，大家来到餐厅用餐。紧挨着餐厅的右边有一个特殊窗口，是专为回族旅客服务的。我不是回民，但是我不吃肉，每次乘船都能得到照顾，就像在家里一样。

那时候船舱里没有电视，大家各自在自己的位置看书或是看报，有的两三人在一起聊天。下午，广播里传出女播音员亲切的声音：请大家到餐厅，那里将要举行文艺活动。旅客们根据自己的特长，表演节目，解除疲惫，增加了旅途的快乐。

早晨上船的时候，我发现几位与众不同的中年人，有男有女，他们每人穿着款式漂亮的风衣，站在码头，望着雄伟壮观的大连港，在议论什么。

此时，他们正坐在我的对面，只见他们低声议论了一阵，然后落落大方地和旅客一起来到餐厅。

女播音员兴致勃勃地告诉大家：长春电影制片厂的几位配音演员今天也与我们同乘一条轮船，现在请他们为我们表演外国影片配音片段。

大家当时愣了，稍后，轮船上发出了暴风雨般的掌声，把大海搅得晃荡起来，海浪把轮船高高地抬起来。

看着他们精彩的表演，我眼前出现了那些外国电影的画面，耳边响起了贴切的配音。我特别喜欢长春电影制片厂配音演员向隽殊的声音，她的声音仿佛又在我耳边响起：《蝴蝶梦》里德文特夫人的声音、《流浪者》里丽达的声音、《复活》里玛丝洛娃的声音……这些声音无雕琢痕迹，优美甜润，吐字清晰准确，语调变化自如，她是一位多么好的配音演员！她的声音忽而似名门闺秀，忽而似贫家妇女；可以稚嫩得充满奶味，也可以刚劲得如金石碰击；有时像涓涓清泉在岩石间叮咚流淌，有时像狂风在山野中呼啸。对于形形色色的人物，她能运用变化多端的声音，栩栩如生地表现出来。

表演结束以后，开始播放音乐，工作人员让大家共同起舞。播放的音乐大都与大海有关，在大海上播放描写大海的音乐，真是再恰如其分不过，大海在欢快地听着呢。随着波涛的起伏，我们的步子就像踩在浪花上，这场舞会太让人难忘。

返回船舱后，我真盼望轮船快些开，快些到达目的地，我要告诉接我的朋友，在船上我遇到了在梦里都不会梦到的喜事。

我如此地喜爱配音演员是有缘由的，因为我曾经的理想就是这个。我曾经对着录音机千百次地模仿他们的声音，可惜后来愿望终究没有实现。

轮船航行在天海之间，船上的欢声笑语早已传到甲板上。

日子过得很快，时间像泉水一样流着，转眼许多年过去了。有一年我去长春参加笔会，忽然想到长春电影制片厂，忽然想到向隽殊。

我走在宽敞的斯大林大街上，向隽殊那甜美的声音一遍又一遍在我耳边响起。她千变万化的声音曾倾倒了多少人，我曾经最想采访的人物就是她，我要把她迷人的声音变成文字，变成诗。这是一个最值得写的声音，最值得写的人。

可惜老人已经去世，我的心愿永远也不能实现，如果我早一些去采访她该有多好。我愿意相信，长春电影制片厂的录音棚至今还有她的回声。

从岸上往码头望去，海面上有无数条路，是为轮船铺就的。每天进进出出的客船很多，让人数也数不过来，轮船航行过去以后，浪花再把它覆盖上，周而复始，大海每天忙碌着。最近还增加了许多新航线，增加了许多豪华客轮，正如大家所看到的那样，我们的航海事业发展得很快。

后来我又乘坐了几次轮船，那种震撼人心的场面越来越少，以至于后来慢慢地消失了。

回老家

回了一趟老家，老家在山东的南边，名字叫海阳。

在我六岁以前，四位隔辈老人已相继去世。他们没有给我留下印象，因为我是在大连出生的，父母回去看望老人的时候，仅带过我一次，我那时还小。

没有一个亲人，也想回老家看看，不是看新奇，因为父亲的童年在那边。（现在我的父母早已经去世。）

来到老家，果然，没有一个人认识我。本来是想多住几天的，想搜集一些有关父亲童年的故事，可是我到哪里住呢？

父亲出生在一个殷实的家庭，这样的家庭必定有房子，我一边这么想着，一边走进了村子。打听了几个人，一提到父亲的名字，年龄大一些的老人还有点儿印象。因为父亲在老家的时间很短，他们告诉我，南边那些房子就是我爷爷的家。

啊，这就是父亲的老宅。

像观赏一排古槐，我一点点从顶尖望到根底。房子上长满了茅草，屋檐上搭着密实的蜘蛛网，一座房子与另一座房子的交界处，有半个手指那么粗的缝隙，屋檐下的房门和窗户都已经下沉。

一阵微风吹过来，我突然感觉飘出了祖宗身上的气味，汗渍味？苦茶味？衬衣味？那气息越来越浓，把我团团包围。

我不敢欣赏屋顶上面的长草，每一根都像祖先在舞蹈，滴着白色的汗花、粉色的血珠。

我家的房子摇摇欲坠就要倒了，这一见反而让我不安起来。

在我的记忆里，父亲曾多次和我提起过，说我们家有一口井，井里的水清凉甘甜。我向一位老人打听，老人告诉我，屋后那口井就是。

我在井边蹲下，像抚摸玉石那样抚摸井台，每一块砖石都那么亲切。

我们家曾有几代人使用过这井水？小小的井口显得如此单薄，现在已经空了。父亲说井水是甜的，父亲是喝它长大的，我的祖辈们也是喝它长大的，只可惜我没有品尝到。

如今井里连一滴水也没有，我知道它已是废井。世间万物均有情有义，没有主人的水井仿佛还盛着主人的体温，变成蜗牛蜷在那儿。

我突然想，其实最该祭拜的地方应是祖宗的墓地。

我再一次向老人们打听，他们认真地告诉我，沿着这条窄窄的路走到底，就是。

这是一片鸦雀无声的地方，大部分石碑上的名字都姓任，自古姓任的是一家。我的目光在每一座坟前停顿、照射，然后采摘了一束野黄花，放在刻有我爷爷名字的碑前。

我的老家也遭遇过苦难，荒草没膝的年月谁都不会忘记。如今，不愁吃不愁穿，人们追求的好日子早已经来到，幸福映着山水，可我的祖先却在这里长眠，一切变化他们都没有见到，让人遗憾。

这真是一块风水宝地，前面有山，山的外面还有一座更大的山把它包裹着，地理位置真像一把巨大的太师椅卧在那里。寂静、肃穆，逝去的先祖们都安息在这里。

在老家，分分秒秒觉得脚下的土地在走，从祖先那辈子走到现在，我的思绪也在走，一分钟也没有停止。黄昏，夕阳以最后一抹光辉移过我的额头，我见到了这里的颜色，和我想象的一样。

还是不愿相信，这就是老家吗？没有亲人的老家真像青黄不接的季节，苦情苦感只能深藏。

回头时我看到南坡的桃树枝上还挂着几朵花，眼看就要谢了，它们明年还会开的。我明年还会来吗？如果我来，还会看老家的房子？还是老家的井？其实都不是，我是来寻找父亲童年时留下的脚印，可惜已被岁月的风沙埋没了。好在我看到现在的东西，得与失，无法兼得。

这次回家访祖，心情一直是激动的。情在何处能停下呢？一切都留在我的视线里，凡是看到的，都让我平静不了。我叫不出任何一个老乡的名字，假如我能认出他们，知道他们是谁，我想那时，我的心情才会平静。

没有亲人的老家，闭上眼睛，一切都在眼前：留着锯齿发型的小孩、晾衣服的柴堆、门边的瓦罐，还有老家的天空、老家的星星……

通往老家的路不远，我却走了几十年。这一走，晴朗了我心的天空，老家的模样呈现在我眼前，简朴的房门，里面住着简朴的人家。真好，以后我的好故事就有了开头。

我倾心的老家啊，至今，每晚在电视里看天气预报时，目光总是在山东老家停下，看看老家的那片云是否有雨，是否有风，是否有灾有难。老家的生活就是我的生活，无论我走多远，老家已凝固在我的血液里。

诗人的名片

第六届国际华文诗人笔会是在大连召开的。

大连风光旖旎，山水清秀，把诗人们吸引来了。来的诗人当中，绝大部分以前只闻作品，没见其人。比如《白毛女》的作者贺敬之、《苦恋》的作者白桦、俄国诗歌翻译家刘湛秋……共百余诗人汇聚一起，横吹百支长笛，声声气韵流动，委婉动听。

那个时候，大家一见面先双手捧上名片，一方面做自我介绍，另一方面留下联络方式，然后各自认真地收好。

笔会日程安排得井井有条，每日上午浏览城市风光，下午诗歌研讨。

转眼一周的时间愉快地结束了，又到了分手的时候，国外的诗人将千里万里地飞行在蓝天上，国内的诗人也将在山水间走很长的路程，唯有我停留在大连，因为这儿就是我的家乡。

我开始细细翻阅诗人们送我的每一本诗集和每一张名片。

我发觉每一张名片都印得很有意思，它们都是以工作为主，像为公司做广告似的，小小名片楚楚动人。现在我就选一部分把它们写出来。

有一张上面印的是波光粼粼的江面，许多事情都极平静地淡化在江水中，把诗人喜好大自然及豁达的胸怀微妙地体现出来。那是位搞诗歌评论的诗人，江面上名字与电话号码在起伏。

还有一张是褐色的，名字当作一块黑板，黑板上画着台湾一所美丽的学校，并清清楚楚地写着师资力量是具影响力的、受人瞩目的，中间部分是学校的电话号码，再往下是诗人的名字。

再一张更好看，一位年近七十岁的英国女诗人，上面却写着“清远市人民政府顾问”。因为许多年前她是从清远去英国的，虽然早已加入英国籍，但至今她还关心着清远和那儿的人们。

还有一张新西兰女诗人的名片也让人难忘，不是难忘主人，而是难忘主人那份美丽的工作：一支麦克风周围，一圈一圈的电波在放射。诗人是一位华语播音员。

还有一位很有影响的诗人没有名片，他手里握着一个精美的小活页笔记本，总是亲自写上自己的名字和联络方式，十分亲切。这是大家最喜欢的名片。

我又想到有一年我在报纸上读到的一篇文章，说是邵燕祥的名片最简单，中间只有五个字：诗人邵燕祥。不知为什么，虽然我至今没有见到那张名片，那张名片却总在我面前出现。

诗人们对官衔和曾经拥有的头衔好像不在意，一个个一副“悠然见南山”的模样，幽默倒是不少。有一年在一座小城举办笔会，外出游览时遇到一条小河，当时天气有些凉，蒙古族诗人查干的爱人正身体不适。这时查干走过来，弯下腰背起爱人，对岸的一些人看到这个场景，纷纷举起相机。几日以后，几家报纸刊登了这幅照片，并配有文字：查干背媳妇。一位诗人悄悄告诉我说，要是把这张照片印到名片上该有多好，一下子介绍两个人。

现在的名片越设计越美，颜色也多种多样，有的精致得像漂亮的小书签。但不管怎么说，它就是一个自我介绍加上联系地址，至于主人们的作品，你慢慢去品味吧。

有泰山挑夫的地方，有诗人；有日落纤夫肩头的地方，有诗人；有大海沧桑巨变的时候，有诗人；有江河呼啸奔涌的时候，有诗人……诗人啊，总是多情与激情共存。

他们的诗写得非常好，有的被翻译到国外，感动着那里的人民，震撼着人心，有的从 20 世纪流传至今，他们是了不起的诗人。

最近闲下来的时候，我随手翻起了这些多年以前的名片，涌起了环环相连的思绪。

狼

都说狼的眼睛放射出来的是绿光，因为它想攻击人类，所以射出了两道愤怒的光束。

其实不然，那是因为它害怕人类对它的捕杀，放射出来的是警惕之光。它们庞大的野性多是被体内的温情所占，它们是靠情感来滋养生活的动物。

首先得说一个真实的记录：

20世纪60年代，有一天三个猎人在美丽的额仑草原上骑着马追赶两只溃败的狼，三天里野狼一直和他们捉迷藏一样地时隐时现。由于母狼前腿有伤，猎人们终于在一道高高的山脊上撵上这对狼夫妻。眼看包围圈渐渐接近，公狼突然撇下母狼跑开了，它打算引开猎人！

猎人们一迟疑，母狼钻进一个最近的山洞，而公狼冲到断崖顶部，以一副视死如归、大义凛然的样子逼视着猎人。

就在猎人们举起猎枪扣动扳机的同时，公狼转身跳下了悬崖。之后，猎人们在那个洞口架起了柴草，点火熏烟。

母狼知道公狼已死，扒塌了洞穴，埋葬了自己。在这一天晚上，跳崖的公狼醒了，它受了重伤，开始艰难地爬行。

几天后，有人在山脊上发现了一只公狼，狼已经死去。死去的公狼很轻很轻，它爬到山脊，这段路耗尽了它身体里的鲜血，人们可以顺着一路的血迹清晰找到公狼的爬行路线。

公狼死了，它身体正下方的沙土中长眠的是自杀的母狼。没有人知道它是如何准确地找到土层下母狼葬身的地方，没有人知道它是以怎样的毅力爬上山脊的。只是必须承认：狼群中间同样有震撼天地的爱情。

实际上狼的感情丰富多样，可是却常常被人类折磨得黯然神伤。它们喜欢群居，那是一支紧绷着脊背过活的队伍，因为它们一露面，总会遭到追杀。万物都是为爱来到世上的，也为它们预留出山冈和森林吧，别让这个群体衰退，一只一只死去。让我们一起简单地生活在阳光下，这样多么和谐。

前几日我在电视里看到这样一段纪实报道：

一位长发飘飘的女画家在草原采风，捡到一只“小狗崽”。后来她把它带回了城，和它每天在一起生活。渐渐地，“小狗崽”露出了狼的本性——护食。

女画家第二次进草原采风的时候，又把它带回草原。她搭了一个帐篷，“小狗崽”早上出去晚上必定回来，中午还要回来看一下，后来感情越来越深。再一次返回城里的时候，画家又一次把它带了回来。可是它的破坏性一天天加大，无奈，第三次去草原的时候，她还是把它带过去了。她要让它去那里生活，永远不再带回来。

结果几天以后，画家生病了，她趁机把窗户关得紧紧的，狼扒也扒不开，便跑走了。不知过了多长时间，画家迷迷登登中听到嗵的一声，只见一只鹿腿从窗外扔了进来。画家感慨万千，狼是最护食的动物，现在把自己的食物给了她，它懂得知恩图报。以后每到草原，只要她一声呼唤，狼便飞也似的向她奔来。

还有一个真实的故事，这个故事发生在西藏：

一个假日，几位解放军战士去野地里采摘雪莲。行前，他们做了充分准备，水壶、干粮、药品，一应俱全。哪知转悠了一上午，也没发现雪莲的影子，几个人很是扫兴。

正准备返回时，忽然在前面发现了一只小狼。这只小狼的腿不知为何受了伤，走起路来一瘸一拐。小狼也发现了他们，想跑，但心有余而力不足。

几位军人没想到竟然逮到一只狼，特别兴奋，一位战士当即拿出随身携带的急救包，为小狼细心地包扎。刚把这个不够专业的活儿干完，远远地就跑来一只老狼，不用说，它是来找孩子的。

几位战士刹那间没了主意，救小狼竟然把老狼招来了。老狼看见孩子在别人手里，一定会拼命的。战士虽然不怕死，但也绝不会白白送死，他们赶紧将小狼放了，然后若无其事地赶路。

老狼将自己的孩子收到身边，并未立即投入战斗，而是不紧不慢地尾随着他们。几位战士想，老狼肯定是在选择下手的时机，反正我们有好几个人，对付一只狼不在话下。于是就保持着高度警惕，做好了与狼进行恶战的准备。

然而老狼迟迟不下手，一直与他们保持不远不近的距离，弄得几位战士更加忐忑。当走到一处悬崖的时候，他们发现了一棵硕大的雪莲。他们是为寻找雪莲出来的，这时却没有一点儿要去摘那棵雪莲的心思，老狼在后面盯着呢！况且，那雪莲长的地方太陡峭，根本上不去。正想着，只见那只老狼一个飞跃，众人还没缓过神来，老狼已经将那雪莲叼在嘴里。老狼将雪莲往地上一放，带着孩子往回走了。

狼走过的地方，总有人警惕，或在花开花落的山坡上挖陷阱，或在高高的山冈上设屏障。当它们迎着风俯冲下来的时候，遭遇的境况往往是鲜血淋淋，人们就是这样带有偏见地杀戮它们。

狼的生命一般在十二至十六年之间，它们喜欢追猎冲刺。如果是长跑，它们的速度会超过猎豹。它们智力很高，用气息和叫声相互沟通着、倾诉着。

狼是群居动物中最有秩序、最团结的族群。它们出去狩猎，最常用的一种方法是单列行进，一匹挨一匹。领头狼的体力消耗最大，作为开路者，无论前面是荆棘丛林，还是悬崖峭壁，它都率先开出一条小路，以便后面的狼保持体力。当后面的狼追上时，头狼已经精疲力竭，它们是最无私的动物。

今日，维吾尔族人仍将狼作为勇敢无畏的象征，生了儿子往往说生了一匹狼。

去触摸它们的心灵吧，去体会它们低垂的眼神吧，它们或许从来就没想过伤害人类。假如有一天你遇到了它们，可以离开，可以静默，但是轻易不要伤害它们，让它们放松地活在世上。

不要忽视这几个真实的故事，在苍茫原野上狼已经越来越少，它们的眼睛里放射出来的是求生的欲望之光，它们在以真情感动我们。

第五辑　难忘的朋友

忘年交

在老房子住的时候，我有一位老朋友，比我年长许多。

有一种人永远属于青春型体态，到老了身材也不胖，拥有结实的骨骼，走路挺着脊梁，举止也利落，潇洒一生。

有一种人属于龙钟型，五十岁左右走路便开始放慢了步子，一步一挪的，好像真是年岁大了，举止也开始颤颤巍巍，喜欢积攒一些废旧东西。

我的这位老朋友是属于后一种类型的。有一回正下着雨，他到我家，先把雨伞收紧，用一只手贴着墙边送进来，雨水沿着伞尖流出了一条小溪，他人还没有进来。

小时候我并没有注意他，只知道他姓邵，经常见到他和我父母打招呼。

“文革”那阵，父母被造反派抓走，家中只剩下我一个人。紧接着冬天来临，家里没有暖气，又没有其他人，所以比别人家要寒冷许多。

那时我上小学二三年级。“文革”期间，从小学一直到大学全部停课，高年级的学生在学校参加运动，我们低年级的小学生整天待在家里。

家中太冷，我想找个炉子生火取暖。楼下有一堆煤，我知道它必须和黄泥和到一起才能燃烧，否则就散了。

楼梯口有一小堆黄泥，原来是湿的，天冷之后它冻成了一个冰坨。我用小铁铲一点一点往下铲，所铲之处便出了冰碴，铲一下一个白点。这时候对面一楼窗户上有一个老人在喊我，我一回头，看到他手里端着一个小脸盆，里面盛着一盆黄泥。我高兴地奔过去接过盆子，将泥盆倚在肚子上端回了家。

后来我投奔了一个远房亲戚，我不习惯那边的生活，再加上是乡下，一切东西都是我从没见过的，一切的陌生像一张大网笼罩着我，四肢都很难自由伸展。我忽然变成一个看得见的盲人，强烈的痛苦在我心上翻滚，我十分想家。

那一年夏季，远房亲戚一家人在河滩上割了许多芦苇，几天后晾干了，他们坐在院子里一堆一堆地开始捆绑，也抱给了我一大堆，让我快点儿捆。

看到别人捆芦苇很轻巧，可是到了我手里，裂开的芦苇像刀片，一上午我的十个手指被划了数不清的小口子。中午吃饭时，我看到手心手背上一层密密麻麻的小血口，数也数不过来，只好用右手虎口处夹着筷子，再疼痛我也忍着。

亲戚说：你看你，还能干点儿什么？我说吃完饭我继续捆，不疼。

有一天亲戚从田里回来，在我面前举起了一封信，说是大连来的。我一愣，忽然间感觉一轮明晃晃的阳光从面前升起，那个信封照得我眼睛直流泪。我两手捧起来，信封下面的地址是我们家，可是笔迹不是我父亲的。

我急急忙忙拆开信，先看落笔人是谁。啊，是我们家对楼那位送我黄泥的老人。他说我家中近来没有发生什么事情，房子有大锁看着呢，并让我安心在亲戚家住着，要我天天都过得好。信写得朴素又笨拙，不像用笔写的，像用小石头一块块垒起来的，每一块都震动着我。

我回想起来，临去亲戚家的头一天晚上，我把这件事告诉了老人，老人也问了那地方的详细地址。他把我写的地址放在心上了，他还在挂念着我！

我把信装在衣兜里，时不时拿出来看几眼，这封信给了我无穷的力量和安慰。

我在一天一天的盼望中，走过了两年的时光，那两年，就像两个世纪。

终于我又回到了大连，回到了我的家，因为父母已经回来了。我们像过去那样欢聚一堂，三个人的泪水汇聚在一起，是一条汹涌澎湃的江！

当晚，父母去看望了对楼的老人。一周后，父母又乘船和火车，去农村看望了照顾过我的亲戚。

在那场运动中，我的父母也无故遭受迫害。父亲是那样地热爱祖国、热爱党，却被抓走要交代罪行。母亲是受父亲牵连的，她始终在爱着父亲，在保护着父亲。

我们开始过上了一家人在一起的生活，大家心情好多了。我们有个约定：从今往后，再也不分离。

可是父亲违约了，没过多长时间他得病了，去查，已是晚期。

一瞬间我陷进了黑暗，除了跑医院以外，就是四处打听治病的偏方。一日，一位同事告诉我，用蟾蜍的蟾酥可以治疗，可以使病灶化小。

这种两栖动物只有农村有，可我住在城里上哪儿去找呢？我心急如焚，第一个想到的是对楼的老人。

老人说他有一位亲戚在农村，一定会帮我弄到。

过了几日，老人又在窗户边向我招手，我跑到楼下时，他递给了我一个纸盒。刚一打开盒盖，一排隆起的大眼睛在望着我。啊，是大蟾蜍，我把纸盒搂住，心是那样地释然。

刚迈进二楼的大门，纸盒一下翻倒，它们全部蹦出来了。我不敢用手抓，急忙甩出一条条毛巾盖在它们身上，结果蟾蜍们披着毛巾跳来跳去。

一切都来得太晚太晚了，就是灵丹妙药也挽救不了父亲的生命。一个温暖的身躯倒在那个贴近冰雪的大地上，月光从他的头顶照到脚踝，一点一点移走了……

我回想着，那位老人曾送我一盆黄泥，曾送我一封类似于杜甫“烽火连三月，家书抵万金”的书信，还有治病用的蟾蜍。那是一盆金子，一片亲情，一服良药，我的一生，不能忘记这个老人。

老人的老伴早已去世，后来女儿又去了国外。他一方面牵挂她们，另一方面自己也很孤单。我有空了，就去看望老人。

我最担心的是狂风暴雨天气，总怕老人没有提前准备好生活必需的东西，我注意收听天气预报，这也是一个原因。老人曾帮我渡过最深的水，我一定扶他走最浅的岸。

多少年过去了，老人已经作古，墓地是我帮助他女儿选的，前面是大海，后面是青山，风景不错，我的父母也长眠在那里，还是邻居。

无论是在那场持续十年的“文革”艰难路程上，还是在无人得以依赖的生活中，我遇到过许多这样善良、普通、不记得名字的人。正是在这些人的力量感召下，我看到了社会和中国的亮点。

我的老师方冰

在文学院读书的时候，方冰是我的指导老师。他带了两个学生，另一名是个男生。当初选择老师的时候，我最盼望的就是学校安排他来指导我，一方面他有一定的名气，这点我看重；另一方面，他为人很耿直，直截了当，这一点我也看重。还有关键的一点：他是个真正的诗人。

他说他也喜欢收我这个学生，因为我好学，也有灵气。

方冰生于1914年，抗战时期赴延安。1938年冬，到华北晋察冀边区打了七年游击战争。抗战胜利后到东北，写出了大量的诗歌作品。

我和老师都写诗，他是前辈，我是晚辈；他是大江，我是小溪。我们常常在一起诗意地小憩，谈着唐风宋雨的感伤，各自唱着内心的歌。

他送我的第一本诗集是《大海的心》，其实写的不只是大海。我说这个名字非常好，是那般辽阔，接到手里，首先就觉得有分量。

那里面有一辑专门是写晋察冀地区曾经一起抗日的同志的，情感真挚，句句震撼人心。

他说：人老了，经历的事情多了，回忆也就多了。近几年，总是怀念起抗日战争时期我们共同战斗在一起、为了祖国的解放事业献出了年轻生命的老战友，其中史轮、陈辉、任霄他们也是诗人，如果活着，我们还能在一起写诗。

老师常常到教室来看我，木门的玻璃上先是出现一顶灰色宽格帽子，然后升上来一双温和的眼睛，眼球有些“龙钟”，但是没有被世俗的东西污染。

我说老师的眼睛从眼球看古香古色，他说我只说对了一半，没有香。老师比我年长几十岁，但是我们之间并没有太深的代沟。

有一天老师手里拿了一摞诗稿，大约有十几首，他递给我看，是他近一段时间写的。我看着看着，全身的血液在沸腾，诗人在说真话呢。他没有隔离红尘，红尘三千丈，他的感情三千丈。

过了一会儿，他说这是退稿，他的眼神是那样地迷茫。我明白老师的心理，我也知道这些诗歌的分量和退回的原因。

老师是一位延安时期的诗人，那时他同丁玲等同志一起创作，奋笔疾书，那首著名的《歌唱二小放牛郎》的歌词就是他在那个时期写的。那是一个真实的故事，长久地让他的心滴血。

老师把它写成一首歌词，李劫夫同志谱的曲，他说诗人要永远为人民鼓与呼。是啊，由此那首歌才得以永生。记得我在上小学的时候，音乐老师还教过我们这首歌，学校文艺会演时，我们又加上了表演，还得过奖。

老师一生刚正不阿，无论在什么情况下，从来不迷失自己。他身上有一种摧不垮的品质：豁则如海，孤则如山，他以正直的姿态站立在人间。

他是一个细心的老人，有一年秋天，因为牙疼，我一连两天没去上课，我躺在寝室里坐也不是，站也不是，简直被痛苦包围了。为了转移注意力，下午，我吃了两粒止痛药，到外面看电影去了。

晚上回到寝室时，我发现床上有一瓶牙齿止痛药水，使用的方法很简单，疼的时候含一口在嘴里，漱一漱口即能止痛。我当时没有猜想是谁送的，我断定是方冰老师。

他出生在中华大地觉醒的时代，他的许多诗有着历史的记载和历史的呼声，风起云涌的浪涛将它们铸造，由此他的诗格外有厚重感。到了晚年，尽管老师外表看起来还硬朗，但毕竟不能逃脱人生的自然规律，频繁的社会活动使他身体极为疲惫，可是他仍然坚持着，无论多远的路程，只要请他，他从来没有让人家失望（那个年代，无论到哪儿讲课，无论参加什么活动，都是不付报酬的）。

有一次我陪老师到一所大学去讲课，本来安排的时间是上午九点至十一点，没想到学校出了一点儿差错，时间推迟了一个小时。

学校当时特别紧张，担心浪费了老师的宝贵时间，再一点，害怕他会生气，把讲课推掉。

其实我的老师非常善解人意、和蔼可敬，也很大度，他半句抱怨的话也没有，让大家提着的心很快放下了，学生们都很感动，气氛特别好。

课讲完以后，学生们又传上来许多小纸条，老师每一个都加以回答，时间又拖了将近半个小时。老师同大家一起说啊，笑啊，像年轻了好多岁，那种谦和让人起敬。

他有一个记笔记的习惯，一个小本子，扉页别一支钢笔，随身装在衣兜里，想到和遇到一些零零碎碎的事情，都一一记录下来。老师说这样在写作的时候省不少力，因为当时的激情和事后回忆的激情是有区别的。这虽然和“马上得之”的典故大相径庭，但是就字面而言，确实是马上得之。

老师不是一副孱弱书生的模样，他既有丰富的内涵，又有精力充沛的外在，两者兼得，他享受着人生。

老师排斥世俗的东西，也排斥以物质为主的一系列东西。他常常念叨庄子的话：“丧己于物、失性于俗者，谓之倒置之民。”就是在提醒自己，如果把自己的性情流失在世俗之中，人的本质也就颠倒了。

他是一个智慧之人，带给别人的也是智慧，绝不是小技巧。

没有任何一篇作品能衡量他，怕也无法衡量。现在我以简单的方式怀念老师，因为他的诗文和人生都在平淡里。

老师曾经说他经历了一段那么难堪的、意想不到的、噩梦般的岁月，使他的感情受到极大的伤害，在他的心灵上留下了深深的痛苦的烙印。

对于诗歌，对于文学事业，老师倾献精诚。他富有个性的讲话，是那样感染我们的心境，每一句话都是无我的。他的灵魂干干净净，他光明磊落的人品，美丽了人生，他仍旧走在今天诗人的队列中。

岁月匆匆，转眼几度春秋，毕业后我又回到了我的城市。我从来没有忘记老师，有时遇到一些事情，经常联想到他。

几年后的一个冬天，外面大雪飞扬，天地间一片苍茫，那是入冬以来最冷的一天。忽然门铃响了，我当时只想到是邮递员送信来了，可是当我推开门以后，在风雪中站立的竟是我的老师。还是那种江水一样的眼睛，滔滔无边。我赶忙找来毛巾，给老人拂去身上的雪花，有时雪花掉进衣领里，他像小孩似的一下一下缩着脖子。此时泪花在我眼眶里盈盈荡漾，老师多像我的父亲啊。

如今，老师早已去世，但他以正直的人格站立在文学的百花园里，成为我诗歌里永远的意境。我在写这篇文章的时候，他的诗集《大海的心》就放在我的书桌上，我和老师的合影，也贴在我的博客里。

我写散文是近几年的事，过去我一直写诗。“写诗的人写散文一定能写好”，这是他曾经说过的话，现在我多么想听一听他对我散文的评价及指教啊！

我知道最大的情感就是最大的内容，这是我们过去常谈的话题，只是话语还在人不在，让我空发感慨。

他的一些话语，很难让我忘记：我热爱我亲爱的祖国，我热爱我伟大的人民，我热爱我光荣的党，我对他们寄予满腔的热忱与最美好的祝愿，哪怕有一点儿失误之处，也好像滚油滴在我的心上！

小美国佬

一

表妹要从美国回来，接到电话以后我心中十分高兴。表妹是2000年初出去的，是为了她的男友出去的，是为了爱出去的。当时她的男友正在美国读博士，出去时间不长结了婚，转眼已经这么多年。婚后他们有了一个儿子，如今已经六岁。

我只是有一次在梦中见过他，他长得像表妹，白白的皮肤，笔直的鼻梁。表妹至今还是中国公民，而儿子一出生，就变成美国公民，美国很容易接纳婴儿。

一走下飞机，表妹告诉我，她这次回来的主要目的是参加小姑子的婚礼，小姑子都三十岁了，婚礼打算办得热闹一些，他们的父母都是哈尔滨人，婚礼就在哈尔滨举行。表妹不想带孩子，问我是否能帮她带几天。只要小孩喜欢我，我当然愿意了。我是一个爱孩子的人，一见到孩子我也变成孩子了，我告诉表妹。

突然间改变了环境，孩子对一切都感觉陌生又新鲜。他两只大眼睛一刻也不停地眨动，每看一处都很仔细，好像每个地方都是不可疏忽的。

第二天风和日丽，太阳早早地就挂在天上，我领着孩子去海之韵广场游玩。

这是一座很婀娜的广场，风景别致、精巧，有雕塑、水池，水池里有一对一对的鸳鸯……孩子在这儿玩得很开心，过了一会儿，他跑到一棵大树边坐下，把挎在肩上的背包打开，里面有饮料、计算器，还有早晨我刚送他的一个有小动物标识的指甲剪。

他先是喝饮料，然后摆弄起小指甲剪，可是他下面的举动让我惊呆了：他从包里抽出一张餐巾纸，铺在两只膝盖上面，咔哧咔哧剪起了指甲。落下来的指甲像一些细碎的小白线头，全部落在餐巾纸上。他提起纸的四只角，一收，装进自己的小背包里。

这是一个六岁孩子很自然的举动，这是一个美国孩子常年养成的习惯，由此我尊敬起这个孩子。

沿着滨海路我们继续往前走，这是一条风景奇特的路，左面是蔚蓝色的大海，右面是春花烂漫的山坡。一路上大海无风无浪，一路上花香撩人。

孩子走得那么有兴致，对于点点滴滴的情景他都用眼睛拥抱，大眼睛里装满了风景，转眼我们来到了海滩浴场。

他把两条小腿叉开，坐在沙滩上开始垒沙子。一座一座的塔耸立起来，一座一座的塔又瞬间倒塌下去，他仍在努力建造。我看到他身上仿佛有一种刚刚萌生的锲而不舍的精神。

玩了一会儿，他又打开小背包取出那瓶饮料，这一回他一口气全部喝光，然后装进了一瓶海水，把瓶盖拧紧后，又装回小包里。这个孩子的话很少，但是从他的行动中，我已明白了内容。为了证实我的理解是否正确，我问他，你把海水装到瓶子里干吗？他说，我要带回美国去。我说，带回去干吗？他说，留作纪念呀。

他的心一直还在那边。当然，国内对于他是客居，因为是他母亲的家乡，所以他才有如此的感情。

早晨吃饭以前，我从市场买回了两只螃蟹，因为是活的，孩子坚决不让煮。看我要打开煤气，他急了，跑过来和我争夺。我把它们放在脸盆里，告诉他这是两只大母蟹，离开海水不会生存多久的。他瞪着大眼睛仔细地望着我……

这时，他把昨天提回来的那瓶海水倒进盆里，螃蟹拼命地扑腾，两只大钳子似的大腿伸到了盆边上面。

孩子说：我要养活它们两个。

我给他讲了许多道理，告诉他离开了海水谁也养活不了它们。假如现在不把它们煮熟，过一段时间它们死了，身体会变质的，变质的东西不能吃。我把它们买回来的目的，就是让他品尝大连海鲜。

我握住螃蟹的大腿，他用小手摸了摸蟹盖，听话地点点头。

突然我的心像大海一样起伏，我非常爱眼前这个六岁的孩子。

下午，天气阴沉起来，稍休息了一会儿，我开始领他去星海湾游玩。我们乘坐的是双层旅游巴士，大约驶过一站后，从敞开的窗户飞进来一只蜻蜓。车上正好有几个孩子，他们立刻从座位上跃起，有的用手去抓，有的脱下衣服使劲朝蜻蜓身上甩，他们满载着一股股热情，终于将小蜻蜓抓住。

自始至终，我领的孩子都看在眼里。可当他们把蜻蜓攥在手心里的时候，他急了，和我说：您和小朋友讲一讲，把蜻蜓放了，让它在车里飞吧，让它同我们一起坐车，好吗？

孩子告诉我，他们家的门前有一块很大的草坪，一到下雨的时候成群的蜻蜓在上面飞舞，除草的工人叔叔从来不在这个时候往草坪上喷药，怕伤着蜻蜓。只有蜻蜓飞到别的地方了，他们才开始往草坪上喷。

我一字一句听着一个六岁孩子说的话，听着一个小美国佬说的话，虽然声音稚嫩，可那稚嫩的声音一点一点穿过了我的心尖……

二

和小美国佬相处了两天以后，他的妈妈从哈尔滨回到了大连。表妹在美国一所学校里教汉语，时间过得真快，转眼二十天的假期已到，他和妈妈该返回美国了。

他习惯生长在美国那片原野，门前有一片很大的草坪，草坪一角还种了许多向日葵，小松鼠每天在那儿窜来窜去。门后是一片清澈的湖，许多野鸭子在上面幸福地游荡，它们产下一枚一枚洁白的鸭蛋，快活地繁衍着后代……

因为明天就要和他们分别，尤其是要和这个六岁的孩子分别，我真有些恋恋不舍。整整一天我都跟在他的小屁股后面，一会儿拍拍他胖乎乎的后背，一会儿摸摸他可爱的后脑勺，真不想让他离开我。这个孩子太可爱了，我指的不光是长相，更是他的品质。

我问他：你想美国吗？他说想。我问他：想什么？他说想啄木鸟风铃，想大胡子警察，还想栅栏上的报箱，这么多天了，小朋友一定给他放了许多卡片。

其实这几天无论走到哪里，我一直在留意给他购买往回带的小礼物。这几年他在幼儿园生活，那里有许多小朋友，他们都是他的好伙伴。我把小礼品摆在桌子上，让他自己挑选。在众多的小玩意儿当中，他最喜欢各种各样的卡通人物和小计算器。

他一边选着一边说：这个送给尤蒂文，那个送给史莱特……我问他：你给幼儿园老师送什么？他的大眼睛一眨一眨地望着我说：她不是大人吗？

哦！

不过，他说他必须给大胡子警察送个礼物。他母亲告诉我说，她家草坪的左侧有一条平坦的马路，路边常常停着一辆待命的警车，有一位大胡子警察。在孩子两岁刚会走路的时候，一走上草坪他就被路边那辆白色的警车吸引住了，总是直奔那个地方，然后挥舞着两条小腿使劲往上爬。

这时，大胡子警察用一只胳膊把他抱上去，车盖就成了他的操场。时间长了，孩子一出门就蹒蹒跚跚地往那儿跑，去摸车前方两只大眼睛一样的车灯。只要没有任务，大胡子警察总会迎接他、抱他，有时还把他举过头顶……

给警察叔叔送什么呢？他拿出了小背包，从里面翻出几枚各种各样的贝壳。

原来他早准备好了，是那天我领他去海边的时候捡的。他的心那么细，小贝壳早已被他擦得干干净净。

他非常喜欢我家花房里的两只小乌龟，他以乞求的眼神望着我，说他想拿走一只送给大胡子警察，他要送两份礼物给大胡子叔叔。

我当然愿意，可是六岁的孩子哪里知道，飞机再大也装不下一只小乌龟，因为它是一个活的生命，任何飞机都是不允许运载的。

晚上我想把他从表妹住的房间领到我房间，我先和他商量，他一口答应。我俩躺在大床上，因为我住的是高层，对面是连绵起伏的青山，每天晚上不急于拉窗帘，常常是望着满天星斗入睡。等一觉醒来，再侧身伸手把窗帘拉上，以体会夜晚的感觉。

我让他给我讲一讲美国幼儿园里的一些事，他话不多，但是有几句很精彩，听着特别让人新奇。忽然他害怕地倚进我的肩膀上，大声喊：有人，有人。

我告诉他：刚才外面起风了，空塑料袋子被风刮起来，里面装满了空气，撞到窗户上了，确实像张大白脸。我和他解释，我们住在高层，人是爬不上来的。他说：塑料袋能爬上来！

他真幽默。

我在和一个六岁的小美国佬交谈，西方儿童的文明向我走来，有和我们接近的，有比我们先进、比我们文明的。

一切平静下来，孩子甜甜地睡着了。我抬头望望夜空，天上正有几架飞机飞过。啊，明天的这个时候，小美国佬也会飞上这个星空，无论多晚，我都会到机场为他送行。

天亮了，早晨孩子自己穿上衣服。我们忙碌了一天，傍晚我去机场为他们送行。

分别时孩子撅着小嘴吻了我的脸颊，左边吻了，右边也吻了，我安安静静接受他的吻。他把口水都按到我的脸上，一股好闻的气味从他嘴里喷出，我心里比吃了蜜还甜，我真想以后还有这样的孩子、这样的吻送给我。换言之，孩子的爱多么纯真，让我难以忘怀。

当他最后一步迈出我的视线，我的眼泪淌下来了，滚烫滚烫。

我从机场返回家已是深夜，我关上灯，却怎么也睡不着。忽听得天上有飞机在飞行，我望着天空，祝他旅途愉快，祝他把这些天的笑声带回家。

他最善于用自己的耳朵，他善于用两根筷子敲打碗和盘子，以辨别声音的不同。

尽管他的未来还在路上，但是他现在走过的路，一个一个小脚印，吧嗒吧嗒，是那么深刻，那么可爱……

三

小美国佬从大连返回美国，到家后放下行李表妹就打开了电脑视频，他使劲地朝我翻来覆去地晃动小手，手背上一排小酒窝也在笑，把我的眼泪都摇晃出来了。传递了平安后，他放下小手到楼上他的房间倒时差去了。

从他走后，我总想着他那带着湖边露珠般真诚的笑容，想他那隔着厚厚大门喊我的声音，想他举着喷壶为花洒水的快乐模样……他的影子我再也挥不去了。

第二天晚上，我在电脑前等他的消息，表妹告诉我说他还没有睡醒呢。孩子从到了美国还没有吃饭，他的胃里该有多空啊，只是孩子睡着了，什么也不知道罢了。我心里很着急，让表妹快把他喊醒，哪怕是起来吃饱了再睡也好，表妹说他睡得像个小猪。

孩子在睡，我醒着。他两顿没有吃饭，我一天一夜吃了四顿饭。因为夜里睡不着的时候胃里有饥饿感，翻来覆去睡不着，特别难受，只能把黑夜当作白天。

因为家里有些事情，我一连几天没有打开电脑，这会儿打开，那里已是晚上，孩子正好从幼儿园回到了家。

小孩子的胖瘦真是挂在脸上，从视频里我发现小美国佬瘦了，但还是那样干干净净的样子。我问他：草坪前面那片向日葵成熟了吧？他说已经结籽了，可是早被小松鼠们掏空了。我问他：湖边有野鸭蛋吗？他说有啊，有许多大鹅卵石。我知道他说的鹅卵石就是野鸭蛋。他太可爱了，一个六岁的孩子在从西方向我传递着幽默。

我问他：见到大胡子警察了吗？他说见到了，见到了。说着说着眼睛大放异彩：大胡子警察把我举到天上了。

可是他露出高兴的样子还不到两分钟，接下来溢出了一串串泪珠。他说在我家出发以前让妈妈用手机给乌龟拍了好几张照片，要送给大胡子警察看，可是在机场登机前妈妈把手机丢了，大概是从裙子的口袋滑落了。从孩子晶莹的泪水里反射出来的人性之光，是那样感动人心。手机丢了，里面许多电话号码和信息都不存在了，表妹当时该有多着急，可是表妹没有和我说。

我告诉他，从他走后我写了几篇有关他的文章，已经在报纸上发表了，我还把它们转到了博客上。他说：我是明星吗？我告诉他，我身边的朋友还有网上的朋友都喜欢他，想他，夸奖他是个好孩子。

他说过两年夏天他还要来大连，来看望我的朋友。我和他解释，博客上的人不光在大连，全国哪儿都有。他热情地说：没关系，那时我就会用电脑了，我和他们在电脑上见面，在网上聊天。他说得那么有兴致，两只眼睛明亮得像两颗星。

突然，我在视频上看到他跷起来的小脚，胖乎乎的小脚真像一段藕，小脚丫像一排蒜瓣，太讨人喜欢了。

可是就在昨天，孩子经受了一场巨大的惊吓：下午表妹领他去游泳馆学游泳，表妹在他身上套了一个泳圈，可是泳圈太大，孩子扑腾了几下，游泳圈顺着他两条光溜溜的小腿滑出去了，孩子沉到了水里。

表妹吓得在水里直转圈，连呼喊的声音也嘶哑了。这时，泳池的救生人员马上赶到，他们潜到水底用很短的时间把孩子抱了出来。表妹说当时所有的人都围过来，但是非常安静，非常有序，一切都是人性使然。

救生人员把孩子抱到池边的躺椅上，小家伙就像一只累极了在喘息的海豹。这时，在游泳馆的人们把自己的浴巾一条一条搭在孩子身边，看到孩子没事了，救生人员才离去，大家也跟着离去了。十二条浴巾照旧在孩子身边。

黄昏，十二条美丽的浴巾被表妹晾在门前，每一条上面都有过主人的体温，夕阳下，它们被风荡起，闪射着十二道不同的色彩。

心与天空是最遥远的地方，但心与心是最近的地方。无论我走在大连哪条街道、马路，倏然间眼前就有一片嫩绿的草坪和一座清澈的湖，还有一个六岁的孩子。那里有辽阔的视野，时时使我的思绪飞扬。

又是一个季节到来，小孩子长得快，他该又长个了，也该上学了。有时看到和他年龄相仿的孩子，我就会想到小美国佬。昨天我去商场，在一个塑料儿童模特身上看到一套服装，简单、大方，我想他穿着一定合适，我买下了，等待着他的再一次到来。

一个六岁的孩子，对生活特别积极，渴望做一切自己能做的事情，也能放弃该放弃的东西。西方不是信仰上帝吗？上帝一定也会爱他。

我们推崇人性中崇高的一面，仔细观察，孩子身上就有崇高的一面，正清清楚楚地展现着。

闺　密

年轻的时候，我有个朋友叫小珍，我父母外出的时候，她经常到我家和我做伴。她的眼睛像清泉，太满了，总感觉有泪水要流出来。她的嘴更迷人，躺到大床上和我面对面聊天，有一股清新的味道。

那时我们的生活十分困难，物质生活匮乏，在市场购买东西往往需要排很长的队，有时一等就是几个小时。我们手拉着手一起去买菜，经常被拥挤的人群一会儿推到左边，一会儿推到右边。在人群当中，我们的目光穿过多少道缝隙也能相互看到。当我们买到蔬菜的时候，我俩满足的笑容立刻叠印到一起，阳光下，分外清晰。

后来我们经历了那场史无前例的知识青年上山下乡运动，我俩去了两个不同的农村……

当我们再相聚的时候，一切都变成回忆：曾经的笑，曾经的哭，曾经的互唤乳名，曾经的相互打扮……

我们又回到了城市，重新走在熟悉的街道、马路、胡同，精神特别愉悦。生活中因为有个小珍，有个知音，平凡的日子也挺有意思。小珍是个玻璃杯一样透明的人，她的单纯是“文革”前的社会培养出来的，这一点我和她相似。

到了谈恋爱的年龄，我们不会谈情说爱，不会议论、评价男人，甚至这样想：将来生命的共同体必须是男女两个人吗？一个人不可以过一生吗？

这样过了些年，小珍先是有些微小的变化，后来一步一步发生了很大的变化，一个透明的人走进了爱的迷宫。

她爱上了一个已婚的男人，在那个男人给了她承诺后，她就开始苦苦地等待。我看她像一只小蚂蚁在使劲地往大象身上爬，看到她付出的真情实感，看到她那痛苦的样子，我总劝慰她，每劝一次，换来的就是一堆泪水。经过几年的折腾，最终他们还是分开了。

分开以后好长时间，她的眼神总是在跟踪他的背影，从太阳升起之前到夕阳西下了还不肯收回来。我真想用自己的胸膛挡住她的目光，可那是一团团迷雾，推不走，挡不住，一层又一层。

果然，她的眼睛跟踪到了这样一件事情：

那天是周六，那个男人下班急忙往家奔的时候，被迎面飞来的一辆摩托车撞倒。当时他伤势不轻，被送往医院时，小珍也跟去了，那是他们最后一次见面，留下了一串童话般的故事……

后来小珍去了英国。

尽管有千万里路程相隔，可我们经常通话，她好像还在我身边。岁月啊，该留下的永远都会留下。

几年以后她在电话里告诉我她嫁人了，嫁给了一位英国人，只是年龄比她大一些。我问他大多少，她含含糊糊地告诉我：二十多岁吧。

我知道，爱情是不受年龄限制的，有生命就有爱情。她只身一人在国外的处境是可以想象的，她太需要有人帮她支撑一下，不管在哪方面，她都会遇到太多的困难。她之所以嫁给年龄相差这么大的男人必定有她的苦衷，这回有保护她的人了，我真高兴，可高兴的后面隐隐地有些心酸。

我们在东西方两条大道上走着，人生的疲惫在东方，同样也在西方；人生的复杂在西方，同样也在东方。

令我高兴的是，几天前她在网上告诉我，她要和丈夫一起回国探亲。分别数年，多少次我在梦中见到她，终于要变成现实，我的心掀起了大海的波涛。

我们在周水子机场相见，兴奋劲是我有生以来少有过的。三天后，小珍请我在一家环境优雅的饭店用餐，窗外是一片蔚蓝色的大海，房间内餐桌上铺着洁白的台布，一枝俏丽的玫瑰花插在瓶子里，优美的轻音乐在四周飘荡。啊，美丽的邀请来自美丽的情意。

看起来小珍丈夫的年龄比他的实际年龄还要老一些，他的手背上布满了老人斑，暗褐色的斑点上蚯蚓一样的血管在蠕动。那松弛的脖颈是紫红的颜色，皮肤堆积在一起左右晃动。他的一对眼球很浑浊，看字的时候戴上一副金丝眼镜，看完以后取下轻轻放进盒子里，动作相当迟缓。

我们一边用餐，一边欣赏着窗外蔚蓝色的大海。海面风平浪静，我看到许多小游船在划动，我和小珍说：用完餐我们一起去划船，好吗？小珍把嘴唇轻轻靠近我耳朵：不去吧，他的年龄不行啊。哦，这时我才想到。我们愉快地谈论着，喝着红酒，曾经淡淡的离愁现在变成浓浓的欢聚。

隔着一张空椅，我发现了一张报纸，醒目的大字映入眼帘，明天晚上金州体育场举办一场音乐会，其中一位我喜欢的演员也来了。我高兴地告诉小珍：明天我们一起去听音乐会，好吗？小珍的眼神移到了她丈夫那边，说：太吵了，他的年龄不行啊。哦，这时我才又想到。

小珍特意为她丈夫点了一道特色菜——糖醋黄花鱼，不巧刚吃了几口，一根鱼刺卡进了他的喉咙，他变换了许多方法也没有咳出来。我让服务员帮忙端来一小碗醋，他喝下以后酸得两只眼睛紧紧地闭到一起，粘连了许久才慢慢睁开，可是鱼刺根本就没有软化，用米饭也没有把它带下去。

可急坏了小珍，折腾了大约有一刻钟，最后，我们一起去了医院。

这时天空飘起了丝丝细雨，小珍连忙取出了手提包里的备用伞，撑在丈夫的头顶……

晚上，我躺在床上翻来覆去，难以入眠，索性翻身起床，拉开两扇窗帘：夜色一片漆黑，灯光映到大玻璃窗上，白天的景象一幕幕好像都出现了。

从这个秋天到那个秋天，我们多少年没有见面了，小珍虽然老了很多，但她的眼睛还是那样温和。她说她过的净是好日子，她很知足。小珍就是这样一个人：你给她一盆水，她认为是一条河。

在那个国度，我真盼她过得幸福，祝福他们永远都有这一老一少爱的激情。

明天早晨的大海边，照旧会有一个飘逸的女人与一个颤巍巍的老人相伴的触动人心的画面。

广场遇旧邻

连日来一直是多雾的天气，今天下午终于刮起了北风，吹走了那些潮湿的空气，人的眼睛也开始亮起来。

午后，我换好衣服，关上大门，下楼出去晒太阳。

走着走着，前面是一座广场。大连的广场特别多，这里还有一个名字，叫“广场城市”。外国的广场多为教堂而建，这里不是。只要有意义，只要有想法，只要像，就是。大家已经习惯了，一张嘴便是：到广场跳舞了，到广场找孩子了，到广场晒萝卜条了……

刚走到广场不一会儿，一辆乳白色轿车贴着我的右臂，速度很慢地向前行驶。抬眼往里面看看，什么也看不到，只照见了自己的脸。

我继续往广场中央走着，天空上朵朵“鸽子”在开放，花坛里阳光照耀着还没有褪色的花、草，那么一大片。

突然，刚才那辆车在右边停下来，车窗摇下之后，从里面传出一声男高音：小三。声音是指向我的。

我愣了一下，因为我的小名叫小三，在家里我排行老三，是最小的。父母每天总是这样喊我：小三，吃饭了；小三，去洗脚；小三，去把地板上的水擦了……小三的名字就像个排球，整天被父母的声音拍来拍去，在所有的房间里传递。

不过，现在的小三很有意思，好像和一些特殊人物有了联系……

我顿住了，车里的男子继续喊我，并伸出一只胳膊，那手像一把蒲扇把我扇到他的身边。

啊，是我的旧邻，小军。我高兴极了，一下子抱住他的脖子。我们互相打量着，互相品评着，广场被我俩占领了。

过去我们同住在一条窄街，我们两家的窗户正对着。夏季开窗的时候，各家的人都看得很清楚，他父亲是我父亲的旧识，也是知己。此时，他让我想起一件事情：

“文革”中，我的父母被抓走，家里只剩下我一个人。那时我还小，不会生炉子，只知道炉里用的煤是添加黄泥以后才可以燃烧的。

早上，我端着脸盆下楼取，结果天气太冷，我家的煤早已冻成了一个大冰坨。我用小铲使劲刨，刨一下一个白点。我站在瑟瑟寒风里，巨大的泪珠像一串串冰糖葫芦。

忽听有人喊我“小三，小三”，那个人就是小军的父亲。他从一楼的窗户里递出来一盆黄泥。这件事虽然过去了许多年，却一直放在我的心上，那份情比黄金还珍贵，后来他成了我的忘年交。

小军让我上车，说拉我兜兜风，然后去吃西餐，叙叙旧。

我仔细地打量了他的车：乳白色，很新，油漆非常亮，像钢琴的漆。男人有辆好车，就像穿了一套漂亮的西装。

他拉开车门，请我上车。可是他关门时没注意，车门夹住了我的小拇指，当时就流血了，一滴一滴落在我的裙子上。只觉得好似大火烧着了我的手，我疼得推开车门跳了出来，不由得大叫，广场上空又传出了“哎呀，哎呀”的声音。

对于别人可能不会这样，也许会悄悄忍着。我不能，因为我会表达，从一滴水我能看到太阳的光辉。

这时小军有些紧张，两只眼睛瞪得像两个灯笼。

十指连心，我确实疼得眼泪在心里打转。他坚持要去医院，怕出现骨折，我缓了一会儿，试试还能动，就说：没事了。

去。他命令着，我俩重新回到车里。

车子刚拐了一个弯，只见马路上每隔一段路便有一位交警站岗。我有些纳闷。哦，原来是有一位中央领导这几天在本地开会，今天下午，这里是必经之路，所以必须加强安保。可是小军每遇到交警就停下来，我说：你开你的车，他站他的岗，你停下来干吗？他说：车是新买的，驾照是昨天才领取的，新手。

我一边强忍着疼痛，一边鼓励他，说他开得稳，一点儿也不像新手……

在我的鼓励下，他一步一步开到了医院。

先是拍了片子，正常。

这个下午，本来是想出去晒晒太阳，结果差一点儿晒没了小拇指。不过，我还是很快活，有人是他乡遇故知，我是广场遇旧邻，一样。

大头儿

我家外面有一条走廊，邻居家小男孩的脚步声啪啪啪地经常在走廊上响动，走到我家门前就戛然而止，我先听一会儿，知道又是他——大头儿。

时间长了，这变成一种诱惑，只要听到他的脚步声，我就放下手中的家务活儿，给他开门。有时候我正在写作，真不想开门，可是他的小手不停地拍打我的门，心里又不忍。

门刚推开一条缝，一只小脚就挤进来：惠敏阿姨，我的鞋穿没穿反?

我把他的小旅游鞋扒下来，左右交换，重新穿好。那只小脚丫真美，像个胖月牙。旅游鞋也好看，是红色的，像两盏小红灯笼搁在地上。

最初我对他产生印象，是因为他说的话给我留下了一条稚嫩的伤痕。

有一次他从我家回去，要求我站在大门口看着他回到自己的家，然后我再关门。

我问他：你怕什么?

他说：怕日本鬼子。

尽管我在门口站着，他还是走两步回一次头。

这句话，让我夜里都能想起来。一想起来，我就想起了电视剧里那些日本人对我们的同胞烧杀掠夺的镜头，想起了日本人当年在我们的国土上犯下的滔天罪行。

他只有五岁，脑袋长得特别大，比一般的孩子大许多。有两种解释：一种说是遗传基因使然，另一种说是畸形。

我叫他大头儿，这是我给他起的名称。

他懂得语言和语言的交换，也懂得感情和感情的交流，他还能听出话里有不好的意思。我常常表扬他，他就说我好。

他称我是他的好朋友，我们感情一天天在深厚。

一个灿烂的瞬间，往往能让人兴奋很久，更何况他给了我许多的灿烂。我十分喜爱他，经常带他出去玩，给他买雪糕和冰淇淋，六一儿童节给他买巧克力。这情谊他还能记着，还经常说起。

有一年我过生日，我贴着他的小耳朵悄悄告诉他，听完后他使劲地点了几下头。

过了一会儿，他来找我，说要去走廊的外面撒尿，要我和他一起去。

到了外面站在地上，他说要给我尿一条大龙，这是送给我的生日礼物。我一反常态地大声笑起来，他也乐得蹦起来了。

这条龙尿得真大，有两米来长，还拐弯。

我经常在家里包饺子，那天他问我：这是什么馅的?

我说：茴香。

他站在那儿不动弹，过了一会儿歪头看看我，说：奶奶不让我吃别人家里的东西。

饺子煮好了，我给他盛了一小盘，他吃得一个都没剩。

有一天，邮递员来给我送信，他又跟着进来了，我问他：咱们居住的地址是什么？他说：九楼一拐弯。

我问他往哪里拐，他把右胳膊伸直，使劲往里拐着，拐进了心脏的部位。

我真盼望他能早早识字。

大头儿对陌生的文字充满了好奇，他又那么聪明，让孩子早日识字，是大人的责任。人生的阶段中，儿童时期很重要。

我家里的工艺品较多，他看在眼里，在外面捡了一个好看一点儿的空酒瓶子，跑来送给我；捡了别人家扔的挂历跑来送给我；捡了两个喂猫的瓷碗，跑来送给我……

他晃动着大脑袋，重重复复地捡，重重复复地跑来送，我家快变成废品收购站了。

有一天下午我午睡刚醒，又听到啪啪啪的脚步声，我下床起来去开门。门刚打开，看到他张着嘴，舌头伸在外面。我问他怎么了，他说舌头被刺扎了，让我快救救他。

实际上他是吃了他奶奶从早市买回来的柿子。外面卖的柿子一般都是经过处理过的，吃起来是甘甜的味道。他吃的柿子没有经过加工处理，味道是生涩的，他的舌头和口腔黏膜都染上了，那种青涩味道吃到嘴里特别难受，口腔里像挂了一层霜。

他水灵灵的小舌头一时不停地在嘴里伸缩，口水从舌尖上一滴一滴落到地上。

在这种情况下，越喝水越严重，因为水能把青涩味溶解，蔓延到整个口腔。听说有一个办法可以立即消除这种痛苦——糖。

我急忙剥了一枚糖块放进他嘴里。

只有一分钟的时间，他欢快地笑起来，好像刚才不是他嘴里出了状况。现在他的舌头又灵巧起来，说要回去告诉奶奶，一溜小跑地飞走了。

他开始换牙，嘴里上面两颗门牙是同时掉下来的。他哭了，说没有牙吃不了大枣，也吃不了好东西了。

我说坚持几天新牙就会长出来，他问我：是几天？我说一个月。

他见了面就问：今天是第几天了？

大头儿走近我，把我拉进了童年时光，他给我带来了清澈的心境。他的思维总是那么奇妙，话语常常让大人琢磨不透。我不断地把他那些有意思的话语和朋友们讲，大家都认为他是写小品的好素材。

昨天下午我俩在走廊上，他让我同时伸出两只手，然后看着我的脸问哪一只手是左，哪一只手是右。我告诉他以后，他继续问我吃西餐的时候，哪一只手用刀子，哪一只手用叉子。他对中国字还不识几个，却研究起了西方文化。

大头儿像个大喇叭，伤心和兴奋都张扬在外。一天他生气了，嗷嗷大哭起来，我说大头儿大头儿你快过来，我教给你儿歌：

大头大头，
下雨不愁。
人家有伞，
我有大头。

这个不好听。他说。

去年南方一些地区发生了水灾，我心里总有几分牵挂，电视每天都是打开的，好像只有打开，时时知道那边的情况，我才能干其他事情。

大头儿在走廊上玩球，平均十几分钟在门外大声问一句：又下雨了吗？他好像受我的影响，也有些坐卧不安。我简直叫他问得哭笑不得，他虽然打乱了我的生活，但我的生活多了很多乐趣。

大头儿吹着肥皂泡在长长的走廊里跑来跑去，从这一家的怀抱跑到那一家的怀抱，有时捡来一块红布搭到头顶，演着嫁娶的闹剧，有时还学起了轿夫，一晃一晃地走起来。每当和人家再见的时候，他两只小手一簇一簇地使劲开放着，像两朵白玉兰。他天天快快乐乐，我当然为他高兴。说实在的，看到他的大脑袋，我心中不止一次地想起新中国成立前中美合作所里那个大脑袋的孩子——小萝卜头，他是多么不幸，住在铁丝网里，刺刀下度日，是他的父辈们用生命换来了今天的孩子和我们这一代人的幸福……

大头儿的笑声日日飞扬，惹得我的笑声也落英缤纷。

大头儿爱画画，他画了一尾小鱼，是一笔画下来的，问我：它活不活泼？

他还会画扫帚、蚂蚁，蚂蚁肚子下面还有好多条细细的腿，正在走路，画得还真不错。

我和大头儿的友情，最早是在走廊上缔结的，小眸子与大眸子都是澄清的，一下子便交融到一起了。我是那么喜欢这个孩子，喜欢他透明的眼睛、胖嘟嘟的小手小脚丫、稚嫩的话语……他曾勾起我对许多往事的回忆，也曾多次扫除了我坏心情的垃圾。看来，人与人的接触，不单单只该接触一个年龄段的，长者和幼者都不能缺少。孩子的心灵是一道别样的彩环，把它接过来吧，自己身上同样会染上色彩。

不用着急，他很快就会长大，我把祝福放在他的前面。前面大路又宽又广，洒满七彩阳光。

现在，有时我在外面走着，常常感觉有孩子喊我。大头儿，你搅乱了我的心思。

邀　请

我比较喜欢黑颜色的服装，它显得端庄、高雅。每穿起一件，由于款式的不同，意义便重新启迪。

我有多件黑羊绒衫，其中有一件我最喜欢。

那是一件圆领的，领子开得很低，贴着圆领下面辐射状地有三只镂空的蝴蝶。由于镶嵌得恰到好处，这件毛衣极有特色，感觉里面要有东西飞出来。

我当时挺佩服设计者的独出心裁，在众多黑羊绒衫当中，它是那样勾人。我看看衣服的商标，是青岛某毛纺厂生产的。服务员告诉我，那是个残疾人的加工厂。我问：款式和图案也是他们设计的吗？服务员说是。这句话我印象很深。

因为羊绒衫最显眼的地方是镂空的，所以里面必须衬白色的衣服才能把蝴蝶裸露清晰。我想了个办法，在每一处镂空的背面缝上手心大小的白布，这样美丽的蝴蝶就随时都能露出来。

我十分喜欢它，便放弃了其他的毛衣，一直把它穿在身上。天空很蓝很蓝，毛衣很黑很黑，这么走着，蓝天下，我很清晰。

大约穿了两年的时间，毛衣的两只袖子已磨得很薄，甚至能看出里面穿的是什么颜色的衬衣。把胳膊举起来在阳光下晃动，就像筛子网似的。

我把它脱下来，从此不再穿了。

这件衣服质量确实不错，其他的地方都好，真有点儿恋恋不舍。如果把它扔到垃圾通道里，还不如把它送给拾垃圾的人，也许他们缝缝补补后，还能穿些日子。

出去买菜的时候，我专门提上它，特别留意拾垃圾的人。可是一连拿出去好几回，都没有遇到，一次次又拿了回来。

有一天我站在外阳台上梳头，楼后面有一位从山东来这里卖塑料制品的男人，正抱着一摞红色塑料大盆往前走。我喊了他一声，告诉他我有一件女式旧毛衣，不知她爱人能不能穿，是否嫌弃。

他把大塑料盆高高举过头顶，我将毛衣揉成一团扔了下去，不偏不倚。

我的祖籍在山东烟台，父亲小时候来到大连，在外面读的书，长大后回来了，成为一个商人。前些年，人们对许多事情开始寻根，我一直想去父亲的出生地看一看。

第二年秋天，我越过起伏的海洋，第一次踏上山东的土地。

一下船，我被浓浓的乡音吸引了，所有的人讲话都是同一种腔调，我觉得真有意思，很喜欢听。齐鲁大地人杰地灵，文化厚重，古时出了许多学者、名人：

姜尚（姜太公），周代齐国的始祖，军事家、政治家。西周初年辅佐武王，灭商有一定功劳。

晏婴，春秋时期政治家、思想家，传世的《晏子春秋》一书，系战国时人搜集有关他的言行编辑而成。

孔子，春秋末期思想家、政治家、教育家，儒家学派的创始人……

我真为父亲能出生在这块土地而无比自豪。

那是一个星期天，正值集日。秋风的气候真好，天高云淡，阳光不温不火，我和穿梭的人们拥在一起。

走着走着，我被一个妇女眼前摆放的水灵灵的石榴吸引了。我停下来，忽然发现卖主身上穿的黑羊绒衫的款式和图案跟我原来的那件一样，只是两只袖子不是透明的，里面缝有黑布，显得厚实了。我一下子对那位妇女产生了亲切感，买了她许多石榴。

石榴很沉很饱满，将皮掀开，里面就像塞满了一粒一粒的冰糖。听父亲讲过，爷爷的院子里也有一棵石榴树，每年结的石榴把树枝都压弯了，得用木杆顶着。每年家里人吃不完，就分给街坊邻居们吃。可惜老人早已去世。

遗憾的是我从来没有见过爷爷奶奶，要是他们现在还活着该有多好，我会把我挣的钱和他们一起花。可是现在，我到了家乡没有家门可进，我的心在颤抖。

第二个集日我又去了，那位妇女还是穿着那件黑羊绒衫，端庄、大方。

我忍不住轻声问她：毛衣是在哪儿买来的？她知道我一定是喜欢这件衣裳，笑眯眯地告诉我，是他男人从大连带给她的，朋友送的。

我不想看，但最终还是用手轻轻翻开衣领往里面瞧了一眼，我曾经亲手缝上的三枚白布端端正正贴在里面。

我激动了，世界这么大竟然藏不住这么点儿小事！她也喜欢这件毛衣，让我感到特别高兴，脸都涨红了。那位妇女不解地望着我。

当然我是不会说出实情的，可我心里实在按捺不住，想了一会儿婉转地说了出来。那位妇女爽朗地笑起来，赶忙感谢，并挑了很多石榴给我。我不要都不行，她的力气太大了。

那几天我住在县城的旅馆，因为老家已没有任何亲人。当天晚上，那位妇女来找我，热情地要领我去她家坐一坐。

在我的记忆里，那是一次美丽的邀请。秋天的月光格外明亮，一轮鹅黄色的光晕洒满院子，洒满齐鲁大地。明镜一样的石桌上摆着葡萄、莱阳梨、红枣……老家的土好，水好，水果的味道格外甜美，我从来没吃过这么好吃的水果。

我们俩边吃边聊，我还学了几句老家的话，并努力记着。我喜欢上她了，她说话是那样地有情有义，我听着听着一次次被她的话语打动，被齐鲁大地淳朴的民风打动。

菊花黄：一个老师的名字

那天下午，外面下着蒙蒙秋雨，我外出回来。

迎面走过来一位老人，她把手中提着的塑料盆举在头顶。走过去以后，我回头看了看，觉得她像个孩子，只顾头不顾尾。

第二日我又看到她，是在超市买豆腐。她只买一元钱的，称了一块比火柴盒大一点儿的。我当时感觉她和我一样，家里人口少，也许就她一个人。我注意看了看她，她的眼神是那般柔软。

我忽然觉得她的五官在我脑海里有印象：读小学的时候，教我们绘画的老师也是这样的五官，尽管现在已经松弛。

她慢慢地走过之后，犹如被风揭走了一幅画，我更加确定了自己的判断。

至今我还清晰地记着老师的名字，因为她给我们上课的时候，先把名字写在黑板上，清丽的笔画，三个字，写得那样明媚。

我姓菊，名叫菊花黄。从今天开始，我是你们班级的图画老师。三个字，菊花一样盛开，然后她又画了一朵黄灿灿的大菊花。

她画的时候没有停，一笔转来转去地就形成了一朵菊，是那样地自然。

我们都惊呆了，她手里像握着一支马良的笔，画起来多么神奇。

一个普通的名字，很快就会被忘记。一个独特的名字，往往能让人记许久。这三个字，在我脑海里是抹不掉了。

小学的基础课程匆匆忙忙，图画课只上了两年，后来又增加了自然、地理等一系列课程。

前几天我又一次见到她。

楼下刚刚开了一家早餐馆，品种特别多。我早起懒得弄吃的，经常光顾。

那天我刚刚坐下，她也进来了，正好和我坐在一张餐桌。这一回我细细地端量了她，眼神还是那样亲切和蔼，目光似一条小溪缠缠绵绵。她不观望别人，只是慢慢地在那里喝粥。

这世界原来是如此奇妙，她就是我当年的图画老师。

菊老师。望着她我亲昵地喊了一声。

你是我的学生？她轻声地问我。

是啊，我在小学的时候您是我的图画老师。我很兴奋。

我只教了你们两年的课，后来调到沈阳了你还记得我？此时她眼睛亮了起来。

仅仅两年，她教课的时间太短了，但是正好在这两年里她教过我，我多么荣幸。

饭后，我急急忙忙去付款，她左挡右挡，我的小零钱哗啦啦撒了一地。我把她请到椅子上，然后蹲下一枚枚捡起。

走出早餐店以后，我们并肩走在马路上。身边微风飘荡，前面柳丝婆娑……

我的目光一次次从她发髻的白纱巾上滑落。她虽然已是一位老人，但身体和精神并不衰老，气质是那样地与众不同。这么多年，她是怎么养心修身，拥有了这般雅相？都说在海边住的人心里有着浪漫，但是她离开大连这么多年，仍不失其本色。

事情真凑巧，原来我们居住在同一个小区。她住十二号楼，我住二十八号楼。

她请我去她家坐坐，我很高兴地一口答应。

一间大客厅，四周都是她作的画，只感觉一种生命的激情在流动，在四处奔涌。

她拿出一摞几十年前在小学教学期间画的作品，她一张一张细细地讲着，我细细地听者。她说这些画全是课余时间请学生做一些劳动的姿势，她画下来的。

其中有一张是一个小女孩伸着两只长长的手臂正在擦桌子，两条小辫一前一后耷拉着。

这是我。我一口说出来，炙热的血在沸腾。

我万万没有想到，今天到她家里有这么大的收获，虽然画的颜色已经褪去许多，有些模糊，但那是我的童年。很少有人能在画上看到自己的童年，我非常感谢她。

风霜雪雨几十年过去了，其间她还去过外地，但至今仍旧把这些画珍藏着，她说每一次想扔，都舍不得，有时扔出去，马上又捡回来了。

过了两天，我请她到家里喝咖啡。阳光照在茶几上，我们慢慢地品着，她的精神格外愉悦。忽然她提议，要把我画下来。

我说自己已经老了，不像原来，随便画一张或是随便拍照一张都清清秀秀，现在画出来也不好看，再说我也不忍让她劳累。

她执意。

我站在电视机旁，她在画。

她画得那么认真，一个老人激动起来脸上洋溢着幸福的光芒。啊，如果我还年轻，我愿意给她当人体模特。

她画得真好，我惊呆了。

我可敬的老师，原来她是一位很出色的画家，只是我孤陋寡闻，很少涉猎绘画领域。

过去我离她那样遥远，现在近，走一步或者一回头就能看见她。她的丈夫故去了，她只身一人生活。

望着她，疼着我的眼睛。从今往后，我会抽出时间多去陪她，和她叙叙旧、品品茶、看看风景，我愿意看她天天都高兴。

我们彼此丢失了这么多年，现在相遇，多么巧。几十年前留在黑板上的那三个字，又一次变成了大菊花，太真实了。

我与首饰

我特别喜欢首饰，尤其喜欢欣赏商场里各式各样的首饰展销。那些首饰被玻璃柜台的灯光照射着，熠熠生辉，有一种光芒在闪烁。

我的纯金首饰极少，只是在需要装饰的脖颈有一条，手指有一枚。

我的装饰首饰多一些，比如用各种材质做成的仿钻石的、仿珊瑚的、玛瑙的、水晶的、紫玉的、珍珠的。无论戴在脖颈还是手腕上，深深浅浅的颜色，柔柔和和的光，点缀着我的一年四季。

在首饰中，有三条项链是我记忆犹新的：

许多年以前我当知青插队去了农村，在农村劳动了三年。我们下乡的地方是水田，种的是一望无际的水稻。秋天稻子成熟了，我们把成熟的稻子一片一片地割倒，整个田野飘满芬芳。每天收工时，我将稻穗一枚枚地编在一起，挽成一个金灿灿的圆环，隔着衣领戴在脖颈上。那是一座田野送给我的项链，只能在田野上戴，在青山绿水之间戴。

还有一枚极其纤细，挂坠又薄又小，上面写着一个“爱”字。

那时我还住在中山广场附近，夏季吃过晚饭以后我常常去广场乘凉。有一天我刚刚在长椅上坐下，对面走过来一个女人，也坐在这张长椅上。她身上有一种淡淡的香水味道，我身上也有一种淡淡的香水味道，我俩就像从两个花丛中同时走出来的人。

我们不约而同聊了起来。她当时穿了一件低领连衣裙，细长的脖颈上戴了一条我上面提到的项链。我的目光在上面停留了一会儿，她很敏感，说是去年她同丈夫去香港定居，在那里买的，很便宜，是14k黄金。啊，我随口说了一句：真秀气。

大约一个小时过去，我们起身准备离开广场，我手里拿着一本来时在报亭买的杂志，随手递给了她，悄悄告诉她里面有我写的诗。她连说谢谢，并说她也很喜欢诗。我们彼此又增加了几分敬意。

在秋意来到这座城市的时候，有一天我突然接到投递员送来的一个邮递快件，落款是香港某一住宅。我将四四方方的信封打开以后，从里面流出了一条细细的项链，还有一枚微小的写着一个“爱”字的薄薄的坠，没有信。

我把它放在手心，知觉和幻觉同时出现：在开满丁香花的广场，我曾经遇到过一个美丽的女人，她有着一颗细微的心，用一条纤细的项链联结起了我们的情谊。那是一个女人送给我的项链。

我连忙寻找右下角的名字：吴霭娴。哦，一个多么好听的名字。

我立即给她写信，可接连寄出去三封也没有收到她的回信。我每天在盼望，这个过程持续了好长时间。

几年后我去香港的时候按照地址找到了她的住处，可是她的邻居告诉我，她们早已去了美国。

不是说两个相知的人总有见面的时候吗？不是说地球有时候也很小吗？我多么盼望这句话能再一次兑现。有一次我在黄山上见到了一个后来让我朝思暮想的人，在一米的距离内见到了一个在九百六十万平方公里都难以寻找到的人……我多盼望有那么一天啊，我在期待着。

再有一枚项链是纯金的，是我母亲留下的。那是母亲年轻的时候父亲送她的，链上的花纹涟漪微荡，感觉年华似水，动起来，似父亲的款款慰语；静起来，似母亲的绵绵细语。项坠是可以打开的，里面放了一张极小的照片，是父母的合影，我日日戴在胸口，日日夜夜如阳光普照。

首饰不仅装点了女人，也给女人增加了情调，但也有特殊的时候，特殊的情况下是不能戴首饰的。

去年在家里收拾卫生时不小心被凳子砸坏了脚趾，大夫说得做个小手术，把指甲拔去。当时我右脚脖上戴着一条细细的脚链，大夫说把它摘下吧，否则分散精力怎么办。当时医护人员和我笑成了一团。

对于服装可以忽视，对于选择首饰我是极其用心的。它们把美丽浓缩在我的手指、脖颈，每当变换一枚，我的心情都会随之变化，十分美好。

经常地也喜欢变换一下耳环，耳环戴在我耳垂，一朵、两朵，就有花儿开放。晚上我把它从耳垂上摘下来，放在梳妆台上，真有晨开暮合的感觉。

从来出门不忘记戴耳环，怎么能忘记了？期待它在风中摇曳呢。

每一枚首饰都与我心灵有对接，都让我的目光在上面停留过，一旦审美疲劳，我会再换一枚，随着季节的变换也会再做选择。

是我，我愿意收藏一些女人的东西。我收藏了千百朵玫瑰，胸中早已有一座浪漫的玫瑰园。我收藏了许多红酒，晚上月光清幽，我饮着红酒甜润入梦，我收藏了许多首饰，它们的美丽有时醉人，有时迷人，有时令我遐想不尽。

聪明的哈士奇

涛涛，是一条犬的名字，是我的犬。

它一身银灰色的毛，又密又厚，风从它身上吹过，毛齐刷刷地倒向一边，犹如一道银色的光从它身上闪过，而后，再立即扬起来，威风凛凛。它的两只眼睛，一只是蓝色的，另一只是黄色的，却发出相同的光芒。

涛涛的身长将近一米，浑圆的身子，很有力气。在漫天大雪的北欧，这个哈士奇品种的犬，人们习惯冬季用它们拉雪橇。南极考察人员把它们称为“雪地伴侣”，一是因为劲大，二是因为品德忠厚。

像这类大型犬，一般是不方便家庭饲养的。我家阳台外面恰巧是隔壁楼房的顶层，空旷的平台足有半个篮球场大，所以涛涛可以较平安地在那儿生活。

涛涛最先认识的是我的脚趾。我的脚指甲上涂了一层红色指甲油，它总用舌头在上面舔。我怕里面有毒素，就用脚丫拍了它的舌头。

从那以后，只要一见到我露出脚趾，它就立即收起舌头，然后望着我的脚丫，再望我的眼睛，等待我的表扬。假如没有及时得到表扬，它就一直这么望下去，那种特有的眼神，能打动所有人的心。得到表扬以后，它高兴得能把我的脚丫含进嘴里，并且翻来覆去地转，像含一枚鱼片似的。

我极少带它下楼，只是周末有机会了牵它去滨海路走走。

一开始我把它放在车的后排座上，车窗摇下来的时候，它把大半个身子都探出去，毛茸茸的两只大爪子也搭在车窗外面。我怕它一跃而冲出去，后来就把它放在后备厢里。

到了滨海路打开后备厢的时候，涛涛以迅雷不及掩耳之势冲出来，只见它左右张望，然后奔到一片杂草丛中呕吐起来。我没有想到，狗是晕车的，它大概在途中早已开始难受，但是它以巨大的毅力坚持着，一直到车子停下来。

当我牵着涛涛漫步在滨海路上，有许多人喜欢看它高傲的样子，一些年轻人跑过来和它拍照。无论它由于晕车身体多么难受，从来没有一丝不耐烦的样子，涛涛愿意把痛苦隐藏起来。

涛涛是一个素衣“女生”，它的性格有着溪水的温柔，也有着高山的冷峻。它非常干净，总是银装素裹，招人喜爱。

家中来了客人，都愿意到阳台上去看涛涛，去和它玩一阵子，开心一阵子。它特别喜欢客人，一边兴高采烈地围着人家转，一边将粗壮的大尾巴晃来晃去，像拖了一把大扫帚。

涛涛刚来那阵，我的生活被搅得不平静了。晚上睡觉，它要进到自己的笼子里，笼子挨着玻璃大门，涛涛睡觉打呼噜。我睡觉怕吵扰，尽管隔着一层门，它还是能影响到我。

一连几天夜里，只要呼噜一响，我就跑出去唤醒它。后来时间慢慢长了，一点儿也听不到呼噜声了，我也恢复了以往的睡眠。

突然有一天夜里我睡不着觉，悄悄走到平台上。月色中，我看到涛涛卧在平台最里面的角落，而且把脑袋趴在下水管处，它的呼噜声沿着粗壮的管道传出去了。蒙蒙眬眬中，我一遍一遍看着涛涛，再也止不住自己的泪水。它的聪明、自爱、对主人的情义，让我多次领会。

阳台上有一个大玻璃门，左下角有一个小小的门闩，来的客人们不知道，总是使劲地推门，可是有东西卡在那儿，根本推不开。

这时涛涛就会飞速跑过来，在里面使劲舔玻璃左下角，这样客人就会看到，都夸奖它聪明。

有一天我在客厅里看电视，忘记了关阳台的大门。电视上演的是《动物世界》，出现了狗的镜头，突然间涛涛一头冲了进来，一下子扑到墙面的荧屏上，把荧屏划出两条很长的痕迹，像跑道似的。

涛涛那么喜欢它的同类，从高高的平台上看到大街上的小狗，它都会兴奋半天。人家早已走远了，它还伸着脖子张望，有时，双腿立起来，前爪伏在栏杆上，一直望到很久。每有一只狗走过，它都这样在楼上极端热情地行着注目礼。

涛涛从来不吃狗粮，它好像不屑那些一个模式制作出来的食物。起初我喂它米饭，在米饭里倒一些骨头汤，它吃得特别欢实。后来吃得时间长了，它对米饭不感兴趣了，我又将米饭改成玉米饼子。前几天连续下大雨，我不能出去买玉米饼，又做了米饭喂它，结果它一口也不吃，整整一天，一粒米未进。啊！涛涛绝食了。

平台的一角有一捆旧报纸，它把报纸拖到平台中央，一张张地抓出来。当我忙完了家务去看它时，它已经把所有的报纸撕得像些破布条子，被风刮得到处乱飞，它是在向我示威呢。

它真是把我气坏了，我随手拿了个塑料鞋拔子揍了它。揍后，我怒气冲冲地回了房间。过了一会儿，我到平台上去看它，只见它老老实实地趴在那儿。我看到它哭了，一滴一滴的泪水落在平台上，它以一种祈求原谅的眼神望着我。实际上揍过它之后，我心里比它还难受。我也流泪了，泪水一滴一滴落在它头上。两腔泪水，一样透明。那些破报纸落到自家平台还好，我就是怕飘到别人家的阳台上。

涛涛在我家度过了三个除夕。第一个除夕夜可把它吓坏了，从傍晚时分，整个城市被鞭炮的声音笼罩着，无数座高楼上燃放的礼花把天空映得变了颜色。地上浓烟滚滚，巨大的烟雾四处翻卷，烟气冲天。此时，涛涛不知世上发生了什么，它突然间惊慌失措，咆哮起来。它要用这种声音制止眼前发生的一切，可是惊天动地的鞭炮声早已把它的声音淹没。在呛人的烟火味道中，它一直叫到声音嘶哑，最后连嘶哑的声音都变得断断续续。

我想，它是不是以为发生了一场战争，它在要求停止?

对于犬的认识，我只是停留在眼前的认识范围内，它的情感意识也许是我无法写透的。

这里的冬天极少下雪，虽然地理位置在东北，许是因为这儿是一个半岛的原因。假如以后的冬季能降下一场大雪，我一定做一个雪橇，让涛涛拉着我，在大雪中飞驰起来。

涛涛永远有着它的本色：厚道、忠诚、老实，与世态无关，与主人肝胆相照。

每当我了解到一些犬的故事——导盲犬、牧羊犬、搜救犬、拉雪橇的哈士奇犬……我常常会被它们的故事感动，以至于有时肃然起敬。

忠犬涛涛

我的爱犬涛涛，最近总是用两只前爪挠脖子周围的毛，挠的速度极快，两只爪子交换着，就像敲小鼓似的。

黄昏，我带它去楼下散步，走着走着，后面一辆车在我身边停下了，车窗里探出一位中年男子的脑袋，他对我说，你的狗有毛病，身上生螨虫了。

我说，你怎么知道？他说，你看它脖子周围的毛都被抓掉了。

涛涛脖子周围的毛已脱落光了，像戴了一条宽宽的项链，我已经看到，以为是蜕毛呢。

他也养了一条狗，他说前些日子他的狗也有这样的毛病，带它去了宠物医院，医生说是狗身上生了螨虫。

医生给他的狗开了药方，是专门治螨虫的一瓶药水，让他按比例兑水，然后给狗洗澡。他说一天洗一次，只洗了三天，狗就不再抓挠，基本已经痊愈。家里还剩下半瓶，他说给你的哈士奇用吧，它很快就会好的。

他用眼睛在马路边瞅了瞅说：明天我带上药，等路过这儿的时候，把药瓶放到那里，你什么时候出来，取走就得了。

他指的地方是前面一楼底下墙角处，那里有一个小小的木箱，小木箱一定是以前有人专门来给那户人家送牛奶用的。现在上面堆积了一层土，如果不用心观察，没有人留意那个东西。

说完，他夸赞了涛涛一番，说涛涛长得大气，像个绅士，然后，一踩油门，飞驰而去。

我领着涛涛站在原地，看着汽车的背影一点点消失。

涛涛这些日子脱落了不少毛，有些灰头土脸的，体格也显得比原来瘦了。就这副模样，还被人家夸赞呢，可想而知，它原来是一副什么派头。

第二天下了一天大雨，我隔一会儿望一望天，雨根本没有停的意思。我没有忘记那件事，但是雨太大，我想人家是不会出去的。

第三天雨过天晴，天空清澈透明，朵朵白云飘来飘去，格外清爽。黄昏，我又带涛涛去海边散步。

和涛涛散步很惬意，我慢走，它就慢走；我快走，它也快走。它懂我的意图，非常讨人喜欢。它走路的姿势极美，就像马术场上训练有素的马匹，吧嗒吧嗒的脚步声有条不紊，很像踩着音乐节拍。

首先我们去说好了的地方。当我翻开小木箱盖，果然有一瓶药水放在里面。药水用了一少半，还剩一大半。

回家后，我立即将药水勾兑好，开始给涛涛洗澡。

我先洗它脖子周围蜕毛的地方，涛涛真听话，把大脑袋高高抬起，不停地变换姿势，把没洗到的地方展示给我。有时药水溅到它嘴里，它就伸出热乎乎的舌头让我擦一擦，我一遍一遍地端来清水帮它擦洗。

我用电吹风将它的身体吹干，它在阳台上玩得特别欢。我不停地观察它，是好多了，人家的药真是管用，不过，我还要继续给它再洗几回。

我的心里有些过意不去，一个素不相识的人，无私地帮助了我，我感觉到欠人家的情。

恰好抽屉里还有两盒拿得出手的烟，我想把烟送给他。

我用旧报纸把烟包好，用橡皮筋缠上，第二日和涛涛散步的时候，将烟放进了那个废弃的小木箱。

我心里想：如果他是个细心的人，再路过那里，一定会停下车看看那儿的药是否已被取走。

一周以后，涛涛身上的螨虫基本上消失了，现在正在阳台上俯瞰大地呢。它长得确实漂亮，银狐的颜色，两只色彩不同的眼睛，不停地眨动。

我和涛涛之间有一种一拍即合的默契，好像黑暗中有一条小小的缝隙是专门为我俩打开的。它的目光总是依附在我身上，我的爱全部给了它。每当我困顿的时候，就想到了涛涛，虽然它不会说话，可是一个同情的眼神，就能让我的心很快平静下来。它的眼神是那样地温暖，它的灵魂是那样地干净。在我睡觉的时候，它从不乱叫，静悄悄地卧在那儿，陪着我。

但是只要一听到我唱歌，它就忍不住嚎起来。我做家务的时候，常常一边忙碌一边哼着歌，声音不大，很随意。涛涛耳朵特别灵，一下子就从阳台蹿到屋里，扯着大嗓子，耷拉着大舌头，和我一起唱起来。它发出的第一声就把我的声音盖住，全然不管我，一直到它唱够为止，完全像敲破锣的声音。

涛涛最大的毛病是争宠。有一天晚上同事领了一条小狗到我家，那条小狗长得很漂亮，一身雪白的卷毛，走路极慢，像一只小绵羊。

我太喜欢它了，不停地抚摸它、抱它。涛涛看到了，跑到阳台的角落里喘着粗气，无论我怎么叫它，它就像没听见一样。

我和同事正谈着话，忽然客厅里的灯灭了，所有房间里的灯都灭了，电视图像也没有了，顿时家中一片黑暗。

我赶忙给物业打电话。物业的人来了以后，先检查线路，结果发现是涛涛把阳台上的电线咬断了。

它犯了错误，趴在阳台上一动也不动，还好像受了天大的委屈……

又过了几日，晚上遛弯的时候，我想到那儿看一看那两盒烟他拿没拿走。

一打开破旧的小箱盖，我看到里面一张报纸包着一个软绵绵的东西。我急忙打开，啊，是一条长长的花纹十分漂亮的纱巾。

此刻我立即读到了那个人内心的潜台词：你送我男人喜欢的香烟，我送你女人喜欢的纱巾，扯平了。

我把纱巾一层一层围在涛涛脖子上，它带着纱巾在海滩上奔跑，涛涛真像个狼外婆，惹得海滩上的人笑成一片。涛涛还害羞呢，两只厚厚的大爪子扑上我的双肩，我左右都躲闪不及。

我将纱巾解下来，轻轻地围在自己的颈上。晚风中，我牵着心爱的犬，纱巾和长裙随风飘逸，我们走在夕阳里。

涛涛真聪明，后来每当走到那里，它都要冲过去用大嘴咬开小箱盖，然后啪嗒一声关上，把失望的眼神交给我。

一个素不相识的人，一次偶遇，飘出了一段童话般的故事。

第六辑　远古与今天

嫁给陶渊明

前面曾走过一个又一个朝代，朝代里的文化也同时走着。不说《楚辞》的“吾将上下而求索”，不说《满江红》的“八千里路云和月”，但说东晋末期一个人留下的诗文，就让人注目了一千多年。这条文化的河流，至今仍在流淌。

一个人，我说的是一个叫陶渊明的人，说他留下的诗赋和散文。

他出身于没落的仕宦家庭，他也做过小官，由于不满官场丑恶，弃官回乡，从此开始过起了农耕的隐居生活。时值他的不惑之年。

他一边劳作，一边投入了大自然的怀抱，由此他开始抒发热爱自然风光和自然生活的真实情感，被人称为“百世田园之主，千古隐逸之宗”。

世上多“窈窕淑女，君子好逑”，这是《诗经》上说的。他不求，陶渊明求田园。他像河流一样忠贞，贴着土地；他像麦子一样朴实，根扎在土地。

他在《饮酒》诗里写道：“结庐在人境，而无车马喧。问君何能尔?心远地自偏。采菊东篱下，悠然见南山。山气日夕佳，飞鸟相与还。此中有真意，欲辩已忘言。”

这是一首流传千古的诗篇。

经过了世事纷乱和潮起潮落，红尘已将他细腻柔软的心磨得浑圆。这种浑圆不再有绚丽的光泽，质朴，不妖，不浅，不躁，是在静静地思考。

读他的诗，越发喜欢他。读得越多，他越一点一点布满了我的心。我仿佛与他对视，在诉说同一种心情。我是那样喜欢田园生活，安静地活着，安静地享受着日子。

春风抚摸着田野，春风荡漾，那是他的心情，山水般透明。

他在田园的宣纸上写诗，我无论走到哪个省份的田野，都要蹲下来摸一摸，那诗还没有被风吹干呢。诗人的魂魄落到田野上，田野也有了魂魄。

帝王不必害怕，他不要官宦之位，只要田园。至今，他的轮廓还站立在那里。田野里还有雨后的水泡，那是他与庄稼相濡以沫的水泡。

他坐在树底下，弹拨青草“古筝”，葱茏了大地。如今，千年树木早已长成，我用那些树木做成的乐器，演奏着他的诗赋，安然受用。没有陶渊明，就没有东晋的田园，仅凭这一点，东晋沾了他多少光。

在三跪九叩的朝上，他挺直腰杆。他可以获得本该有的一些东西，但他却无声无息，他不屑。田园风光好，干净，太阳可以任意炙烤，空气可以随意奔跑，他要向田园诉衷肠。他身单心不孤，可以说，有了他，晋末多风光。

他的衣裳，总喜欢和田园一个颜色，他就是一块移动的田野，也可以说他和土地没有区别。

我的梦做老了，经常梦见一千多年前的他和我擦肩而过。我拽了拽他宽大的衣袖，布袋一样沉重，甩得极慢。哦，田野没有尽头，他的步履也没有尽头。他走在清静里，自然有他的道理。

但是梦勾勒不出他的心情，想象也勾勒不出他的心情，这就让我的联想变得奇怪又多彩，他的诗在梦里不停地翻卷着，出现着。

自古以来，世上的人都有追求，黄河上的纤夫、长江上的纤夫，那是力对于江河的追求。陶渊明是一种超脱了境界的追求，简单、安然、恬静，只要一轮明月当空，一条小溪缠绕山脚。农耕时代啊，这是最高的追求。

渐渐地，田野变小，只有陶渊明没有变，隔着多少朝代，隔着空茫茫的大海，天地宽几许，天地厚几许，没有哪里见不到他。他一生俯下身来不背叛他的田野，他要和田野一般高。

浸过他气息的风不会再吹来，但是他那稳健的脚步声，在今天的每一块田园上都能听到。尤其是早晨的那些露珠，再过一千年也不会被风晾干，照旧是透明的。那是怀念他的泪滴，谁见过泪滴会流干？他活了一个甲子，留下了数不清个甲子都读不完的诗文。人们翻来覆去地读着，甚至有一年的高考作文题目还用了他的诗。考生们坐在考场，写着《采菊东篱下》题目的作文，心情该是多么轻松。考生中大部分的同学都被录取了，从他的诗里走进了今日的高等学府。

陶渊明仅在世上活了一个甲子，但那是奋发有为的一生，顺其自然的一生，质朴自由的一生。我在如今的年代里看他，由近及远，不算清楚。一千多年的心事，不说也罢，留下千年想象吧。

我穿越时空，把一个已经结了尾的故事再提及，这样的方式，是不是拉近了那个朝代？由此看来，田园都是一样的。

就把诗还原成了陶渊明。真是近朱者赤，近墨者黑。我中意上了他，中意上了田园生活。

其实我的家也很有味道。虽然我住在海滨城市，又住在高层，但是家里除了书房就是花房。花房里有一年四季里常开的各种花卉，空中有鸟，池子里有许多漂亮的鱼，阳台上藤萝缠绕，下面还栽种了一排排野菊花。我知道那是他的菊，格外莳弄，不负菊色。

一推开大门，家中鸟语花香，一派田园景色。

父亲曾把陶渊明的许多诗用毛笔抄写了下来，我又请人裱起来，挂在书房的四面墙上。他的诗无比坚实，挡住了外面的狂风暴雨，也挡住了外面的嘈杂喧闹。我与世无争，从不计较个人得失，我也过着悠然清静的日子，这也是我的追求。

从诗里我知道他愿意喝酒。我也愿意喝葡萄酒，每年秋天我都要酿许多，一直喝到来年的秋天。

我和陶渊明的习性、爱好，真是相似。

还在意什么年龄的距离？有生命就有爱，千古不变。是他从平静的生活中流出的清泉吸引了我，让我那枯萎的瞳仁亮起来，放出了光芒。人的一生就是一个舍得的过程，我舍了自己的年龄，可我得到了更长久的年龄，并且纠正了过去的一些偏见。

是的，我想到了他，我钟情于他。田园里有一扇大门，我推开了，里面是一片仙境：鸟儿欢唱，草儿缠绵，花儿盛开，蝴蝶翩翩……

但是我不到他那儿去，请他到我这边来。这边比那边温暖，这边我也写诗，他也可以住到我的诗里边。

老夫少妻古来有，多我又何妨？

历史上的一个女人

心中一直记着历史上的几位女性：蔡文姬、李清照、谢道韫、文成公主……想起她们常常肃然起敬。

蔡文姬是东汉末年著名学者蔡邕的女儿，她一生经历坎坷，曾被南匈奴掳去，后由于曹操的鼎力相助，才得以回到中原，留下了动人心魄的《胡笳十八拍》。

李清照是北宋的文学家，自少年便有诗名，才为华赡，逼近前辈，并开创了婉约诗派的先河。她的“知否？知否？应是绿肥红瘦”“莫道不消魂，帘卷西风，人比黄花瘦”成为流传千古的佳句。

谢道韫是东晋书法家、女诗人，很小的时候，和兄弟姐妹一起玩耍，适逢下雪，家里的长辈问孩子们：“白雪纷纷何所似？”谢道韫随口说出：“未若柳絮因风起。”因此，她被后世文人墨客津津乐道为咏絮之才。

她们都会书写，会写凄凉，会写朝廷，会写小女人的清丽婉约和大丈夫的荡气回肠。

文成公主不是文学家，她是唐宗室女，是汉人公主，却远嫁了吐蕃，一顶轿子从中原连接到雪域高原，还对藏族文化、纺织、酿酒、制陶、医药、农具制造、建筑等方面，起到了推动作用。同时，也是因为那桩婚姻，汉族也吸收了不少藏族文化。她是一个藏汉友好的使者，是一个让雪域高原更加耀眼的女人。

可是，她的一生相当不幸，每当提到她的时候，我的悲情就会萌动，悲情的河水就会来拍打我的心岸。

其实她在遥远的番邦生活了四十年，却守了三十一年寡，大半的青春韶华埋没在雪域高原。她在凛冽的寒风中梳理发丝，她的唇吻在高原雪山上，她在风沙中行走，野性的高原每天彰显着她的活力。

公元634年(贞观八年),吐蕃首领松赞干布遣使长安,希望与大唐和亲，并借此与中原加强往来，从而获取政治、贸易等多方面的利益。

此时的唐太宗根本瞧不起吐蕃这个蛮夷民族，断然拒绝。松赞干布勃然大怒，出兵痛打受大唐庇护的吐谷浑。大唐无力庇护自己的藩属，只好装作什么事都没有发生。但松赞干布仍不解气，四年后又挥师攻入大唐本土，扬言如果唐朝不送出公主，就要强掳。

唐太宗此时尚没有妥协之意，非但没有送出公主，反倒紧急从各地抽调军队，又征发东突厥和铁勒各部，集合大军前去救援，结果大败。此后，松赞干布一直不断袭扰唐朝边境，大唐军队屡战屡败。

公元640年10月，松赞干布又遣使前往长安求亲，并以此为条件与大唐议和。唐太宗尽管心里对此和亲非常抵触，但形势逼人，最终也不得不做出退让，将文成公主送出。

文成公主入藏以后，是松赞干布的第二位皇后（第一位来自尼泊尔），实际上她与那个高高在上、雍容华贵、深受吐蕃人敬重的国母形象大相径庭。她每日里如同丫鬟般伺候松赞干布的饮食起居，地位平庸。

一个美丽、知书达理的公主，离开繁华的都城西安，经过一个多月顶风冒雪的艰难跋涉，西行三千公里，进入了一个陌生的地域。那是一个公主的身体与一座高原的结合。

即使在松赞干布去世前的九年当中，她的生活也绝不幸福。年事已高的松赞干布共有六个有名分的女人，还有无数没有名分的，又能顾及文成公主多少？她嫁给松赞干布九年，却只有三年产生交集，大部分时间被冷落、遗忘，显然谈不上受宠。文成公主无儿无女，这一点与历史上的其他女性不同，她的孤独格外让人揪心。都说举目可以四望，可是她举目望向哪里？风沙抽打着她的身体，晨曦中她沐浴着朝露，黄昏中她敬着落日。她的日月宝镜，照不到长安，她的孤独至今还留在高原上。

当初文成公主的陪嫁异常丰厚，不仅有大量财物、珠宝、黄金，还从内地带来了青稞、豌豆、油菜籽、小麦和荞麦，从此，诱人的绿色洒满高原，农作物的香气袅袅起伏。尽管当时吐蕃人也种植青稞、荞麦之类的作物，但因不善管理，往往是只种不管，所以产量极低。他们十分佩服汉族农业的高超技术，尤其是把桑蚕技术传给他们后，吐蕃有了自制的蚕丝织品。那些细柔的光泽，飘出了女人的丝丝柔情，也让柔情飘荡在雪域高原。

她还带来了许多内地的铁匠、石匠、木匠，各种史书、营造与工技著作六十种，由此给吐蕃引进了先进的农业、手工业技术，带动了西藏的发展。她是一个让高原震撼的女人，她是一个让民族赞佩的女人，同时因为和亲，还稳定了边疆。把文成公主誉为最成功的女外交家实不为过，她在喇嘛教中，被认作绿度母的化身。

当时，唐朝佛教盛行，而藏地无佛，文成公主是一位虔诚的佛教徒，后来她修建了小昭寺，从此佛教开始慢慢在西藏流传。文成公主还对拉萨四周的山分别以妙莲、金刚、宝瓶等好听的名字命名。这些山名一直被藏民沿用至今，有了好听的名字，山也变得好看。

公元 680 年（永隆元年），文成公主逝世，吐蕃王朝为她举行了隆重的葬礼，唐遣使臣赴吐蕃吊祭，泪水垂挂在雪域高原上，冻成了冰柱。

她死后，藏民在青藏高原的东南部，三江源的一条大峡谷上，修建了一座藏式的文成公主庙。公主庙紧贴着百丈悬崖，风景幽静，山下小河如诗，屋顶瓦片光芒四射，庙中央立着文成公主的精美雕塑。

这儿一年四季香火不断，酥油灯长明，诵经的声音不绝。我住在遥远的东北，但刮西北风的时候，我似乎断断续续地也能听到。

这是一段藏族的历史，有的情节被画成壁画，历史学家还把主要情节写进历史著作中，还改编成话剧在舞台上演出。

这个民族一直记着她，记着这里曾经住过一位美丽、坦诚的汉族公主，一个在那段时期里把西藏各个领域推向高峰的女人。

风翻动着历史，历史有来路也有去路，那三千公里的路上，陪嫁队伍马蹄扬起的风沙没有停过，还搁在那里，文成公主的裙角还在飘荡。

秋风里的秋瑾

一到秋季，每当走在风里，我就想起了“秋风秋雨愁煞人”这行诗句，就想起了秋瑾。好像我认识她似的，在这个季节，她的诗句总在我眼前飘荡几回，秋天就多了悲凉。

她的诗是这样写的：“篱前黄菊未开花，寂寞清樽冷怀抱。秋风秋雨愁煞人，寒宵独坐心如捣。”

秋瑾是诗人，也是侠女，她一身柔情，也一身钢铁骨骼。

她出生于绍兴，1896 年依父母之命嫁湖南富绅子弟王廷钧，随丈夫寄居北京，目睹国势危机、清廷腐败，立志献身救国事业。1904 年她东渡日本留学，与他人创办报纸，呼吁反清革命，提倡男女平权。

秋瑾生活在中国灾难深重的清光绪年间。中日甲午战争后，清政府被迫签订了屈辱的《马关条约》；慈禧太后等守旧派发动血腥政变，导致新政夭折……中华民族到了丧权辱国、危机空前的历史时刻。

一些爱国志士忧国忧民，寻找中华复兴之路。然而，当时的天空正如漫漫长夜，黑暗阴森，曙光未显。一个女人挺身出来呼喊了，然而，她的声音被刽子手们撕碎了。

1907 年 7 月 15 日，凌晨四时，那是黎明前最黑暗的时刻，秋瑾在绍兴轩亭口英勇就义。就义前，她目别祖国蓝天白云，目别祖国美丽河山，慷慨就义时年仅三十二岁。好在她的血没有白流，她以一腔沸腾的热血，终于换来了中华民族的觉醒。她的狱中绝笔“秋风秋雨愁煞人”，一个“愁”字，像夜空的炸雷，轰隆隆在中国大地上翻滚。她痛同胞之醉梦犹昏，悲祖国之陆沉谁挽！这就是秋瑾平生之遗憾。

四年之后，辛亥革命的滚滚洪流终于把中国两千年的君主专制统治席卷而去，建立了资产阶级共和国，推动了中国民主主义的历史进程。秋瑾之举，为辛亥革命做出了巨大的贡献。

她的生死与我们有关。她的生死与祖国有关。

鉴湖女侠秋瑾实践了她的革命誓言："危局如斯敢惜身，愿将生命作牺牲。"她是举世闻名的封建王朝掘墓者之女界第一人。

民国是到1949年才结束的。那是一个大时代，是中华民族崛起的一个时机，秋瑾是民国女英雄。

她腰中佩剑，碧血青山。

在西湖边上，我曾见过秋瑾墓，不由得肃然起敬。但是我感觉这里少了一些肃穆的气氛。紧靠秋瑾墓碑的就是停车场，上车、下车、停车、倒车，人们有说有笑……不该欢畅的地方充满了欢畅，让人心痛的地方更加心痛。

后来查询得知，秋瑾生前有葬在西泠的愿望，而其墓地经过十次搬迁才安定在这里。可是这里安宁吗？无论一百年之前或一百年之后，她都是秋天里的一颗明珠，谁来安志士之魂？秋风吹着她的墓地，而没有吹着人，秋风有情。秋瑾，不要把大地的秋风都想成是自己的，那是每一个中国人的！

她走进秋风里，引来的是东风。

写到秋天似乎就关联着秋瑾。秋天有收获的美，有粉饰的美，还有凄凉的美，一百多年前绍兴的秋天，什么美都没有，那个秋天只有耻辱。

树叶萧瑟，我的心瓣如同树叶也在萧瑟。时间不会定格，视线不能穿越到一百多年以前，但是那时的风能刮过来，把那句诗刮过来了。那是秋风的力量，它总是如期而至。我用自己的诗把它感叹出来，这个秋啊，许多诗句都变得颤抖。

秋天是一年当中的一部分，四季的影子拉长或缩短是等距离的，但是许多人唯在这个季节有悲情，我亦是。我的内心装着春天的姹紫嫣红、夏天的云卷云舒、冬天的皑皑白雪，却给秋天留下了不一样的风景和位置。

秋天有它的定式，从山岚上能看到，从天空中能看到，格外醒目。调整好心态，迎接冬天吧。

海，从不空寂。山，从不空寂。秋天，从不空寂。世间自有真挚的暖流奔涌，它们会冲破所有的屏障。

我人生的大多时光都在学习和爱，读一段历史，做一下思考，储备的内容就加厚了，一点一点地让历史完整吧。

一个多世纪过去了，中国早已发生了翻天覆地的变化。在不断的改革中，秋瑾的那些诗句也将会不断转换，“愁”字会越来越少。她的思想在闪烁，照亮一方，正义与良知必将覆盖中国大地。

古人的脚和我的脚

经常翻阅古书，那些“三寸金莲”经常会冒出来。

“湘裙下三寸金莲，云鬓中两行翠凤”“对襟披风轻巧巧，三寸金莲左右分”，都是。

封建社会，女人的足裹得严严实实，没有自由。她们足不出户，许多路被裹金莲的布带子缠死了，眼前的路被捏成了碎片，只能一小块一小块地挪。那些路里隐藏的苦楚，只有女人知道。

那时缠足的年龄大约从五六岁开始，要把一条白布带子浸湿了以后，晾到半干的程度，湿气腾腾的再一层一层裹到脚上……我不想做过多的描述，那种痛苦是可想而知的。

当时人们普遍将小脚作为美的标准，女人被迫忍着剧痛，裹起了小脚。人们还把裹过的脚称为莲花，四寸为银莲，三寸为金莲。三寸被认为是最标准的，古书上说，脚上还有尊卑之分。

汉时的赵飞燕传说一双“小金莲”能在掌心中起舞，舞得汉成帝如痴如醉，以至于忘了江山社稷……

到了明朝，更以小脚为时髦，足的讲究，胜过了手。

活生生地将一双脚缠小，伤筋动骨，把体温挤出体外，这叫什么？残忍。

一双双小脚，蝌蚪一样游走在庭院，宽敞的世界在她们脚下摇晃起来，再以后就变成了一条窄窄的缝隙，只能走着缝隙一样的路。缠过的脚趾已经变得麻木了，她们只能用脚后跟走路。也许时间久了，能习惯一些，可那分明是一种痛苦的习惯，或者说，痛苦在持久地延续。

出嫁时，婆婆要掀开长裙，看足影如何移动。丈夫的目光往往也落在脚下，满意后起身离去，这对“金莲”便有主了。

想到“金莲”，心便生悲。长长的路程，一下一下不能连贯着走，就是一个妙龄少女，也会显出老态。

凡是裹过脚的女人，哪一个不是每天都在痛苦的花园里漫步？

我想起了祖母讲过的故事：过去乡下人家的门槛都很高，由一大块厚厚的木板插在门的下端。门槛边上留有一个圆圆的猫道，家里饲养的猫能从那里钻进钻出。谁家媳妇要是犯了什么错，就把她的双脚插到猫道里，丈夫和婆婆打起来顺手。

这样的故事听起来让人不寒而栗，我也十分反感。

那些“金莲”虽然远去了，但影子留下了。影子太沉重，赶也赶不走，因为上面结的痂太重。

真幸运，母亲让我晚一些出生，早已越过了那个年代。

我的脚可以任意裸露，可以任意奔跑；我的脚可以走九万里山河，去看山林里藏着的千年银杏；可以伸进滔滔大河，踩碎水波。我将十个脚趾都涂上了红颜色，像一团团小火苗，走到哪儿，哪儿燃烧。它们在天地间蹦蹦跳跳，我的脚趾每天都含着微笑。

我有各种各样的鞋子：高跟的、坡跟的、平跟的、皮质的、绣花的、红的、白的、粉的……只要鞋码合适，我的脚趾周正，都可以穿着，而且夏季里，我从来不穿袜子，连丝袜也不穿，凉凉快快的，一会儿越过崇山，一会儿越过峻岭。

假如我穿的鞋子有点儿小了，走路脚趾微微不适，我会立刻像踢足球那样把它从脚上踢出去。不是有句俗话吗，受谁的气，也不能受脚的气，我的两只脚，生长在自由王国里。

人类的进步，早已是突飞猛进。我不由得想到了女子足球队，她们的脚是那样地有力，足球被她们踢得铿锵飞扬。她们的两只脚充满了准确性，一只只足球飞快地踢进对方的球门，痛快至极。假如仍旧还是裹着的“金莲”，只恐怕连乌龙球也无法踢进去。

过去的历史与如今的现实，往往都有某一段的相似。而“金莲”呢，它们真正地永远无法相似了。它们最后的止步，意义重大。

现在我用脚尖起舞，起起落落，脚尖在说着情话。我到外面滑冰，在休息室里，我把脚高高抬起来左一只、右一只地换冰鞋，是那样地自由自在。冬季，我和女伴们去游泳馆游泳，我们绷直了双脚，用脚丫拍水，拍得水花四溅。

生活中，我的双脚不停地奔波着，追逐着梦想。它们和我的诗一样，多情着、乖巧着、勇敢着，走着极富风格的路：自然、畅达、热烈或冷峻，用“物我统一”形容是否合适？

许是有艺术感觉的原因，我那么喜欢听高跟鞋走路的声音。随着咔咔咔的脚步声，仿佛就见到了一个女人，一种幻觉在声音上重合。

怎么欣赏？浴后跷起脚端量，真是兀自俏丽。白藕般的脚趾，却有着四两拨千斤的能量呢。它把握着我，敲打出和山水共鸣的回声，踏出了现实生活的依据。

我的脚趾生得很俊俏，我曾经把脚丫伸进黄河里，感觉河水是温和的；我曾经把脚丫伸进海水里，感觉海水是滞涩的。我说我的脚趾太敏感了，人家说脚趾上的神经多了去了。

去年秋天，我下楼梯时不小心崴了左脚，疼痛难忍，邻居建议我赶快去做一下按摩。

当按摩师拿住我的脚踝，轻轻按动、推捏的时候，我没有多少羞涩感，觉得那是需要治疗的身体的一个部位，女人的足真是获得了极大的自由。

旧与新可以在共契中相融合，但该唾弃的必须唾弃，否则女人永远因此而忧伤。

说到底，血脉流动到身体任何一个部位，都会贯穿到整个身体中。我以这种方式写女人，是因为有这样一个细节，这个细节狠狠地踹了我一脚，踹得那样深刻，催生了这篇散文。

男 人 泪

生活中，我不太敢见男人流泪，就是远在三国的刘备，虽说他的眼泪不娇贵，遇到一点儿难心事就会流，但是他流泪我心中也不是滋味，更何况是自己周围的人呢？

男人不先流泪，先含泪，实在含不动了，才落下来。我就是不敢看这个过程，看着看着，自己的泪也跟着不由自主地落下来，和人家一起流。这样，就得早早地收着点儿。

去年清明节我去给父母扫墓，看到一个男子带着他媳妇也去给他刚刚故去的母亲扫墓。那男子哭的声音像闷雷，真有些惊天动地。我被他的哭声打动，泪水也在眼睛里转悠，视线恍惚起来，不能再往他那边望。

其实我的父母已故去多年，每年去扫墓主要是去寄托哀思，去敬献鲜花，即便流泪，也是无声的、轻柔的。

《红楼梦》中贾宝玉是为林黛玉流泪，那哭天抢地的泪水像断了线似的，横的、纵的，流也流不尽。看来，古来君子动了真情，也是如此。

女人坦言：没有男人的泪，女人怎么活？那是要男人的真情，那是以小搏大，以卵击石。

中国现代文学史上的诗人徐志摩时常流泪，那是为他的爱，为他的小曼，为他的诗。他的优秀诗歌都是含泪写成的，所以读他诗时，只要仔细，能见到里面泛着天边的光影。

女人哭哭啼啼，让人怜爱；男人流下眼泪，让人肃然。男人的泪水是用感情的锤敲打过的，所以流下来的时候叮叮咚咚，如果在峡谷里，能把群山震响。

他们的泪水是那样清亮，好像刚刚从山泉里冒出来，正在把一切污垢带走，还自己一个纯情的胸膛。

行走在世，有多少男人就有多少腔灼热的泪水。有时，他们也有笨招，能把泪水咽下去，就像是人们常说的“男人流血不流泪”。

男人，我多想告诉你：有泪尽管流，男人流泪的时候，世界都变得温柔。男人流泪的时候，女人得用胸膛接着。本该有泪却无视它的存在，那才是虚假呢。

男人不在乎痛，在乎伤，伤比痛还要难受。

男人流泪，不能哄，得劝，把哭的内容展示开来，变成一篇散文，再一段一段帮他分析，帮他解释。等解释开了，那泪水便停止，像突然被人剪断了似的，绝不再重复。

生活中，我真正见到过男人流泪的时候并不多，但凡见过的，都记得住。

我最不能见的是站台上的泪，那儿也是我最不愿去的地方，除非是在不得已的情况下。送人的泪水不是咸的，是酸的，那个味道还直往鼻子里面钻，闹得眼睛和鼻子一起哭。

我的男友每次回欧洲，我先要到火车站送他去北京，然后他再从那里转乘飞机。我们说好了，谁也不许流泪，可是我们每次都没有守约，即便是我做到了，他也没有做到。当他拉住我手的一瞬间，泪水便一滴一滴流下来，被卷进风的旋涡，呜呜地响。

第二天，有熟人见到我，直接问：你昨日去车站干吗了？我心里想：干吗？？去流泪了。自己还不知道，全让别人在车站看见了。

几滴泪，引起世间的多少心酸，时光就穿过这些小事往前走着。自古这样，如今还是这样。人们对生活便增加了激情，便有了抑制不住的一颗心。

我的父亲是一个坚强的人，在世的时候，我只见他流过两次泪，一次是母亲去世的时候，另一次是在埋葬母亲入墓地的时候。

那天在墓地，父亲的泪一直流个不停，把墓碑都打湿了，立起的大理石碑就像是从水里捞上来的。父亲用毛巾擦了一遍又一遍，擦得明晃晃，就像在擦母亲梳妆台上的镜子。记得母亲在世时，梳妆台上的镜子总是擦得干干净净，没有一点儿灰尘。

父亲的泪可以用倾盆雨来形容。

男人的泪干净、利落，是透明的冰，那些冰真像破碎的瓦罐，每一处都扎人。

会流泪了就不再衰老，一切伤心的事情泪水帮助冲洗，泪水帮助去除腐烂，很有意义。当一个人渐渐老去的时候，他曾经流下的泪是多么宝贵的财富，虽然拾不起来，但是有痕迹在，刻在岁月里。

说到泪水，又想到了喜泪。

有一年我应邀参加了一个四十多岁男人的婚礼，他前二十年在美洲打拼，经过一番努力，在事业上成功了，回国后娶了一位可爱的姑娘。

婚礼高雅而浪漫，就在婚礼进行到高潮时，他为妻子戴上了一枚戒指，然后拥抱了妻子。这一瞬间，他流泪了，那泪无声无息，静波浩渺，滴滴落在新娘的肩头，全是透明的，却胜过了一片姹紫嫣红的色彩。

哲学说：悲则喜。在这种时刻，泪是最真实的。我相信，有了美好的开始，将会有美好的未来。

男人的泪水击溃了我，男人身上的软弱透出的是刚强。泪，只有让男人流了，才算。

女人在佛堂用手敲木鱼诵经，男人用泪水敲心壁诵经，都是一群菩萨心。

我打探了男人的泪，原来和女人一样剔透，都是情到深处的东西，都是裸得最干净的东西。

一个男人有泪只往心里流，我觉得这样的男人真是一个深不可测、看不明白的人，是过于成熟，还是过于老练？

男人不是冷血，他有血有肉，知道自己是条汉子，哭也是像刮来的一阵风，不会哭哭啼啼。当他流过泪之后一转身，照旧会为你送上祝福。

有时候女人的泪是给男人看的，不看还好，越看越没完没了，变复杂了。

我的泪可以随便流，想起一件事，想起一个人，受了欺负，受了委屈，都可以流。可以流成一条小溪，可以汇成一汪清池，也可以替古人流，沿着大运河而流至上游，再沿着丝绸之路流……

假如男人的泪里能泊一叶小舟的话，便可任由女子的柔情滚滚而来。

永不沉没的泰坦尼克号

20世纪，英国制造了一艘豪华客轮——泰坦尼克号。

造成后，当时的权威人士说：就是上帝亲自来，也弄不沉这艘船。他说的话包括了所有的安全系数，人们以空前喜悦的心情去购票，要做第一个航行者。

可是没有想到，这艘巨轮在它的处女航中，就在大西洋撞上冰山，沉没了。

从英国国家档案馆提供的文件可知，泰坦尼克号撞上冰山的时间是1912年4月14日二十三点四十分。报务员拍发的电报内容是：请速来救援，锅炉室进水，已淹没轮机。当时很多大西洋上的船只都收到了求救电报，非常可惜的是，离泰坦尼克号最近的加利福尼亚号因为电报员关掉了电报机而没有及时收到电报。

这次海难惊动了全世界，百年后还被搬上了银幕。电影中那首经典的歌曲曾经一度在大街小巷反复传唱。

在这里我不想说沉船的经过和痛苦，因为生命永远无法和大自然抗争，这就是自然规律。在大自然面前应重视罪恶，它在与善良的搏斗中往往得逞。

我主要想说的是在最后一刻，当船与水面几乎垂直的时候所发生的事情。仅仅是十几分钟，却让人一个世纪也忘不掉。

在生命的最后时刻，船上并没有人大声呼喊和哭泣，大家以求救的目光望向船长。船长开始讲话了，他说：放下所有的救生艇，让妇女和儿童先上。

船上的人大部分是商人，人群中有的人能买下这艘巨轮，有的人富可敌国。我不是在说有钱人的生命比别人值钱或是与别人不同，而是说他们和所有人不同的是，他们反而多了平静。

这时候，许多妇女没有向救生艇奔去，她们从遥远的地方用目光寻找亲人，隔着人群大声呼喊：我爱你。

在如此宝贵的时间，她们需要把自己心里的声音传递出去，每个人都怕对方听不到，生怕耽误了。整个甲板上“我爱你”的声音此起彼伏，一直在大西洋上翻滚。只三个字，所有的人都喊哑了嗓子，一千遍一万遍地告诉对方：我爱你。在没有希望的情况下，一点点微小的情感她们也要把它放大到无数倍。

水手们将所有的通道都打开了，就在那一刻，所有的通道都打开也没有路，越临近大海越没有路，此刻的大西洋如同陷阱。

爱与死亡在撞击，船与冰山在撞击，与宇宙在撞击……

以后的百年、千年时间里，世人千万不要忘记船上的这个细节，不要忽略它。

海面上浪花盛开，尸体翻滚。在生命的最后一刻，大家都说出了想说的话，照旧主宰了自己。可惜他们的命运再也不能与这个主宰达成统一。

船被大西洋吞进嘴里……

当时没有黑匣子，那些事情人们是怎么知道的呢？

泰坦尼克号共有七百零五个幸存者，事故后调查委员会认真地给他们提出了五万多个问题，题后讲述的完全一致，非常清楚，七百零五个人同时说出了那一句话：我爱你！

我在想，如果当时我在那艘船上，我会怎样？

我一定会被惊恐的竹签穿透十个指尖，发出无数声尖叫，结果先被海浪吞没。看来人最需要的品质是冷静。

历史将描绘出人心。

那场海难已经过去一百多年，却越来越让人看清了真相：人类不能征服大自然，只能征服自己的心灵。

客轮的消失，由头至尾是与冰山发生了死亡之吻，仅仅是一角，可是船没有绕过去。

冰山耸立在大西洋上，变成一颗巨大的泪滴。

李白和他的山

时间过得真快，好像一眨眼就是一天，这样过着，李白离开我们已经一千多年了。

自从搬进新家以后，我每天都能看到他，原因是我家窗外有一座山，郁郁葱葱，峰峦叠翠。家中只有我一个人，特别安静，一天到晚它看着我，我看着它，看着看着，李白的诗就从山上升起来：

众鸟高飞尽
孤云独去闲。
相看两不厌
只有敬亭山。

读着诗的内容，我感同身受。一千多年前的意境，竟来到了我的眼前。

我知道诗最后两句写的不只是对敬亭山的钟爱，他写的是自己在世上的孤独和悲凉。一颗朴素的心，铸就了他真诚的性格。是啊，一个喜欢交朋友的人反而和青山做伴。

李白写这首诗时离开长安已将近十年，身在人间，却得向大自然寻求慰藉，让我不由得想到他此时有多么痛苦。

李白（701 年—762 年），字太白，号青莲居士，祖籍陇西（甘肃天水附近），出生在一个商人家庭，隋末其先人流于碎叶。

李白五岁那年，突厥人入侵碎叶，李家举家东迁，来到蜀中绵州。

他从小聪颖过人，不少书他看一两遍就印在脑海里，但他贪玩，读着读着就不肯用功了。

据说有一天他看到一个老奶奶将一根铁杵在磨石上用劲地磨，说是要把它磨成针，李白大吃一惊：这么粗的铁杵何时才能磨成针呢？老奶奶满怀信心地说：只要不停地磨，总有一天能磨成针。

这件事情使李白悟出了一个道理：只要功夫深，铁杵磨成针。学习不也这样吗？

从此，他刻苦读书，学问大有长进。他一生出三峡，入湖北，游洞庭，登庐山，下扬州，走中原，访齐鲁，进山西……走遍祖国的大多数省份，寻访名胜古迹，开拓了自己的知识领域，为他的诗篇提供了撷取不完的素材。

742 年（天宝元年），唐玄宗召见李白，并给了他职位，让他专门在宫廷里写作诗文。李白本以为他那治理天下的宏伟意愿很快可以实现，但冷峻的现实使他逐渐清醒地认识到，皇帝根本没有认真听取过他的治国之策，只是把他作为帮闲文人罢了。

李白极为失望，主动要求离开朝廷，又开始了漫游和写作生涯。

李白的诗现存九百九十多首，我尤其喜欢这一首《独坐敬亭山》。我充分体会到了这首诗带来的墨菊一般的内涵和带血的孤独。诗人需要交流，他有一双深邃的眼睛，可是内心传达给谁呢？现在那双眼睛立在山上，绵长的情丝如絮，飘在我的心间。我每天望着山，山已经被我看得绵软起来，已经来到了我的怀里。

李白早已故去，但他留下的诗篇穿越了一千多年时空，至今仍在风雨中行走。这也是他本人最喜欢的生活方式，边行走，边吟诗。

他少年生活在蜀地，壮年漫游天下，学道学剑，好酒任侠，笑傲王侯。

其实他是一个简单的人，坐在草垛上，用目光抚摸叶子的忧伤；他是一个浪漫的人，用小舟把江面划了一个大口子，把月亮抱进去了；他是一个思想犀利的人，敢触碰朝廷的脊梁……

有一点我和李白相同——都是有情的人。他豪情万丈，雄奇飘逸；我柔情千叠，缠绵无尽。情若散尽，就不是诗人。情若散尽，我也不当诗人。李白的时代不需要再现，我默守着他的豪放，默守着他的忧伤。

我是那般地爱读李白的诗，痛时让人撕心裂肺，喜时让人大笑不止。他那一腔情感总能把我的痛点燃，火辣辣的痛，总比半死不活好得多。

一个多么好的情圣啊，他的诗至今还能留在山上，不只是敬亭山，也包括我家窗外的山。

唐朝，有时离我们真是很近。唐朝出了那么多诗人：王勃、杜甫、王之涣……他们的诗或飘在风中，或洒在田野，或开在山坡，我们经常阅读他们的诗篇，始终感觉是真实的。

望着望着，李白的情随着山中的小溪一起缓缓流淌下来，泛起了热情的水花。

向　善

世上的人，大多想做善事。曾国藩说："善莫大于恕。"

在岁月缓缓的流逝中，凡是别人对自己做过的善事，只要是一个有心人，都会记住。

有一年我去庄河冰峪沟旅游，看到别人骑马，我也想感受一下，就请人帮我找来了一匹马。走着走着，前方出现了一条小路，仅有一米多宽，左边是险坡，右边是山崖。我不知马是否能顺利走过去，吓得大叫起来。这时一位农民从后面跑着赶上来，一把夺过我的缰绳，侧着身子一步一步把马牵过去。多少年过去了，那条窄路及那位农民的影子还时常在我眼前出现。

小时候母亲给我讲过一个故事：从前有一个穷秀才进京赶考，走到渡口时，船还没有过来，他放下身上的行囊，蹲在河边耐心等待。

突然，他发现有一只小黑虫落进水里，那小虫不会浮水，翻着跟头拼命往岸上爬，可一次又一次扑空。在它危难之时，秀才站起身来去旁边折了一根柳枝，将柳枝伸进水里。

小黑虫爬到柳枝上，秀才轻轻提起柳枝，虫子得救了。

第二天秀才急急忙忙赶到考场，可是一个很平常的字他少写了一个点，自己却全然不知。最后考卷张贴在墙上，考官批阅时竟没有发现有什么错处。原来是那只小虫子赶来，卧在那个缺了点的字上，做了补充。

故事显然不太真实，但留下了让人回味的内容。

一个人可以没有好的容貌，可以缺少金银，但不能缺少善良。

历史上的开封府有一个青天大老爷——包拯，他为官清廉，为民申冤，好做善事。他在天长县任知县时遇到过一件事：有一天，一个老实的农民到县衙报案，说耕牛的舌头被割。包拯对那农民说：你回家把牛杀了，自己留一点儿吃，其余的拿到市场上去卖。按当时宋朝的法律规定，民间私杀耕牛是要犯法的，但有县老爷的许可，那位农民回到家中就真的把耕牛杀了。

第二天，有人向包拯控告那位杀牛的农民，包拯反而将这告状的人扣押起来，怒问道：你为什么把人家牛的舌头割了？那人被这突如其来的追问弄得惊慌失措，只得如实招供。这个无赖没有想到，这是包拯使了引蛇出洞之计。包拯在接到牛舌被割的报案后，马上意识到这一定是仇家有意陷害这个农民。如果让那个农民把牛杀了，就触犯了法律，仇家一定会进一步告发，所以包拯叫农民回家把牛杀了，借以引诱割牛舌者前来告状，此计果然很灵。包拯以他的智慧和善良尽力为人们办事，古人把“青天”的雅号送给了他。

宋朝的故事流传至今，近代的故事同样感人。记得在读小学时，有一篇这样的课文：红军来到江西瑞金，见村里没有一口井，群众要到几十里以外的地方挑水喝。红军战士看了既心疼又着急，便决定在那里打一口井。经过几天几夜的奋战，打出了井水。当甘泉一样的水汩汩流淌出来，战士们却都出发了。当地老百姓心里感激，在井旁立起了一块石碑，上面写着：吃水不忘挖井人。

当年的红军就这样走一路做了一路善事，后来老百姓不惜用自己的生命保护他们。只有善良的人才能交下朋友。

其实世间万物皆通人性，喜欢与人类一起积极向善。

比如森林中的大象在死亡之前，为了不让同伴难过，总是悄悄走出象群。

美丽的大雁在空中飞翔，从不欺凌弱者，或是低飞，或是高翔，都要一路同行。它们能划分天空，却绝不划分自己的同胞……

在不同的环境中，我们应该提倡向善的教育。向善之举，高过一切，把它当作一条路，大家都走在上面，多么安全。如果可能，我不光想把它当作路，还想把它扛在最高处，我要竭尽全力。

“百心不可得一人，一心可得百人。”这句话是从《子思子》里面流传下来的，很感动人……

许多事情都可以渐渐淡去，唯有一个“善”字越来越清晰地和灵魂交织在一起，和我们的民族交织在一起。“善”字写在前面，这个民族便更有活力。

望你的生命长久

人的胆子其实很小，当世界安静得一点儿声音也没有的时候，人就开始慌张，失去了平静的自我。

在人生的列车上，死亡是最后一站——终点站。有生就有死，天经地义。死的内容相同，而活的内容不同，所以有的人死了要覆盖国旗，有的人死了埋葬在普通的墓地。不管怎么说，长寿才是主要目的。

长寿之人古代有之，近代有之。近代的宋美龄活至一百零六岁，在美国纽约家中安然去世。她在台湾和美国没有产业，晚年伺候她的孔家大小姐孔令仪对大家说：老夫人身后只留下十二万美元。许多人认为她富可敌国，其实不可轻信。在这方面，宋美龄一生各个时期的经济状况，是有蛛丝马迹可寻的。她一生淡泊名利，追求的是有爱情的生活，追求的是生活的品位。

还有张学良将军，也活至一百多岁。他晚年定居美国夏威夷，深居简出，生活极其有规律。平日里，老人除了每周上教堂做礼拜外，就是去海边散步，赏日出日落，看游人在沙滩嬉戏，以平和的心态享受海滩的阳光和清新的空气。兴之所至，偶尔还唱上几段京剧。他一生信奉“爱人如己”的格言。

这样一想，人生在世何必纷争、计较，唱着自己喜欢的歌从蓝天下走过，多么痛快。不图别的，图个长寿。

前些年在报上见到钱钟书老人去世的消息，知道他的葬礼十分简单，仅三两个亲友在火化场为他送行。老人平生只做学问，因为他喜欢这样，由此他活了个好心情。好心情能修身养性，他获得了高寿。他将人生的大海看到底了，从年轻时就这样，谁听说他要过什么？他只要学问。

一个人宁可做一棵实实在在的草，心里踏实。尤其是到了晚年之后，做事情最好不要违背自己的心愿。比如有人爱听贝多芬的音乐，有人爱听舒伯特的音乐，爱听谁的曲子，谁的曲子就最美。

一个人开始有自己的喜爱和追求，产生了好心情以后，这就有了获得长寿的梯子。霞光向夕阳移动的过程多么美妙。

这世界实在精彩，兰花美，燕子唱，柳絮也飞扬。

在此我又想到了一位外国老人——苏联舞蹈家乌兰诺娃，她的一生起伏在足尖。她把舞蹈比作澎湃的海，比作飘荡的云，她是在海面和云彩上起舞，她的心境该有多么辽阔。无论有多少赞美，她不看重，每日孜孜不倦地追求，在舞台上度过一生。

她是在追求生命，结果她生存的时间长达近一个世纪，舞蹈使她快活、高雅。如今，她已睡成湖泊，流淌在人们的心上。乌兰诺娃离开了家，离开了海，离开了云彩，却仿佛处处都有她的快乐，并时时感染着我们。

看来好心情对一个人是十分重要的，时时与自己同行的是自己的心情，谁能替代？好心情来自一个人的乐观和豁达。我有一位忘年交，我常常去看他。他孤零零一个人，但是过得极有情趣。离休以后，他学会了绘画，想要什么就画什么。他说房子太小，随手就画出了一座城。他说平时最爱吃黄瓜，只是现在老了，牙齿咬不动了，随手就画了一排黄瓜架。他画风的翅膀，风变成了白蝴蝶。他画雨在飞翔，雨变成了小燕子。我知道他每天在追求生命的长度，他以平静的心绪，迎来了一个又一个春暖花开。

我们用越来越多的时间在电话里和朋友聊天，我们不指望有多少收获，只要重要的一点：把良好的心情传递给大家，无论以什么方式都可以。

“水静犹明，而况精神，圣人之心静乎。”水什么时候能照见万物呢？只有水安静的时候。人心安静的时候，便什么都能看到了。

任何一种猜忌、计较、嫉妒，都不要把它们像佛珠一样挂在自己的胸前。

如果偶然出现，也应该把它们拽断，尽快甩掉。心的领地我们应层层坚守，不能让污水溅上。让心时时看星辰，把雾霾推开。凡长寿者，多是心静无私之人。

在人类史上，科学从未像现在这样地位至尊。科学地养生，科学地调整心态，同样是我们对科学的敬畏。

也有时，好心情来自天地间，去泰山登攀，去赤壁怀古，去清照祠凭吊。大自然没有争吵，尽是好山好水，美丽的风光能融进生命里，这也是造化。

有的人不愿做官，赞美和咒骂永远不属于人家，心平静了一生。有的人喜欢小河，那么就去赞美它吧。我喜欢河岸，岸上有庄稼、青草、鲜花，岸上有晚钟，生命将重新敲响。

救世主的火柴不能点燃长寿的烈火，得靠我们自己点燃。渡江河湖海，登翠绿峰峦，去寻找自己的好心情吧。它向东飘扬，你得跟上；它向西飘扬，你得跟上，千万别误了机会。

我们正在学习长寿的知识，对于长寿的人，我越来越不震惊，因为人的寿命是可以改变的。我们曾经是那样地糊里糊涂，以至于不把养生当一回事，当心情烦躁时，竟能任其所为，不去调整。

好心情是辽阔宽广的大路，是大路上干净透明的空气，都说那是一条长寿之路。我们不去纷争，只求健康的心情。前面不是已经举过许多例子吗？赶不上火车是常有的事，赶不上好心情可得立即追上来。

从此，我不望你的归期，望你的生命长久。

享受在这座城市

这座城市四季分明，四季的温度很舒适，热不燥，冷不冽，只是季节与季节交换那几日，气候变化有些异常。夏季通常是先起薄雾，再一点点地涌出大雾。秋季通常多阴天，然后再起风。这都是在告诉大家：做好准备吧，我们即将迎来一个新的季节。就像一出大戏，每当换场，先敲一阵锣鼓，昭示着人物即将登场。

这里有一个特点，许多马路是起起伏伏的。从这条路到对面那条路，要走一个坡，走着走着，便气喘吁吁。到了马路最高处，对面的路才一目了然。如果一个人站在前方举起相机，先出现在镜头里的一定是一排排脸，再是肩，是胸，最后才会出现一排腿，很像电影里的艺术镜头。真是海的城市、海的风貌。

我想起 20 世纪七八十年代，北京、上海骑自行车上下班的人非常多，那个画面至今在我眼前。马路上像奔涌着自行车的浪潮，一浪追一浪，想在中间穿过一个人，比穿越峡谷还难。可是在这里，骑自行车的人寥寥无几，让人感觉到很新鲜，那是因为地理条件限制着呢。

这里的马路缺少直角，大多是圆角，呈开放型。街道以广场为中心，一条一条辐射到很远的地方。游人有走不完的马路，一个弧连接着一个弧，它们各居其位，而你永远在走。

因为北方的海水凉，所以这儿的海鲜特别好吃。吃海鲜是家常便饭，吃一盘海鲜如同吃一盘蔬菜。

每当中午或晚上，只要是做饭的时间，你任意地走进一个小区，多种海鲜——鱼、虾、蚬子、扇贝的味道直往你鼻子里扑。你一定会垂涎三尺，迈不动步子。

在春秋两季，鱼正肥的时候，不用去海滩，每条街道都变成海滩。人们在树杈与树杈之间绑上一条铁丝，缠紧鱼尾，一排排地挂在大街小巷，好像是海浪把它们拍在树杈上似的。风一吹，那些薄薄的比目鱼便轻轻飘荡，树杈上挂满了鱼片的小旗。

晾干后拿回家中，吃时是另一番味道。做法很简单，不用任何佐料，先在锅里添点儿水，然后把鱼摆到锅帘上，用蒸的方法蒸出来的鱼味道就变了，鲜味变成浓缩的，鱼肉变成一丝丝、一条条，吃到这样的鱼，再也不想吃其他的海鲜。

还有一种是晾晒的海带。刮风天从海滩上捡起被海浪抛到岸上的海带，它们有长有短，长的足足有一米多，然后像晾衣裳那样晾到绳子上，干了后，如卷毛巾一样卷起来，留着冬天食用。那是大海里的蔬菜，口感滑腻、爽口，特别好吃。

站在旅顺口老铁山上往下望去，即是渤海和黄海的分界线。两片海在这里汇合，又在这里分开。海面齐齐整整地奔涌着两种颜色，黄海的水微黄，渤海的水湛蓝，一条天然玉带蜿蜒起伏，从山脚一直延伸到大海深处。一座海分为两半，是那样自然地分合，朝夕不改。

如果你是以平常清静的心情走进来，时间不长，当海风吹拂着你的面颊，你的心情会慢慢地变得像海鸥一样欢快。心被海鸥的翅膀撞击，于是你时时会有一种冲动，让你坐不住、停不住，总想去拥抱你的心上人，和他诉说在这里的一切感受。

不管你走在哪条街道，细细去听，都能听到浪花拍击海岸的声音，这座城也随着这种声音在涌动，哗啦哗啦，是它的脉搏在跳跃。海水好像也起伏在街道、广场和每一条小巷，它们吸引着你，牵动着你的情怀，不管你的主观意愿如何，都会让你走进不再寂寞的本真，让你的心和海潮一起起伏。

夏季在海边，我们光着脚丫子踩在柔软的沙滩上。临走时，再把脚丫放在凉凉的海水里，让浪花冲洗一下，一股清凉的气流从脚底传到身上，马上冲散了浑身的酷热和烦躁，随之而来的是一身的清爽。

少年时读过英国女作家的名著《蝴蝶梦》，对书里描写的那座被焚前的美丽的曼德丽庄园印象很深。后来又看过电影，那座建筑及周围的环境就更加清晰地出现在我眼前。我尤其喜欢已故女主人的房间，从她的房间能看见大海。

如今，我每天站在阳台上望着大海，读着普希金的《致大海》，仿佛那些句子都跳到海面上了。随着太阳的照射，它们闪着光亮。

海从来与世无争，却拥有了世上所有人对它的赞美和歌颂。

我还喜欢美国诗人惠特曼的诗，他把大海当作自己诗歌写作的老师。我更喜欢西班牙诗人希梅内斯写海的诗歌，其中有一首是《一个新婚诗人的日记》，他在里面尽情书写了大海、阳光、花朵，还有爱情的甜蜜和幸福，写得太尽兴了……

清早，太阳像一个火红的大圆球从蔚蓝色的大海一跃而起，海面立刻霞光万道、金碧辉煌，甚至窗户上的玻璃也发出光芒。如果看久了，两只眼睛会被刺得又酸又疼。此时更有千万只海鸥在海面扑腾，它们拍着双翅，把浪花溅得更高。那就要扑到阳台上的海浪，让我无论走到哪里都无法忘怀。每天和大海面对面，哪里还有愁绪？窗外有一幅巨大的油画，让人陶醉不已。

刮风时海浪撞击礁石的声音，走到好远的街道都能听到，感觉随时都有浪花要跳到裙角。于是，大步小步地加快了速度，走得稀奇古怪，裙子也跟着缠来缠去。

这座城成了我绘画的画板，画着画着，景致把我包围住，我再也跑不出去了。

我在这座城市里出生，每一处漂亮的地方我都拍过照片。后来这座城市发展得太快了，美丽的景色越来越多，拍照片已经来不及了。

等我老了以后，一定在海面上画一个女子，她曾经是那样地赞美大海，爱恋它，坚守着它。

真　诚

真诚即真实诚恳、真心实意。

我愿意和真诚的人接触，说话是真的，做事是真的，让人感觉通透。真诚的光芒在身边闪烁，因为它明亮，所以吸引了许多人走到它身边。

有人常常感叹：有的人一生没有朋友，有的人身边却汇聚了那么多朋友，哪儿来的凝聚力？

这来自他对别人的真诚。真诚有巨大的吸引力，就像天冷的时候有一团实在的火苗在燃烧，人们都奔它而去。

真诚是一支长歌，不是一支短歌，它让人唱一生，是从胸膛里发出来的声音。

有人说大西北人歌唱得好，他们人人身上都具备那种粗犷、不用掩饰的东西。有人说大东北人歌唱得好，他们人人身上都有那种爽朗、热情的品质。

其实不该说真诚属于谁，真诚本该属于每个人。

庄子有言："真者，精诚之至也。"不精不诚，不能动人。

谈恋爱的年轻人，起初双方并没有多少爱情，谈到后来，多是因为一方的真诚打动了另一方，由此产生爱情，直至成婚。看来真诚更是爱情的基础。

人们需要真诚，甚至在梦中也盼望着世上的人和一切事物都是这样。

可梦往往是骗人的，把人骗得泪雨滂沱，又和真的一样，然后坐起来又伤心又气恼。真诚应该说是人性之本，它聆听心灵的呼唤。

20世纪，有一位叫张爱玲的女子，她一生追求人与人之间的真诚，追求社会的明朗，让真诚笼罩全社会。

可是在那个社会，她被粉红色的缎子团团围困，以至于最后对爱情彻底失望。她敏感多思的心饱受社会甚至身边人的折磨，于是她让自己的笔发出真诚的光，可这种光又微乎其微。她感叹了一生……

真诚是不索取、不计较，这是最良好的品质。我想起来一篇外国短文：

小彼得是一个商人的儿子，他看到父亲常常记一些账单，觉得自己从小也应该养成这种习惯。

有一次他把自己的账单交给母亲，索取他每天帮母亲做事的回报：

取回生活用品——二十芬尼。

把信送往邮局——十芬尼。

他一直是个听话的好孩子——十芬尼。

帮母亲照看弟弟——二十芬尼。

共计六十芬尼。彼得的母亲收下了这份账单，什么话也没有说。

晚上，小彼得索取到了母亲给他的六十芬尼的报酬，如愿以偿，突然发现在餐桌旁边也有一份给他的账单，那是彼得欠他母亲的款项：

在家过了十年幸福生活——零芬尼。

他在生病时的护理——零芬尼。

他十年中的吃喝——零芬尼。

她一直是个慈爱的母亲——零芬尼。

小彼得读着读着，感到羞愧万分，他小心翼翼地将那六十芬尼塞进母亲的口袋。

母亲对孩子更多时候是无私的，儿子为什么存有私心？在最真诚的人面前私心溃逃了，看来真诚能征服一切，它是人生最高的美德。

我国历史上，关于真诚的故事也很多：

北宋词人晏殊就是素以诚实著称的。在他十四岁时，有人把他作为神童举荐给皇帝。皇帝召见他，并要他与一千多名考生同时参加考试。结果，晏殊发现考题是自己十几天前刚练习过的，就如实向真宗报告并请求更换题目。

宋真宗非常赞赏晏殊的诚实品质，便赐予他“同进士出身”。

晏殊当职时，正值天下太平，京城的大小官员经常到郊外或举行各种宴会。晏殊家贫，无钱出去吃喝玩乐，只好和兄弟们在家里读写文章。

有一天，真宗提升晏殊为辅佐太子读书的东宫官员。大臣们异常惊讶，不明白真宗为何做出这样的决定。

真宗说，近来群臣经常游玩饮宴，只有晏殊闭门读书，如此自重谨慎，正是东宫官员的合适人选。晏殊谢恩后说：我其实也是个喜欢游玩饮宴的人，只是家贫而已，若我有钱，也早就参与宴游了。这两件事，使晏殊在群臣面前树立起了信誉，宋真宗也更加信任他了……

真诚本应该是每个人的本色，它和自尊、自爱应同时相守。有一些人大家一致认为他们是好人，仔细想想就是因为这些人愿意多为别人着想。

要让新结识的人喜欢你，诚恳老实是最可靠的办法，这是最大的力量。

带着真诚并不是负重而走，而是越走越轻松，因为它不必去装饰，它是人类的真实面目。

许多虚假的灰尘常常落在人们身上，有时我也这样想：要是人的身体也经常大扫除该有多好，保持干净，扫去灰尘。可是偏偏人与灰尘并存，灰尘又像壁虎一般依附在人体上。假如有一天人们都让它无处藏身落脚，那么每一个人都是干净的，连在一起，地上该有多少颗星星闪烁。

把真诚的根给了土地，真诚之树会越长越茂盛，直到长成参天大树。真诚的人坐在一起喝杯红酒，叙叙旧情，既甜蜜又幸福，就像过了节似的。

我赞美太阳的真诚，它不会夸大，也不会缩小，它照耀到任何地方，任何地方都是真实的。凝视阳光，就是凝视真诚。

真诚能使我们缔结善缘，使人生立于不败之地，给心灵送上一片纯真，胜过每天烧香念佛。真诚是良心。

天气暖和了，真诚都回到人间了，多么好。

我与书

和书结下的情，是从幼年开始的。

父亲的老房子里有几个老式书橱，那时我还小，父亲惜书如命，从不让我动他的书。

那几个书橱很大，门是推拉式的，年岁久了，小孩子根本推不动。靠边的那个右下角的玻璃早已破碎，有一个比拳头还大的洞，我的胳膊就像一条小蛇，经常从那里钻来钻去。书是取不出来的，但是能摸到，感到很有意思。

这已是几十年前的事了，今天想起来还历历在目。

如今，我自己早已有了一间很大的书房，这是我最喜欢的地方。透过书橱玻璃，能清晰地看到一本本书脊上的名字，有的热烈，有的悲凉，有的宽阔，有的窄小……当早起阳光照射上去的时候，书脊上的大字越发突出，像一排排小企鹅，摇摇摆摆往我眼前奔，我仿佛能听到它们拥挤的声音。我每天从这头浏览到那头，再从那边返回来，好几个来回，总也走不够。

夜晚，在灯光照射下，它们变成了一面面大镜子。每当我脱下外衣上床休息之前，总要在书房起舞一会儿。舞着舞着，时不时瞟瞟大玻璃，那个美呀，都要飘起来了。

只是一会儿，便气喘吁吁地倒到床上。待稍许平静以后，必拿起一本书来读。

今夜我读的是《中华成语典故》，是接着昨夜继续往下读的，第二百六十三页《各自为政》。

这则成语来源于《左传·宣公二年》："略昔之羊，子为政；今日之事，我为政。"公元前607年，郑国出兵攻打宋国。宋国派华元为主帅，统率宋军前往迎战。两军交战之前，华元为了鼓舞士气，杀羊犒劳将士，忙乱中忘了给他的马夫分一份。马夫便怀恨在心，交战的时候，马夫对华元说：分羊发肉的事你说了算，今天驾驭战车的事，可就得由我说了算。说完，他就故意把战车赶到郑军阵地里去。结果，堂堂宋军主帅华元就这样轻易地被郑军活捉了。宋军丢掉了主帅，因而惨遭失败。

我十分喜爱这部书。它是历史的缩影，无处不闪烁着祖先丰富智慧的光芒。假如我的父亲今日还在，他一定也会喜欢我买的书，也一定会爱不释手。

早晨起床以后，我对着它穿衣服，穿一件照一件，直到穿完为止。转身离开之时，那些背影都印在书里面。

书橱里还有一些我写的书：《随风起舞》《花雨倾城》《任惠敏爱情诗》……还有许多书籍里收录了我20世纪八九十年代创作的诗歌和散文：《中国当代女青年诗人诗选》《中国当代女青年诗人爱情诗选》《当代爱情诗精选》《女性散文》《台湾诗选》《卷首语精品》等等。它们占据了书橱的一部分位置，是我较看重的地方。

我不愿将书籍作为装饰我的甲胄，尽管我在文字的海洋里畅游，但我需要得到的是知识的原初模样：人之初，性本善……我需要提升必需的才华。

时间越久，我越喜欢每一本书。多读一本，我就多一些说话的底气和依据。看到它们，总有一种创作的激情，总想把社会上真实的东西以正义的思维写出来。

在很大程度上我喜欢读自传体文学，我喜欢了解一个人。

还有，我喜欢民国时期文坛上的一些风云人物，我喜欢探究他们。他们有过人的资质、良好的学术修养，很可敬。

在如今这个浮躁的时代，书店里的书已显得清瘦，可是在我眼里，我的书房照旧是丰满的。我一天比一天珍爱它们，并与之日夜厮守。

它伴我走过了不易的岁月。

我想说的是：应当把书作为人的维生所需，无论社会发展到什么时期，书籍仍有不可替代的作用。

奇妙的三维世界

想看看《三维世界》，也想说说《三维世界》。

这是一本书，通篇却没有一个字，书页和书页之间，只有阿拉伯数字起着连接作用。

这是一本画集，通篇又看不到一幅正规的画，每一页几乎都是一片横道道、竖道道或是几何图案。

读它的时候一定要有耐性，把它平平展展地摆放好，四只角放在一个水平面上，平心静气地坐下来，不能急躁。看它时有一个特别的方法：两眼平视画面，要使用双目的余光。余光能扫平那些乱麻麻的障碍，当混乱和清晰纷争以后，你再睁开明亮的双目，紧接着一个美丽的立体世界便豁然显现在你面前。

真是无法想象它的神奇，十六开大小的空间可以盛着一个博大的宇宙。不一会儿，每一张书页都能把你吸引进去，你的目光穿洋过海，你的面前波涛起伏，一座座海市蜃楼清清楚楚地出现。

它来势不猛，比如一只苍鹰要跃然而起，你先看到的可能是一只爪，然后再出现翅膀、脑袋，最后呼啦一下全部跃出。再往里面看，是无穷无尽的景致，悠长深远。

还有一幅更让人难忘：一面山壁上挂着一顶巨大的草帽，草帽像刚挂上的，还不稳定，呼啦呼啦地晃动着，惟妙惟肖。

虽然它没有语言，可是它那美妙的空间奇伟而博大，包容了许多语言。而语言永远就是语言，语言不会呈现出波澜壮阔的江河，由此它更增添了三分活力，真让人大开眼界。

起初我看不进去，越急越没有办法，一塌糊涂，心绪烦躁透了。当我掌握了它的要领，才知道余光的重要。再看它时，真真切切就看清了一切，甚至树叶的脉络都清清楚楚，它反而来召唤我了。

人的一生总能碰见几个贵人，在我遇到困难的时候，总有贵人出现。我说是我命好，其实是人家有着火一样的情怀。

人的一生总能碰见几本“贵书”，我曾经被方平同志翻译的《白朗宁夫人抒情十四行诗集》所深深感动。

白朗宁夫人起初没有受过正规教育，当时女孩子念书还很少见。她热爱希腊古典文学，凭着自修，精通了古希腊文，后来还翻译了古希腊诗人的诗篇。她持之以恒，又学会了拉丁文和欧洲好些国家的语言。后来一次意外事故令她终身再也站不起来，但她优美的诗篇传遍世界。

画与诗有异曲同工之处，读《三维世界》同样震撼了我。不过，体会有所不同，它使我不是震撼而是震惊，就像走进幽暗的隧道里，突然出现了亮光，心胸顿时开阔得能装进一片天空。

也怪，天天都想将它翻阅几遍，尤其是每天清晨，先到桌子上捧起《三维世界》，从无数个谜团中探出清晰。假如很顺利地一会儿就看清楚了，双目便明亮起来，因为它带来的是又深又远的景致，一次次地撩你、迷你，又一次次地给你答案。这种思维，让人头脑清晰，再望其他任何地方，就像居高临下似的。

不过，当你看不进去的时候，千万不能勉强。如果勉强，就会出现拉锯现象，歪歪斜斜，拉来推去，什么也不存在，眼前沸腾成一锅粥。面对那情景，眼睛很累。

人在书外，心在书里。书如画，我坐在里面，和白云一起飘舞，驰进山中，谛听树叶的呼吸、溪水的呼唤，它往东，我往东，它往西，我往西，优哉游哉。

《三维世界》首先是一种客观存在，不受任何事物的影响，创造者掩藏着神奇又裸露着神奇，低头近望，举头遥望，皆是。最后的你，就是三维世界。

它是不是由原来赤裸裸的原始细胞组成？退去粗鲁的线条，退去单色的装点，人的肉体、人的生死离合便一清二楚。江河大川、男欢女爱，都要寻找这种归宿。

无论在田野，在山顶，你都可以看到神奇的三维世界，它们被一本书浓缩了，这本书叫《三维世界》。

写诗的滋味

从年初到年底，一年当中，假如能写出几首能听到里面有音乐、能看到里面有景致、能感觉到里面有风雪滚的诗歌，自己该多么兴奋。那种兴奋会让我放弃一切。

常常，一瞬间的灵感让我触痛平静的日子，接着一片一片的激情翻卷着向我涌来，好像我的情绪已经很饱满了。可偏偏这个时刻我的手指一放到键盘上，键盘纹丝不动，鸦雀无声。我坐卧不是，这阵子真有一种要与诗离别的感觉。

如果静下来细忖，复杂的是空韵，而实韵才是内容。让复杂的心情变为单纯，让烦躁的心态变为平静，这是我当下需要的。只有这样，才会对生活有仔细的描绘。当旧日子、新日子在你面前出现，当它们像麦苗一样齐刷刷在你面前晃动，你才拥有了，才是写作的时刻。有爱的人是应该写诗的，写诗会使人的感情越来越丰满。

都盼望自己的诗能产生格言一样的句子，岂不知那得从生活的大海里往外打捞，就像打捞珍珠一样；岂不知那得从心瓣上往下摘，就像采摘花蕊一样。有时候一夜夜都打捞不上，一夜夜都采摘不到，心在奔腾，手指却在键盘上方一动不动。写诗，真是轻也不是，重也不是。写轻了，情就少了；写重了，就太满了。一个恰到好处，难为了多少诗人。一字不多、一字不少，是多少诗人的追求。可用可不用的字一定不用，只要能看明白，字越少越好。

诗歌里面的字，一字千金，字字得有光芒，得从文字中提炼精华。

想到哪儿写到哪儿，也是一种写作方式。但是诗歌是很挑剔题材的，不是什么事情都能入诗。有了好的题材，诗歌便成功了一半，剩下的一半得靠真功夫。

诗歌讲究以小窥大，写地球的一角，转起来是一个地球；写一滴水，辉映出来的是太阳的光辉，这是大气魄。

不必故意去看别人的手势和眼神，余光可以完成。所以不用刻意体察，顺其自然是便捷的方式。我知道有的手势能刺破蓝天，有的眼神里隐藏着东西，我喜欢观察。我的思路有时像梦幻一样，可是写出来，却并非梦幻一样美，写诗太难了。

如果写作顺利，几十米之外都能见到我的笑容，那些笑容都是从诗上摘下来的。有一天邮递员来送杂志，门铃一响我手舞足蹈地去开门，邮递员说：我猜你今天一定写了好文章。我回他一个微笑，看来他也很敏感。

写诗的过程，需要一步步走进去，走进以后经过一条长廊，长廊的两侧尽是田野、山川、溪流，景色绵绵不绝，越往里走越奇美。最前方还有汩汩清泉，用心灵去感受吧，感受到什么便写什么。

葱绿茂密的森林、五谷丰登的田野、薄雾曼妙的江河湖海，美丽而又沉寂的大自然，愿它们永远都是诗，奉献在每一个人面前。

我总是把最美的东西展示给大家，其实我写诗的时候，时而急躁得像个猴子，时而笨拙得像个企鹅。如父母在世，一定会劝我别写了，写诗的人太辛苦。

每首诗都有属于自己的意义，或暧昧一番，走进情人的怀里；或沉醉一番，走进葡萄酒的色彩里。而后一切都会缓缓地退去，退不去的是这个圣洁的领域。

诗人的心胸是豁达的，诗人勇于追求爱情，诗人说出的话常常让人惊讶。当他把自己的钥匙交出来后，大家能准确地打开他的门，什么钥匙开什么锁，他是一个真正的诗人。

人世间，无情人过得轻松，对什么都冷漠，既不累眼睛又不累心。有情人过得累，对什么都有爱心，既付真情又付真心。可是无情的人永远也不能写诗。好诗里面的情是波澜壮阔、巨浪滔天，不说大情大爱，单说那些千丝万缕的细微东西也会把你缠绕，叫你无法逃离。要把诗写到这种程度，是我的祈求。假如有一天能写出那样的诗，我一定不敲键盘去弹钢琴。

凡是我写过的东西，都是蘸着血液写成的。那里有我的体温和激情，有我的温柔和坚强。无边的诗，无边的我，我等着好诗归来，更等着风雨中一个人平平安安归来。

情人节

有了情人，就有情人节，过去一直不知还有这么个节日，不知道玫瑰花应在这一日为谁开放。

是玫瑰花在等情人，还是情人在等玫瑰花？等久了，就那么紧紧地开在一起。

情人节是一种浪漫，还是一种需要？在现实生活中似乎有些让人不太明白。许多人认为，这朵花不太适合开在中国的土壤。可情人节那天，鲜花店的客人要比平日多几倍，而且花的价格还要比平时贵许多，人们还是争相购买，有的还提前预订。花朵做了妙不可言的爱情语言。

最好的礼物可以将时空分为两段，分别使某一天或某一刻成为永恒，大概相互间就盼的这个。其实人类很简单，人们都有朴素的天性，从那里流出来的自然元素，把灵魂引向爱，又让爱变得丰富多彩。

谁也不会说爱是件不好的事情，谁也不能标出爱的价格，但是却知道，它高于一切，引得全球佳丽翘首盼望、全球男士魂牵梦绕。无数吃糠咽菜者需要，无数拥有名贵香水者需要，年轻人有年轻人的方式，老年人有老年人的方式，美好的目的是一致的。

不管怎么说，我盼情人节这一天男女老少都心情愉快，盼这一天天空格外透明，白云格外飘逸，风轻柔一些，鸟活泼一些。人活在世，有了爱，才会幸福。

寂寞的夜很长，爱情的夜很短。说是山水也会寄情，实际上什么也不如一个人的真情，即使在远方，也会有寄托，相离千里，心在身边。

其实情人节很早以前就存在，它起源于公元3世纪。据说当时有个基督教徒瓦伦丁，因领头反抗罗马统治者对基督教徒的迫害而入狱，瓦伦丁在狱中得到狱长女儿的照料并与她建立了感情，但瓦伦丁最终还是于公元270年2月14日被处死。临刑前他曾给情人写了一封信，表明了自己的正义心志及对情人的缱绻情怀，自此，瓦伦丁的殉难日便被尊为“情人节”。

此外还有两种传说：一是说教士瓦伦丁违背皇帝旨意，秘密为青年人举行婚礼遭禁而死，死后便成为情人们的“守护神”；一说是始于古罗马牧神节中的游戏：每位男青年均从签筒中抽签，如抽中写有某少女名字的签子，该少女即成为其情人，是故这一天便成为“情人节”。

对于“情人节”的来历，目前西方学术界有两种解释。第一种解释说，古罗马的牧神节中，已婚妇女祈求牧神祭司鞭打以治不孕之症，逐渐演变成为情人互相祝福后，便与瓦伦丁节结合为一体。另一种解释是，古代人认为2月14日是百鸟发情择偶的开始，人们由鸟及人，认为青年男女也应该在这一天择定佳偶，或者至少应互相致以最好的祝福，表达心迹。由于这一天正好是瓦伦丁节，人们就沿用了瓦伦丁的名字，久而久之，他的名变成“情人”的代名词了。

情人节流行于欧洲、美洲及大洋洲。节日之际，小伙子们将求爱的瓦伦丁节信笺剪成美丽的蝴蝶、开放的鲜花、弯弓搭箭的爱神丘比特等形态送给心上人。而姑娘们则大都在前一天夜晚将月桂树叶贴在枕头上，期望见到意中人。各种年龄的熟人也有在该天互赠小礼品及贺卡等习惯，这成为情人节的延伸。

节日只不过是一种形式，疏密有致也好，红花绿叶也好，只是三百六十五分之一，而节日能触发爱心，便是最美的节日了……

有一条盈盈的河，里面水波荡漾，鱼儿丰满；有一条窄窄的河，里面流水浅浅，浮不起大鱼。到底哪条河吸引人，大家见地不同，又不好互相强迫，因为都是在眼睛底下裸露着，还是随其自由。

有些情人的故事百听不厌，有些不应是情人的故事，听了也无动于衷。

我是这样写散文的

散文的写作形式自古有之。

先秦的历史散文主要包括《尚书》《春秋》《左传》《国语》《战国策》……它们都是微言大义、条理分明的散文，千古流传。

古今多少事，散文皆可囊括。

写文章最难的是开头，开头三两句写出来了，精神头一下子就会提起来，语言也会随之“左右逢源”。

散文不是远来客，是自家人，它随时在你身边，是一个胚胎，慢慢发育着、成熟着，像兄弟姊妹。它每天行走在家里家外、江里河里、枝头树梢，为你裸露着身体，让你绘啊、描啊、赞美啊、丑化啊，无分界线。

一个对生活积极的人，爱有多深，散文在他心里的位置就会有多深。多少羞涩的心事，多少辛酸的泪水，散文都会接纳。它要的是你一双敏锐、利索的眼睛，当然还要你活跃的思维、尽情放飞的思绪，像大雁，南来北往地穿行着。散文是最自由的文体。

就我而言，我坚守着自己的情义和爱，对先人、对身边的人、对天上的雁翅、对地下的草尖。散文应“散”得起来，就像把一张大网撒到海里，到时候是要收回的。

古人讲过，意在笔先。因此得举止闲暇，看似胡说乱说，骨子里却有分数。

写散文，就像与人谈话，得用真心，得善多、情多、想法多、欢乐和泪水多。写散文，就像与人交流，得用人品，不就利、不企图、不苟且、不患得患失，唯呼唤一个“情”字。

一个无情无义的人，别说写文章了，就是种庄稼，我敢保证庄稼都不会丰收，因为他不舍得付出。

说来说去，好像我是一颗多情的种子，放到哪儿都能发芽。其实不然，构思一篇好散文很难，我这双敲打键盘的手，有时一整天打不出一个字。键盘上那一排排小方格变成一块块黑色的小瓷砖，根本敲不动。心情不好时，写出的文章通篇支离破碎，坐了一天，却像跑了一场马拉松，还犯规了。

谁能来救我？只能沿着原路回去，再重新开始，自己拯救自己吧。

当然，顺利的时候多一些。写的时间久了，会对作品有一个总体把握，可以对自己的作品大刀阔斧地进行修改，也可以大言不惭地赞美一下。

这世上大多数人的才能是先天带来一部分，后天的一部分是被焕发出来的。要学会挖掘自己的才能，否则它永远被你埋藏。

世上最贫的是无才，最贱的是无志。

写散文的时候，人会变得很高贵，因为你已经跃出了生活，站在生活之上，目光俯瞰着一切，把静物添进动态，或是把满腹平淡的心事攒到一起，看它决堤、狂奔，再动笔。

散文是可以虚构的，用虚构部分对作品加以补充，也许会使散文更好看。虽然虚构，但它必须符合生活的真实，同样要有真情实感。陶渊明的《桃花源记》，是一篇古今推崇的散文，其中的人和事都是虚构的。还有《五柳先生传》，虽然写的是自己，但五柳先生这个人确实是假托的。看来散文中的虚构情节，并非从现在开始，是早已有之。

有时写作那阵就像下了一场大雨，写完了，雨也停了，再重新看雨后的城市，和我一样，正在使劲地伸着臂膀，啊，我们融为一体了。文章写好了，自然高兴，就像鲜花绽放了。把每一段生活，都当作散文的细节去关注，就像天上彩云在追月，目光不要停歇，会写出好文章的。散文写好了，石头都会放光。

有时候，真想自己是一匹骏马。有时候，真想自己是一峰骆驼。有时候，真想自己是一只小鹿。想到哪儿，文章就追到哪儿，假如能有那么一天，该是一件多么幸福的事情。

实际上并不是什么素材都可以入文，遇到好的素材，等于遇到一个好女人，一个会和你一心一意聊天过日子的好女人。

对于虚情假意的人，接触了就会发觉。对于虚情假意的文，读几行，同样也会发觉。文章只要一个字——真。

散文大多篇幅不长，每一个字别人都会放大了去读，所以语言必须字字珠玑，要经得住推敲。

每日里，我大多是以乐观的心态在写作，殊不知我的痛苦也不少，只是都留给自己了。关上门，泪水常常在屋子里飞扬。

享受与幸福乃人人所渴望，要得到它们，唯有勤勉一生。

那一年的春节

因为过年，我结识了几位朋友。

多年以前，刚参加工作，有一年我去长春出差。当时正是农历腊月，因为前面有个不可忽略的日子——春节，所以我每天马不停蹄地忙着。

所有的工作有条不紊地完成，正好是腊月二十八。

春节像一块巨大的磁石，吸引着远在天涯海角的人们回家。

我急急忙忙向火车站奔去。车站里是一片人的海洋，大年三十以前的火车票早已全部售完，整个大厅里没有立脚之地，人们都在等候自己该乘的火车。

实在买不上年前的车票，我只好买了一张大年初一的。

那真是一趟坚守岗位的列车。初一的早晨，当我穿过已变得冷清、空荡的候车大厅跨上列车的时候，我的这节车厢里只有三个人。

车厢里人太少，火车晃动得挺厉害。不一会儿，列车驶出城市，车窗外的大地，冰冻三尺，该收割的庄稼早已入仓。这片土地啊，在没有火焰的地方，一定还要寻找光明，现在要寻找的光明就是新春。

这时候，列车广播员开始广播，让全体旅客都到同一个车厢——餐厅车厢。

过了大约一刻钟，餐厅车厢陆陆续续走进了九位旅客，都是到终点站大连的。

十一节车厢的全体司乘人员接待九位旅客，我们显得尤其被重视。餐厅负责同志让大家一起包饺子，香喷喷的热气沿着蜿蜒的铁轨向前延伸。

我们坐在一节车厢里，漫长的旅途飘荡在大雪中。大家不停地谈着，都是过年的话题。是啊，庄稼和土地从它身上走过，历史从它身上走过，我们从它身上走过，都增加了年龄。置身在车厢里，目的地却到了，此时我们还真有许多话没有说完……

又过了两年，也是腊月，我到塘沽出差。办完事情后，回来时正赶上大年初一的轮船，因为那时从塘沽驶往大连的客轮每五天一趟。

我买的是三等舱位，上船以后前舱里只有我一个人。轮船似在婚纱铺成的海面上起伏，我如坐在花轿里。这真是新鲜的体验、美的感受。

轮船的广播和列车上基本一样，播音员也是提出来请大家都到三等舱里休息，大概是方便照顾。

果然，这艘大船上仅仅载了十二位旅客。在大年初一的早上，十二个人漂泊在大海上，有一种踏浪的感觉，心情格外壮阔。我们的大手紧紧握在一起：百年修得同船渡啊！

还原了陆地上的自我以后，我们恋恋不舍地分开了。

大雁、小燕来了又去，转眼几年过去了，每天都有新的无知，每天都有新的收获。真想变成一座山，挡住岁月流淌的河，可那只是一个痴想。

有一天我接到一封信，打开一看，是一张大红请柬，再一看落款是那位几年前乘坐一趟列车的朋友，他邀请我参加他的婚礼。

当时我特别高兴，去购买礼物的时候，我灵机一动，来到了玩具柜台，买了一辆带有一串车厢的小火车。我抱着它跑进了他的新房。

他和大家介绍说，我是他的旅伴。旅伴和伴侣，友情和爱情两朵美丽的奇葩在开放着。

友情，真有一种更为广阔的途径，但是它总有一个共同之处：善待。不是友情先向人伸手，而是人先向友情伸手。

前些年，我搬了一次家。搬家以前我特别愁，不说别的，单说那些书，得一本一本地摞，一摞一摞地捆。对于我来说，这就像是捆石板，那是一座书山啊。

有一天，我去商场买纸绳，正巧碰上头几年同乘一条船的朋友。我向他谈到我最近正在忙于搬家，他问我：需要帮忙吗？我望着他那双周游世界的眼睛，十分不好意思说什么。

最终，家中陆陆续续来了好几位那条船上的朋友。书很快码好了，而且全部装进一只只大纸箱里，书籍热乎乎的。

他们说最好把新家装修得和船舱一样，南窗当船头，北窗当船尾，我们笑谈着，心情分外愉快。

来来往往地，我们奔走着，突然的一声呼唤，常常给我一个惊喜。如今他们的孩子已经长大，常常请我帮助辅导作文，有一个孩子的文章还发表了，写的竟是我。

更有意思的是，其中一位朋友的女儿前几年当上了一名空姐。去年旅游淡季航空公司机票打折时，我们这几个人一起坐上了他女儿所在的飞机，去了海南。这一回不是在陆地相聚，而是在天空相聚，由漂亮的空姐同我们一起，穿行在蓝天白云中间。

我们一边感叹航空事业的发展，一边回忆当年的情景。

飞机就像一只有力的大鸟，飞啊飞，把我们的欢乐洒满天空……

有的人在自己平安以后想到的还有别人，他自己过得高兴也让别人过得高兴，这种人大家都愿意与他同行。人与人的相处以友情为重的话，值得回忆的友情多么有意思。

最大的爱是瞒

有一对老人，携着对爱的渴望，即将移动完生命的最后步履。

在一个金色的黄昏，两个人琐琐碎碎地走到门前的广场，坐在一条木椅上。绵软而又轻盈的草坪一直延伸到远处，落日的余晖透过树叶的边缘洒在两个人的身边，一圈一圈，似涟漪。一群美丽的鸽子飞来飞去，老人在体味着大自然的美。

那是一对画家，丈夫喜欢画牛，尤其喜欢画西班牙斗牛，画它的健壮、激情。女人也喜欢画牛，画它的温顺、勤劳。

落叶弹着竖琴，声音那么柔和，空中大雁排着长队，在头雁的带领下轻盈地飞翔。老人感叹道：当想要重新画什么的时候，人已经老了。

风在静静地听着他们谈话。

夫人说：你这一生给我最大的爱就是——瞒。

丈夫有些不知所以，活到八十岁，第一次知道夫人对他的爱是这样评价的，他有点儿慌。

丈夫的一生激情多于温情，他不喜欢秋菊的脉脉含情，他喜欢春花怒放。

夫人的一生时时充满晶莹的希望，她把一切渺小的呼唤都汇入时代的洪波，她喜欢波澜壮阔，她喜欢海纳百川。

夫人讲了一个故事：三十多年以前，有一对夫妻辗转来到法国。丈夫会做泥塑，作品常常被人们争相购买，人们甚至到家里等候。妻子外出采购泥土，常年穿梭于城乡之间。这样丈夫卖泥塑的钱总是由他本人接收，妻子从来没有在意和过问。

后来妻子无意当中在和那些购买者闲聊的时候发觉，收入总是与丈夫说的不吻合。比如一件作品人家给了一百法郎，丈夫说是八十法郎。后来这样的破绽屡屡出现，妻子便开始留意，又提防又跟踪，在法国生活得很不开心，精神十分痛苦。

后来两个人回到中国，丈夫去了美术学院工作，妻子每个月又对丈夫的薪水产生怀疑，她秘密地观察。一个月又一个月地过去了，她不时地提醒自己坚持下去。

终于，她找到了机会。

离发工资的日子还有两天，丈夫突然间接到通知，要到南方参加一个会议，最多只去三天，他打算等回来后再领工资。

两天后，发薪水的那天，妻子去美术学院替丈夫领了工资。

果然工资要比平时多出一些，妻子有些生气，感觉受了欺骗。

妻子也积攒一些私房钱，不管做什么，都不公开，以作报复。妻子整日在猜疑、不安中度日，后来得了癌症，几年后去世。丈夫悲痛欲绝……

故事讲完了，夫人用心灵的蚕悠悠吐着情丝，丈夫的心抽动了几下，很快又平静下来，他的稳重淡化了此时的情绪。他得以安慰的是，他也做过类似的事情，但是他的夫人在瞒，不然不会讲述上面那个故事。

这真是一对很会爱的夫妻，他们知道世上最大的爱是瞒，这是个朴素的真理，但要瞒到好处，要瞒得利索。

我敢说任何人都有独属自己的一部分，当然也可以说是隐私。金钱也是隐私的一部分，留有它，必定可以处理自己的急事，或是为家人，或是为朋友，也行个方便。

是的，有一些事情丈夫瞒得很深，宁可将自己淹没，绝不说出，他给夫人的永远是甘露般的爱。

世上没有十全十美的爱，关键是要会爱，要把爱情轻轻握住，不要使用全身的力气。因为它并不是很结实，爱和玻璃一样，也会碎。

自古以来对于爱的闲话很多，有的人无风无影还要去捕捉，有的人有风有影偏要去放弃。去缩小爱的不足，去放大爱的光芒，这是愚蠢与智慧之分。心中有爱就够了，心中有爱枯草也能站立，爱情越单纯，越容易收获。什么叫“仁者不忧”呢？就是让胸怀大起来，很多事情自然就装下了。

经过目光的洗礼，两位老人的胳膊挽成椭圆形，微微地能听到对方的心跳。夫人对于爱情总是充满纯真，她要把这美好告诉长风，让它起舞。你看，其实爱多么简单，你看，夫人多么简单。

敏感绝不是爱的捷径，某种程度上说，它是爱的悬崖，再往前走一步是崖底，往后退一步，有道路。心胸有多大，承受就有多大。

丈夫觉得夫人对待爱情不是用嘴去表达，而是用心去体察，他觉得夫人是世上最懂得爱、最会爱的女人。居里夫人有居里夫人的美，白朗宁夫人有白朗宁夫人的美，而自己的夫人有她自己的美。岁月已从一片嫩绿凝固成一片深褐，枯黄的景色留给了自己，那些迷人的景色投放在大地上。

捡　钱

有一天傍晚外出回来，在路边走着走着，捡了五十元钱。它像一枚树叶，铺在一棵树下，我眼睛亮，看见了。

从那以后，每一次从那里走过，我都会放慢脚步，在树底下寻找一下，想再一次捡到钱。心里也觉得好笑，不由得就想到了“守株待兔”的故事，我这不是也在等吗？

次数多了，脑海里不由得出现了许多景象，而且有些乱。

我想起小时候一次捡钱的经历：

刚刚入学不久，有一个星期天我去广场玩耍，在一棵树下，捡到了钱，是一张五元的纸币。那个时期，五元钱的价值相当于今日的三四十倍。

因为是星期天，学校里老师和同学都放假，我不能把钱送到学校，就直奔派出所。

我把钱交给警察叔叔，那时心里有一个理念：捡到的东西必须还给人家。

警察叔叔收到钱以后，表扬了我，还给我写了一张纸条，让我交给老师。

在往回走的路上，我悄悄打开了纸条，只见上面写着几行字：老师您好，今日我们收到了贵校学生任惠敏拾到的五元钱，对于她这种拾金不昧的精神，望学校予以表扬。

第二日，我把纸条交给了老师。在做课间操的时候，大喇叭里表扬了我，喇叭里传出的声音像一群小喜鹊在操场上空飞舞。我特别高兴，我们班级的同学也特别高兴。

这一次，我又捡到钱了，这一回我怎么如此地心安理得？好像原本就该是我的一样，甚至后来走到那儿还故意放慢脚步，想再拾到点儿什么。

看看地上自己的影子，影子还是我呀，可是谁重新塑造了我？塑造得如此不同寻常，塑造得如此财迷，塑造得只有一个光鲜的外表。

粗听外面，恶风搅乱了市风，细听外面，暖风在轻轻吹拂。

我在同谁一起随波逐流？

小时候父母教育我，别人掉的东西捡到了要还给人家，因为那不是你的，并给我讲了古人“林积还珠”“甄彬还金”的故事，还说品德之美，美在平凡。

现在我太怀念他们了，假如他们还在世，我会变吗？

我是一个表里如一的人，在人群当中，只要我说了一句谎话，会立即暴露目标，因为我的脸先红起来。

钱的面值很多，没见过世面的，小钱也认为是大钱；见过世面的，见了大钱也是小钱。不一样的钱有不一样的价值，但是是别人的，对自己来说，都是一张纸。

我行走的脚步匆忙，忘了修行，在道德的队伍中我走在后面了。不过我的骨骼和灵魂会有能力追上去的，让我以往的品行重回内心。这不是对自己的苛求，因为只有站到良好的队伍中，我才会还原原本的我。

总觉得别人注意到了我心里的内情，我是一个没有秘密的人，就把它一个字一个字地写出来了。你注意到了吗，每个字的内涵都与以往不同。

大连赋

辽东之陬，黄海之滨，古有“三山”“青泥浦”之称，今日之大连也。

自商周定鼎，秦汉建郡，五千年历史长卷，叠叠浩浩。古港沓渚，徐福东渡之中转港，汉唐稻作技术，由此传向东瀛。孙权遣周贺联公孙渊于沓渚，贸迁有无，公孙渊赍以名马，通商东吴。晋遣王齐、徐孟船下马石津，唐册封渤海国。鸿胪卿凿井刻石，水为记验。渤海道，唐主册名，贾耽航海表详有记之。元辟口岸为海漕之地。明朝海运，辽响渤兴。清设水师营，帆樯林立，商务兴。悠悠五千年，话百年血泪沧桑。夫于明代倭寇屡犯海疆，“凡有寇为，必先于此”。鸦片战争，列强分赃，日俄战争，践我河山，铁马金戈，硝烟弥漫，多少生灵涂炭。

惨哉，日寇旅顺屠城，四昼三夜，屠杀百姓两万，尸骨遍野，汩汩鲜血映天，残垣断壁，落日荒烟。其盟友皆斥之曰“蒙文明皮肤具野蛮筋骨的怪兽”，禽兽弗如也。山在怒吼，海在呼啸，小渔村血肉搏斗。猎户庄大火，石岭喋血救总兵，范铁匠怒砸鬼子头。甲午风云，世昌麾下，都是英雄胆，铁血男儿多少来自小渔村。民族之魂兮归来，万忠墓前英烈在。静听涛声，似杀声犹在；惊涛雪浪，全是英雄泪；夕照霞红，总是先烈殷红血。俱往矣，看红旗麾动，横扫残军败戈，敌寇泯。

夫大连形胜，秉于天成，海峰岬湾相间，系良港也。北走松辽沃野，白山黑水，地润物丰，襟连齐鲁，扼渤海为京津双重门户也。东毗日朝，南下闽粤，海上交通之枢纽也。旅顺军港，虎踞龙盘，两山扼守，战略之要塞也。

俱往矣，乾坤转，风虎云龙，新中国建，改革开放，兴邦一言，展宏图，写新篇，明册章，谋决断，浚腐余，涌清泉，芟荒草，芝兰显，劈山填海，飞来广厦一片。巍峨高楼群立，银桥横空飞旋。开发新区，飞速发展，外商云集，共谋新篇，新旧城区共翔。长兴岛，大连湾，大窑湾，襟怀相连，争奇斗艳。嗟乎，东北之窗昔日小渔村，今日巨埠商港。巨轮展翅兮大鹏，铁路跨海兮胶东，银燕长空兮高远，软件腾飞兮云逸。海陆空兮通达寰宇，海底隧道兮开建，文化发展兮磅礴，群星璀璨兮高歌。

美哉大连，簇簇鲜花似锦，芊芊绿草如茵。广场喷泉飞珠溅玉，沁人心脾，空气清新。环城青山滴翠，层林幽鸟声鸣，杨柳丝柔，槐花飘白，樱花四月开，簇簇绯云，团团白雪，风徐来，姿百态，更有烂漫山花，满山落霞，花园之城也。夫若旅游，槐花香里携友来，滨海路蜿蜒如带，依山面海，横悬青山翠屏，可驱车徒步，聚友叙情，赏花圃，观山海，看海礁实景，品鱼香海风，浴场泳游，破浪飞舟，看海天开阔，眺晨光熹微，居高而瞰，风推雪浪脚下来。皱壁云崖，千仞开屏忧天倾，自然逍遥游也。夫若金石园游，恐龙长啸，九龙壁观，石林石涛景绝。更有龟裂奇石，名闻遐迩，乃金石游也。

美哉，星海广场，海之韵，花之蕊，城之魄，形润景深，清丽娇美。极目天穹，阡陌有序，巨桥龙飞，向天宇展石书，记历史足迹，写中华振兴，耿耿心照，后人可鉴。

乐哉，每年赏槐盛会，商旅咸集于此，洽谈商贸，倩影霓裳，歌舞翩跹，音泠盈耳。夜晚，烟火映天，落英缤纷，乃优游也。

嗟夫，恢宏兮日新月异，齐赞兮新事纷呈。噫！余观大连之美，美在自然，美在拼搏，美在动情，美在决策。“智者尽其谋，勇者竭其力。”忧其民，顺其民，弱者安，百姓稳。

巍哉，大连，逢盛世，奔前程，越千年来者，问伟业当谁？版图之上，雄鸡之首。